川端康成 Kawabata Yasunari

海之火祭
海の火祭

于荣胜 译

上海译文出版社

目　录

海滨的歌垣……………………………… 1

虚幻的马………………………………… 23

接吻……………………………………… 39

圆舞……………………………………… 63

精灵……………………………………… 93

香鱼……………………………………… 127

香树……………………………………… 173

海之火祭………………………………… 205

化装舞会………………………………… 241

他们的去向……………………………… 273

终章……………………………………… 287

海滨的歌垣

大海是撑开在白色沙滩上的碧色太阳伞。据说古时候的人们认为，这是因为天空染蓝了大海。只有当海水的碧色映射在沙滩上时，大海的女儿们才肯赤裸身体出现，好似被潮水卷起的锦缎般的美丽海藻。

海滨的水流好似这大海太阳伞上的刺绣，亦如微风拂动的银色绶带一般。银色微波上，鲜红的皮球如海鸟一般迅速飞去。正午时分，一排排更衣所席棚的屋顶在灼热的日光之中摇曳，朦朦胧胧。

酒店旁是泰国公使的别墅。朱红色的线条勾勒出纯白色别墅房屋的轮廓。酒店庭院是一整片草坪，一把长椅孤零零地摆放在角落，犹如雪白的贝壳。草绿色的屋顶，就像草坪爬了上去。

庭院餐厅里，像鱼一般近视且嗅觉敏锐的侍者，面无表情地听着客人的闲聊，俯视着餐桌上的盘碟。餐桌旁，少女们大腿上云母粉闪闪发亮。

餐厅的西窗对着木板墙敞开。沿着木板墙，有五六株枯萎的小白杨。只有一棵瘦弱的梧桐，绿油油的树叶仍然没有凋零。公使馆的白猴突然出现在梧桐旁，它弓起身子，伸出长长的手指，灵巧地接住弓子投出的一片冷火腿。弓子伸出一只手握住梧桐树干，伸展开海滨披衣的袖子。看上去,她就像是一只展开橙黄色翅膀的飞鸟。披衣前面短,下摆剪裁成雷纹形,橙黄色的粗竖条格,宛如翅膀的羽毛。

望着弓子的背影,新一对旁边的立川微微一笑,说:

"这正是'近江筑摩何时到'①,是吧?"

"你在说什么呢?"

弓子的紫色游泳帽划了个半圆,从梧桐树干扭头问。

"伊势物语里面的歌嘛。他们说你是PLANKON。"

"PLANKON是什么?"弓子说完,又向白猴投去火腿肉。猴子的爪子紧握木板墙,那姿势与人别无二致,显得妖气十足。弓子大腿修长,膝后没有发黑的凹窝,阳光与潮水的气味使其明亮耀眼。

"他们说,这么漂亮的白猴子,在日本只有一只。它是南国长生不老的神仙。"

说完,她收起翅膀返回餐桌旁。

"PLANKON是什么?"

"就是小鱼的食饵。就是那些海里的植物、动物,它们自己没有游动的力量,只能随波漂游。动物嘛,比如说夜光虫、海蜇、海参、海胆,还有贝类、幼小的螃蟹——"

"够了够了,那又怎么样?"

弓子睫毛浓密,她向三个少女使了个眼神。

少女们默默地用勺子吃着冰激凌。她们都穿着一身黑色泳衣,头上紧紧地包裹着黑色的布,清爽利索,好似柑橘的花朵。看样子,

---

① 《伊势物语》里的一句和歌,表示少女期盼与相爱男子见面的急切心情。

在逗子的海边只有她们三个在游泳。她们很像是在海水中戏耍却羞于上岸的清纯美人鱼。

"大家都说你很美,像夜光虫。有时你显得很孤寂,好似夜晚海边泛着蓝光的浅滩。夜光虫一旦聚拢起来,就美得很,能够把海水变成粉红色。另外,你又像浮游的海蜇,随波逐流,长着有刺的美丽触手——不过,海蜇这东西,岁数大了,就会附着在岩石上,拉也拉不动。是不是很有意思?"

侍者把盛放着苹果、香蕉、水蜜桃的果盘放在了餐桌上。新一出神地望着枯萎花朵般的苹果皮。

"你们吃吃这个,怎么样?"朝子从膝盖处拿出黄色水果。原来是日向夏橙。

"这很少见啊!"

"我每天都要在水里吃一个。"

她刚刚放下水果,才上女中三年级的少女站起身,拉着她放在餐桌上的手就要走。

"快走,趁着烟味还没有沾在咱们身上。"

"好。"

"你们是不是要去玩朝子所说的月亮?她不是常说要扔月亮吗?"

"比月亮要新鲜得多。"

"我们先去了——等会儿我们。"朝子手被牵着,歪着身子对立川说。话刚说完,她们就从草坪上跑走了。

"那就在海湾吧。"

"好。"

新一剥开橙子皮。

"来，南国的神仙。"说着，他把橙子皮扔给了白猴。白猴用长臂把橙子皮打落在地上，好似一个得意洋洋的厌世者。然后，它便无精打采地将自己那皱巴巴的脸收回到墙后面。

三个少女沿着翻放在沙滩上、露出乌贼般肚皮的租用小船跑着。她们向这边挥挥手，然后交替着用自由式和传统爬泳，从岸边的青蓝色水中笔直地游向深蓝色的近海。

"那姿势，还真有些海豹的味道。"立川望着他的表妹们，不慌不忙地微笑道。

"连立川都用动物比喻了。不过，比起海蜇，这个比喻要好些。"

"哪里，弓子小姐那才是海豹中的海豹呢。"

"又拿我开心。"

弓子瞪了新一一眼，咬住下唇的痦子，她的这个习惯显得十分优美。她那紫色的小痦子，只有笑的时候才能看到。

"我们啊，"新一道，"一看到海边上那黑压压的人群，就想起千岛的海豹岛。海豹这家伙，都是一群公的先上岛，做好窝在等着。"

"不过，公海豹做窝这一点，要比人心地善良。你们要是能不住酒店，做个窝就好了。"

"人都是季节性恋爱的，用不着做窝。夏天的海滨就是过去的歌垣①嘛。"

海边传来了摇铃声，小学生们列队站在海边浅滩。小帆船如轻盈的燕子一般，从近海处侧帆归来。三个少女时而踩着水互相往水里投掷日向夏橙，时而仰面水上等待新一、立川他们的小帆船驶来。

---

① 指日本古代的习俗，青年男女多在春秋之际聚集在海边或者山上，歌舞饮食，预祝或庆贺丰收。此种场合允许青年男女自由进行性交往，也是日本古代求婚的方式之一。

写着钢笔字的纸条、蛋糕盒子的碎片，这些谜一样的新标示吸引来更多的人群，他们沿着街道奔向阳光灿烂的大海。唯有在道路中央高唱赞歌的一个巡礼女人，仍然停留在这里。她背上的婴儿用手掌敲打着自己被骄阳灼烤的脑袋。她的大女儿挨家挨户地乞讨着赏金。路上夹竹桃的花朵催促人们加快走向海水的脚步。一个个十字路口，矗立着"海岸近道"的指示牌。

大海微波粼粼，犹如晴日的竹林。汽艇匍匐在水面上，好似彩虹色的吉丁虫。海上自行车喷水滑行，就像玩具水泵一般。白天鹅用羽翅拨动海水，仿佛溺水的蜻蜓。双桨赛艇一艘也没出港。水平线从西开始烟雾迷蒙，显出无花果的色彩。少女的船底板被海水打湿，似匕首般闪闪发光。鸟嘴般的岩礁凸起，浪头犹如白龙，时而浮出，时而消失。海滨夏令营的和式木船载着孩子们的红帽划动起来，就像是一片苹果林子。

满眼都是身着泳衣的男男女女，他们穿来的那些职业服装、华丽装饰都被脱在了陆地上。女人们的眼睛经过与阳光的战斗，眼睑多少显得僵硬。不过，她们的皮肤被太阳晒成栗色，显得十分健康。不健康的只有那些穿着和式浴衣、坐在沙滩上的女人们。身着盛装漫步海滨的恋人们，好似蒙满灰尘的假花。那些喜爱跪坐、日本味儿十足的女人，她们膝盖后到小腿流露出稍微有些污浊的色情，三天后大海就会把它们洗刷干净。她们把臃肿的腰部朝着天空，呆呆的，出神恍惚。那些特意赶到镰仓，来海滨酒店跳舞的少女，将她们青蛙一般的腿倒立起来，建起一座沙滩城堡，显得甚为可笑。你坐上小帆船，从近海那里望去，就会发出感叹，在一条丝带般狭长的波浪冲击面前，人简直就是一把微不足道的芥子，不得不老老实实任凭大海摆弄。大海将他们的心洗刷得十分单纯，就好似泳衣的红黄蓝三原色。

下午三点，水兵列队归来。酒店后门，一位年轻妇人在洗她那芦笋般的脚。她像是在外住了一夜刚刚回来。无花果的色彩顺着地平线向东移去。牛奶色在海面上漫延。当波浪连连拍打的浅滩上和式浴衣的蓝色开始变得醒目时，时间已经过了五点。那蓝色就似黄昏前稍纵即逝的情色。水艇被拖上沙滩，沙滩触目可见海藻的尸体。洋人出来游泳。停车场上，少女忘记提起脱落的袜子，她们赤裸着美丽的小腿，并排在肉铺购买叉烧肉。

就像突然想起了某人似的，猛然向山上望去，海岬处传来日本夜蝉的鸣叫，大海的牛奶色加入了大量灰色，渐渐变成昏暗的绿色。更衣所的旗子一个个落了下来。

小帆船向港湾驶来。它突然扭转船帆，沿着海岸线作上岸前短暂的飞驰，随即划出一道美丽的水线。在它疾驰方向的沙滩上，一匹健壮的马弓起身，抬起前蹄，如闪电一般飞奔，直射无人的浅滩。

"就是它。就是这匹马！立川君。"

话音未落，新一就从三角帆后跃入海中。马上的女人好似白色的流星。新一恨不得将海岸咬住，他急切地挥动手臂，拨开海水，扑向浅滩。但是，浅滩上只留下了马蹄的痕迹。他冲了过去，喘着粗气，大口大口吸入海上的空气。

黄昏，每家前面都晾晒出泳衣。别墅前沙滩的松树林里，漆成蓝色的大水桶格外显眼。朝鲜小姑娘在清洗游泳衣。看管别墅的老头儿在温室旁边为汗淋淋的马洗脚。

阴历十二的月亮勾勒出鸣鹤崎的边缘，好似水中漂流的木排。

7

弓子背朝台灯,在柔和的橙色灯光映照下,站在镜前拭去脖颈上的白粉,看上去就像是在用心擦拭银色的镜子。她在窗前抖了抖变白的红绢①,一根丝线掉落了下来。她皱皱眉,微笑着将赤裸的左腿抬起,直放在窗上,用那纤细的绢丝比量脚腕的粗细。然后,她轻轻吹起欢快的口哨,将这红色绢丝吹落在草坪上。

她心情愉悦,解开伊达窄衣带②,将它和和式浴衣一起抛在皮椅上,然后拉灭台灯。月光倾泻在弓子肌肤上。她跳上白色的床,用柠檬切片在乳房上用力揉搓。冰爽的柠檬汁促使她闭上双眼,好似沉浸在初恋一般。过了一会儿,她又用柠檬汁擦拭起脚尖前五个蛋白色玉石,此时无论吻她哪里,都是满满的柠檬味道。月光为白色蚊帐带来南国的气息。

灰色夜幕在白色蚊帐上降落,大海朝着月亮开始喷发。火山喷发般的积云,黑压压地聚拢在远处海面上,毫不留情地吞噬掉一半的月亮。月亮将如练的青色月光疯狂地抛进这黑云之中。

梦幻中的马蹄猛烈地踢踏新一的胸膛。伴随着马蹄声,他用拳头敲打自己的胸膛。他无法忍受力量逐渐增大的自己的拳头,从床上跳起身来。

浅滩上马蹄的痕迹被涨落的潮水冲刷掉了。月亮和黑云的激烈搏斗使他感情又生波澜。他双手拄在窗前,抱头坐在那里。

云彩抬起脚从海面浮升,突然有气无力地向远处飘去。月光在远海画出一个小小的圆,圆渐渐变形隐去,月光向海岸涌来。

浅滩处突然传来女人的笑声,富有活力、兴奋颤抖。这是绷紧

---
① 这里指染成红色的薄绸,用于女士和服的内衬。
② 妇女穿和服时,为防止穿着和服走样,系在宽衣带下的窄腰带。

了身体、准备跨越火焰时女人所发出的笑声,而且不是一两个人。这高亢的笑声,发自母鹿一般四处逃窜后瘫软在沙滩上任凭男人捕捉的女人,发自如抛出满手的花瓣般、释放出原始本能的女人。

新一抓住窗户站起身来。靠近丸山的左手浅滩上,影影绰绰地有人在戏耍。随着阵阵响声,焰火腾空而起,在海面上画出火焰的垂柳。

新一从昏暗的走廊飞奔出去,三下两下跳下阶梯。后门没有开。下面走廊里微微发白的是弓子的鞋。门开着。弓子抱着毛毯,蜷缩着身体。窗帘被一下拉开,新一将玻璃窗推起,拼命敲打外面的纱窗。

"喂,这打不开吗?"

弓子缓过劲来,对新一道:

"啊,吓死人了。太过分了。"

"我在问你,这纱窗打不开吗?"

"打得开。你把纱窗抬一抬,一按就成。不过——"

"海边有女人的笑声!"话没说完,新一就抱着纱窗冲向了草坪。

"真讨厌,女人那可不行。我说,你带上我!"

他顾不上走下石阶,直接就从八尺高的石崖上跳了下去。随后,弓子就像湿手绢似的啪的一声掉落下去。新一大吃一惊,反转身抱起散发着柠檬气味的弓子,向沙滩走去。远处浅滩上,有人在奔跑,就像一头飞奔的白豹。他放下弓子,拼命奔跑起来。一串串的海藻绊住了他,他跌倒在地。他刚站起身子,弓子便扑到他的肩头。随之,她左晃右晃,像蝙蝠似的吊挂在新一的胸前。

弓子蹲在海藻上低着头,用手指挤碎连成串的海藻上的疙瘩。

此时,凤仙花绿色果实破裂时的微弱声响在她耳边响起。

每当月光下的浪头溅起水花,浅滩上就像是展开一片白色纱网。

"看到那匹马以后,你就发疯了吧?"

"那是当然,是发疯了。"

"你这表情太认真了,就像是尊铜像。"弓子抬头望着新一。

"你这神情真让人伤心。我房间桌子上有无花果,你看到了吧?"

"是吗?"

"你没看到吗?"

"我怎么会看到呢?我当时可是在拼命往外跑。"

"你就像刚才那样,说话粗野些嘛。"

"为什么要粗野?"

"你把脸冲着我,好不好?"弓子柔软的手掌把新一左脸向右推了一下。新一咬了口柠檬。

"今天东京给我寄来好多无花果。让我大吃一惊,就好像给我送来了咒语——你不是说,夏天的海滨就是过去的歌垣嘛。还说这是季节性的恋爱——我每年一开始吃无花果,就觉得夏天该结束了。今年也有无花果了,季节已经发生了变化。"

"说的也是,已经过了立秋了。"

"什么说的也是,别说这种话。"

"'鹫住筑波山,裳羽服津上,少女少男齐聚此。亦歌亦舞人欢动,人妻我妻俱交往。山神从不禁此行,虽秽眼目今始见,视而不见勿责罚。'人说万叶时期的歌垣是原始恋爱的遗风。这夏天的海水浴场,也许就相当于歌垣,属于筑摩神社的锅冠祭的后辈。刚才那女人的笑声,比起歌垣的歌,还要素朴许多,简直就像原始人的女性。"

说着,新一站起身,向御最后川的河口望去。他迈出步子,贝壳发出响声。弓子跟了上来。

在月光映射下,他抱着朝鲜式上衣,唱起朝鲜的歌。

> 戒指啊戒指
> 铜亮亮　放光
> 远望去　月亮明闪闪
> 近看啊　少女在身旁
> 少女啊　少女住的房
> 传来俩人喘息声响
> 讨厌的阿哥呀
> 不要再撒谎
> 南风吹来了
> 守门人瑟瑟发抖
> 三尺围巾围脖上
> 二尺手套套手上
> 嘴上叼起长烟袋
> 我啊　临睡前真想死去

一个赤身裸体的女人起身从他旁边向大海走去。在新一眼里,她好似白狐一般。弓子飞快地搂住新一的脖颈。

"不要去,不要去。"

"让开!傻瓜。"

"太过分了。我不是在你身边吗？"

白狐沿着浅滩逃去。

"那你就下海去。"

"下海？可我没有泳衣。"

"没有就没有，我要你下海。"

弓子眼中燃起蓝色的火焰。

"好啊——我游给你看，游到我死。"

说完，她那月光下光亮如鳞的身体便跃入水中，破浪向前走去。

弓子弯膝高抬腿，从浅海处穿过月光映射的地方向前走去，好似一匹迈着优美步伐的哈克尼马。海水漫过她的腰肢，她回过头挥了挥右手。

"太凉了，舒服得要死。算了，你打算趁着我下海，去追那个女的吧？随你便，你爱怎么样就怎么样吧。"

说着，她侧着身子缓缓游动起来。她眼睛里放射出蓝玉色的火焰，火焰蔓延到她的手脚，她因冰凉潮水而紧绷的肌肉，异样地颤抖不停。她的感觉感染到沙滩上的新一。既然弓子不再战战兢兢担心被新一抛弃，既然她恢复了重返大海的美人鱼的本性，那么他就必须捉住这个弓子。新一挥动双手，飞鱼一般向她追去。

"别来，你别来。日高川啊，你不是说，胆小的恋人无法渡过夜晚的海吗？"

"你上那边的帆船上等着我。"

"我不管，我还要往远海游，一直游到我死了。我的尸体漂到了海边，你就用你的衣带把它裹起来。"

新一双手甩了甩水，像鱼叉一般直击弓子的肩头。弓子的头一下没入水中，两手紧紧握住船舷。船猛烈晃动起来，她的腿像白色蛇鳗一般在海水中漂动，紧贴在船的底部。新一从船尾跳了上去。

"来！"新一从船上伸出两手，抱起弓子。弓子双膝紧紧并拢，好似美人鱼的尾鳍。

"你小心点。你看，头发都弄湿了，像个刺松藻——糟了！糟了！"

海水从头上滴滴答答流个不停，她举起手，取下头上的发卡。两条胳膊抱住白色的半月轮廓。这是游泳衣留下的痕迹，使她胸前显现清晰的半月。那下面便是乳房的冰山。这死火山的喷火口就是那成熟的野草莓果实。她坐在卷起的白帆上，脚好似穿上了雪白的象牙圆环。隐藏在泳衣下的这白色线条，好似海滨夏天盛开的最美丽的神秘花朵，此刻正因为大海之恋而战栗不已。

弓子湿漉漉的头发披散在肩头，黑暗的夜空使她胸前的月亮显得更加白皙。

"真冷，突然感到真是冷。"

"这样，是不是暖和些？"

"嗯。"

新一觉得帆弄得自己背上很痛。

"没有刮风。闭上眼睛听，波浪的声音就像是风声。"

"就像是你这可怕的秋风。"

她睁开眼睛，身上开始瑟瑟发抖。

"不知道能不能看见呢？"她抬头看看船舷。"能看见的。那儿就是。"

说完，她静静地吹出口哨。

"呜呜、呜呜呜、呜呜呜呜呜——这是什么？你知道吗？"

"你在学霍屯督人的哭声?"

"是溪树蛙的叫声。"她指着月亮的那一边,月光倾泻在波浪上。

"那是天城山吧?伊豆的天城山。那就是故乡。"

"谁的?"

"我的。应该说是我父亲的。现在这个时候,山溪里的溪树蛙正在鸣叫。"

"我可不想听这些。"

"那好——你要是这副神情,我就给你说说我妈的故事,让你更难受。是你不好,让我伤心,让我想起了我妈。"

"我也是人嘛。我也是母亲生的。她不是为我生的我。她就是生了而已。从小大家都这样告诉我。他们只要看见我,就要问:'你爸爸呢?'就像早晨向你打招呼一样。我这种时候,总是满不在乎地说他死了。接着他们又会问:'那你妈妈呢?'我就说我没有妈妈。他们又接着问:'她也死了吗?'我回答说没有。这时,他们每个人肯定都要窥探我的神情。看他们那样子,很想问我那到底是怎么回事,但又不知道该不该问。于是,我用我惯用的办法,低下头默不作声。不过,我非常懊恼,他们为什么见到我就想问我父母的事情?难道我的眼睛、我的肩头写着孤儿这两个大字?我的脸就是一张孤儿的脸?就像艺伎粗壮的大腿、打字员常常敲打键盘的手指?"

"有这么一回事,我每星期都要想起一次这件事。两三年前,我曾去利根川、霞浦、潮来那一带的水乡旅行。芦苇莺静卧在芦苇上,好似蟋蟀一般。至今,这种景象仍然历历在目。我记得,当时我在报纸的地方版上,读到过一件有意思的事情。说的是,用黑布给一个小孩儿蒙上双眼,让两个女人站在左右两边,这当然不是捉迷藏,而是要看看小孩儿抓住哪个女人，小孩儿抓住的就是小孩儿的母亲。事情皆因亲生母亲和养母争夺孩子，最后居间调解的人想出了这个办法。蒙上双眼的孩子，没有犹豫径直就向左边走去，抓住了亲生母亲。结果，孩子的养母就不干了，坚持说那小孩儿是左撇子，眼睛看不见必然就向左走。小孩子依恋养母，去掉蒙眼的布，他就推开亲生母亲，跑到养母身边抱住养母。可是，他们在调解人面前已有约定，事情很是无奈。我至今还记得那位新闻记者半开玩笑的一句评论'这生育的力量是不是很神秘？'这事情看似虚假，却是真的。"

"看似虚假——我倒觉得那位调解人难以置信的单纯，实在是厉害。要不是这个难以置信的聪明人，这种事是办不成的。"

"什么单纯啊。我看，他是在耍弄人。要是我，我要是那孩子，我既不往左也不往右，我就一直往正前方走。"

"就算你一直走，可你是个左撇子啊。"

"我就一直走，有志者事竟成嘛。"

"要是那样的话，无论男人站在左右哪边，我希望你都要一直向前走。"

"这种事情，这种事情，连母狗都做得到。"

缆绳拉起了铁锚，船尾左右摇摆。映射在弓子胸前那白色半月的乳房影子也随之起伏，影影绰绰。

"我自己知道，在你面前，我就好像可怜的母狗在摇尾乞怜。谁叫我在孤儿院受到过的训练，就是向人们乞讨怜悯呢？不过，因此我也养成了不肯认输的习惯。说到底，女人就是爱情的乞丐。世间那些高雅女孩孔雀般的求爱方式，那些可爱小姑娘过家家一般的恋爱方式，最让我看不起，最让我蔑视。"

"真的，我六岁那年秋天被送进了孤儿院。在那孤儿院也就是挂了个名，那里真不是人待的地方。"

"孤儿院，看似人情味十足，其实徒有虚名。当然，那里肯定是收养无家可归的孩子的。"

弓子肩头被新一搂抱着，她蹭着他的侧腹，身子坠下舱底。她湿漉漉的头发打湿了他的膝盖，好似她的情感流露出来了一般。

"冷啊，你帮我暖暖吧。"

说着，她紧贴在坚固的船壁上，船壁为她遮挡住岸上吹来的夜晚烈风。她继续说道。

"他们就是冷酷无情的商人，出卖的就是孤儿们的可怜。那里的孩子就是小贩，如同巡礼时穿的坎肩①，背负着自己的不幸前行。我也，我也同样，曾经身背文具、线和纸，一家一家地去售卖。像电车一样，连轴转忙到深夜。这是真事。你看，我现在身子是不是有点向前弯？我觉得，这就是那时候身背一层层沉重箱子留下的印记。肯定是的。

"一开始，我们还带着孤儿院的证明给人家看。可是，这种推销方式到处都有，还有的用的是假证明。最主要的是，这种手法太陈旧了，已经得不到那些大妈们的同情了。于是，我们就拿出自己家的悲惨故事说给人家听。孤儿院教给我一个故事，是他们编的，说我来自本所的松永町，妈妈得了脊柱结核，我靠卖线供妹妹上学。当时流行一种人造丝编的流苏花边和服钩带，很粗糙，我就拿给人

---

① 过去日本朝圣"巡礼"时，身上要背盛放佛具、衣物的箱子，为了防止箱子摩擦背部，上身要加穿坎肩。

家看，跟他们说，我每天回家都要编的。

"那时候，我每天都要去郊外，高圆寺、阿佐谷、荻洼那一带。我已经十六岁了。一到十六岁，就没有了小孩子的可怜劲儿了。为了不让人家看出来，他们就让我穿不合身的和服，短得很，再系上小孩子的腰带，而且要系在胸前，尽可能弄得蓬头垢面，而且还要练得眼神可怜巴巴的，手脚都要弄得粗糙不堪，要是冬天的话，没事就要把手泡在脸盆的水里。所以，我就偷偷地给头发上抹些油。出门的时候，我梳个小孩子的辫子，回来后我就把头发再梳上去。这就是那时候我内心的一点点令我激动的乐趣。可就这，也被人发现了，说我的头发浓密蓬松，过于好看了。结果，油被拿走了，头发被剪秃了，弄得我就像个市松人偶[①]。

"就是在那年冬天，在阿佐谷的一栋新房子，我喘着粗气伸出皲裂的双手给一个老太太看，向她推销棉线。这时候，这家年轻的主人出来说，你说你家是本所的，骗人吧，从松永町走到这儿，天就该黑了。我看到过你从新宿的红豆年糕汤店里出来。他说的是真的。孤儿院在四谷的盐町，一到晚上我就偷偷从壁柜里抽出华丽的薄毛呢和服，和两三个女孩儿出去到热闹的街上去逛。

"就是他，收留了我。他或许出于小说家的好奇心，我呢，最需要温暖的话语。就算他是中国的人贩子，我也会跟他走的。"

"哪个小说家？"

"我不能说——那个人为我买来了许多防治皲裂的药，还亲自给我的脸上、手上涂抹柠檬汁。再后来，给我涂抹腿，涂抹整个身体。

[①] 日本近世末期流行的木雕男偶人。

所以，我直到现在都用柠檬化妆。"

"你很想他吧？"

"想，那是自然的。到了他家后，也就是两三天，我正在檐廊上梳头，那个人走过来说，你这么个小姑娘居然长了白头发，真让人吃惊，就算多么辛苦也不至于啊。说着，他就帮我拔下根白发。白发断了半截，他就用牙咬住手指也捏不住的发根，愣是帮我拔了下来。当时，我两手扶地，弓着身子。对，对。就是你现在的样子，我记得清清楚楚。他也是左膝盖立在我胸前不远。我两手无力，前胸一下就扑在了他的膝盖上，眼泪哗哗地流了下来。"

"那，这么热心肠的男人，你为什么还和他分手了呢？"

"我不能说。"

"真有你的，这也不能说？——就连小说家的名字也不能说？"

"对！"

"所以你就经常和其他男人谈恋爱？"

"说什么呢。你也会感到嫉妒吗？"

"嫉妒？——嫉妒这种感情只会使我们的生活变得苍白、沉闷、衰竭，除此之外没有任何用处。这点，我们不是早就知道了吗？我们时代的一大贡献就是，把嫉妒赶出了我们生活的世界。"

"你真够傻的。可别像蜻蜓那样自命不凡，装模作样。"

"难道说，现在女人还需要用嫉妒来装饰自己的恋爱？就算女人是离不开装饰的动物，也不会还想用嫉妒劣化自己的感情，就像她们涂抹白粉使皮肤变糙一样。"

"我讨厌小气鬼，更讨厌情感上的小气鬼。人的感情虚空多变，脆弱易折。就算多么好的恋人，说不定什么时候就会为一点儿小事闹掰分手。女人比陶瓷器还要易碎。所以，你拥有她的时候，就要小心翼翼，精心对待她，这才是真的。舍不得付出这虚空脆弱的感情，那就没办法了。就算你不爱一个女人，可你想一想，一个女人，男人明明有很多，可她却只爱着你，成为你的人。想到这些，你就要怜爱，就必须怜爱她。我觉得，你就应该站在上帝的高度疼爱她。"

"你这是在讲谁？"

"这都不知道，你太过分了。"

"你也有上帝？"

"有，就是你。"

弓子极为敏感，就像罗盘方位板上的磁针一般。她抬起脸，想看看这个男人心在何方。但是，新一平静得连喉头都一动不动。见此，她用手指尖轻轻敲了敲自己丰满滑润的喉部，咬住嘴唇上的痦子。

"你这么憎恨嫉妒，肯定是因为嫉妒使你备受折磨。你是不是曾被嫉妒折磨得骨瘦如柴？"

"你该不会是，一定要让我嫉妒你那如童话里的王子一般、不值一提的小说家吧？"

"哪里哪里。只是一想到你也曾被嫉妒折磨得骨瘦如柴，我就高兴得不得了。"

"就像现在的你这样吗？"

"你说的是那个骑马的女人吗？"

"那可说不定。也许人家是童话故事里的公主呢。"

"你以为我在讲童话故事吗？——说就说，我才不在乎呢。他是矢野先生。"

"矢野这个人写过少女小说吗?"

"他叫矢野时雄。"

"你说什么?就是那个神秘主义者——"

"你知道矢野?"

"谁知道他呀。"嘴上这么说,可新一明显感到吃惊。

"你不是说要给我讲你妈妈的故事吗?"

"别着急嘛——就是矢野,让我见到了我妈。那是我有生以来第一次见到自己的妈。"

弓子的声音显得欢快开朗。月光映照在她的脸颊,显露出毫不遮掩的微笑。听到矢野时雄这个名字时新一表露出的惊讶,让她感到喜悦。

究竟是秋风搅动波浪发出了声响,还是夜晚的波浪在盛夏时就奏出了秋天的音韵?总而言之,在洒向大海的月光下,叫做秋的鸟儿正在抖动它们的双翼。帆船如蟋蟀般登上了那熠熠发光的飞翼,新一不得不紧抱身边的温暖肌肤。从"浪子不动"望去,在黑色松树映衬下,微微泛白的月光直射在小坪海岬岸边的岩石、裸露的山地上,显得冷冰冰的。浅滩满潮的潮水在舔食被丢在那里的两件睡袍。

"我妈的故事就算了吧。不过,矢野说,他说要结婚,就得入籍。所以就帮我找到了我妈,让我们见了面。可我怎么也叫不出妈妈这两个字。你说是不是,我从小长大就和母亲没有什么感情,也没有一点儿母亲的记忆。你说,要是你走过路边,突然石头的地藏菩萨对你说它是你妈,你能不吃惊吗?那情形和这是一样的。她是我妈，我倒并不怀疑。不过，一个素不相识的女人出现在自己眼前，自称是妈妈，我有什么办法呢，只有应声：'是吗？'"

"我记得是矢野告诉我的，说是两千年前印度的《摩诃婆罗多》里就歌唱了这种心情。说是有个女人叫贡蒂，她的母亲是森林的灵女，父亲是神圣的所罗门。她对太阳神的幻象一见钟情，生下了太阳神的孩子。那个孩子叫做迦尔纳。正因为他是太阳神的儿子，所以眼睛似狮，肩膀如牛。不过，这位公主，按现在的说法，是和我妈一样生了个私生子。所以，她觉得很丢人，就偷偷地把孩子装进筐里，丢进了大河。她哭得双眼红肿，为孩子祈祷：水神伐楼拿，请你守护这个孩子！孩子的父亲太阳神，请你照耀这孩子给他温暖！你黄金的盔甲就是以后相见的信物。世间所有的女人，愿你们都会为如喜马拉雅森林的公狮般威风凛凛的这孩子所吸引，所倾慕。"

"后来，装着迦尔纳的筐漂流到了恒河岸边。迦尔纳得救后，长大成了非常强悍的武士。可是，他身份不明的出身让他在许多战场上丢尽颜面。他的母亲若无其事，成为王妃，又生了五个孩子。母子再次相见，是在迦尔纳要和同母异父的弟弟打仗的关键时刻。怎么说，这也是自己亲生的两个儿子拼杀啊。作为母亲，贡蒂为自己年轻时的愚蠢向迦尔纳哭着道歉。此时，迦尔纳这样说：您现在要求我听听您的诉说，可是您当年为什么要抛弃一个婴儿呢？我从没有让母亲您遭受任何敌人的侮辱，我既没有得到您母亲般的温暖，也没有得到您儿子兄弟般的对待。所以，我要和弟弟阿周那一对一大战一场，死了我也心甘情愿。说真的，从来没有敌人会像母亲您这样，让我遭受这么大的屈辱。"

"所以嘛，我根本就不想听什么我妈抛弃我的原因。我妈后来结婚成了家，在幼儿园做了阿姨，照料和我同样年龄的孩子。我上小学的时候，她当上了小学老师。我见到她时，她告诉我，她没有能力在女校做老师，所以就独自开办了个私人公寓，专门收那些和我年龄差不多的女学生住宿。她也许是觉得我已经上了女校了。"

"这回你讲的又是关于你妈的童话故事吧？"

"是真的。就算我妈那么好，那么爱我，可是不在一起我也体会不到啊。所以啊——"

弓子身子猛地撞向新一，新一倒在船舱里。船搅得月光晃动不已。

"唉，你等等。我放下平衡球。"

船平稳下来，不再晃动，他手里全是铁锈。弓子咀嚼着这钢铁留下的气味，烈火喷发似的放声大哭。

"我爱人的方式，才不会像我妈那样呢。"

虚幻的马

无论是在哪里的避暑地，那些系着丝织单腰带的女人们都已感觉疲惫不堪，变得有气无力。但是，朝子却只在脸上涂抹了一层薄薄的植物性化妆水，精神焕发地迎来了新的一天早晨。

立川打开别墅的栅栏门，胡枝子的树枝啪的一声，击打在他的肩头，立川如同受到了清晨轻轻的鞭打。

"喂！"

"啊呀，不行啊。一点儿露水都没有。还是夏天嘛。"

朝子发出爽朗的笑声，向花坛跑去。

"菊子来信说，山上满是朝露了。"

"山上？哪儿的山？"

"日光的山。说是中禅寺湖那里的。"

"对了。那儿的杉树会滴落水珠的。"

或许是照管别墅的镇上人的好意安排，花坛里面杂七杂八开放着夏天常见的花朵，雁来红、美人蕉、天竺葵、金莲儿、剑叶兰等，反倒有种鲜见的野趣。

栅栏门后的秋海棠已经花落，叶子好像要紧抓住小昆虫，湿漉漉的，光润诱人。

"不过，今天逗子的海下雾了。大哥你这样的懒虫是看不到的。"

"你去海边了？"

"对的。"

"去看跳台了吧？昨天晚上是不是做梦了，梦到倒立跳水了吧？"

"什么呀。我才不做梦呢。今天早晨我跳过了，跳得漂亮极了。"

"瞎说。你就连个倒立都做不了。你这女人啊，明明不行，就是嘴硬。"

"我做得了，女人怎么就做不了了？"

"那好。你给我做一个。"立川越过花坛，抓住朝子的肩膀。

"大哥真讨厌。没有海怎么跳啊。"

少女的肩头发硬，紧张极了。这使立川想起三四年前的新年。那天，他想叫朝子回去，便来到朝子的房间。朝子正在一个劲儿舔着毛笔，在做新年初始的练笔。立川从后面悄悄靠近朝子，望着她被墨汁染黑的嘴唇，感觉她非常可爱，让他不由得抱住她的肩头。她两手无力地下垂，肩头僵硬。立川刚一松手，她就轻握拳头，像小鸟展翅一般张开手臂，摇动胳膊，喊着"真疼，太疼了"。

当时她梳的少女短发现在已经长到了腰带中间，恰到好处，略有些粗，又稍稍发硬。修剪漂亮的发尖散发出迷人气味。不过，被海水浸染的肤色又将这种气味削减掉一些。

"吃完饭，我们就一块儿去海边吧？趁着人还没来，我们先占上跳台。翻腾跳水、屈体跳水，我这个夏天都要学会。"

"真是难以想象。你要知道，跳水可是有三十九种哟。"

"这我知道。"

早晨的饭桌前，有立川的母亲、立川、立川的妹妹澄子、朝子、朝子的妹妹秋子，放着五彩椒的盆栽和插着唐菖蒲的花瓶。水果是昨天刚到的青森的成子苹果，绿绿的，很清爽。还有岗山产的白桃，如长着胎毛的婴儿柔软的肌肤，很是漂亮。虽然没有新一在饭店餐厅从朝子那儿得来的日向夏橙，但有加利福尼亚的甜橙。葡萄的颜色是意大利紫。

在立川眼里，朝子也被归纳在新鲜水果之中。

潮水退落后，早晨的浅滩平滑得好似铺满了蓝铁色铅板一般。每天的盐水使得朝子泳衣裙子已经缩水许多，裙子紧贴在她栗果似的腰际。她头发拢在头上，好像是演戏的假发，头上紧紧包裹着黑色的布，看上去不像是一个少女，倒很像是一名轮廓清晰的十五岁少年。夏天的海使得她曲线丰满、富有弹力，腰部以下变得纤细美丽，好似美人鱼的尾鳍。她未受阳光灼烤的皮肤，嘴唇、手指、脚后跟等，泛着柔和光泽，显出充满活力的女性味道，使得立川不敢直视她。

"您要是不下海的话，那就看衣服吧。"被这么说了之后，立川便站在放在沙滩上的朝子她们的金线绉绸薄和服旁边。

"你看，弓子还没起床呢。她的房间还拉着窗帘。"

朝子从海水拍击海岸的地方回头喊道。

酒店餐厅已是吃早餐的时候。后门跑出两个外国少女，她们像花瓣一样飞向海滩。然后，她们张开小帆船的风帆。更衣所开始升起旗子。租帆船的家伙们坐在帆船上面。

朝子站立在跳台边缘，准备倒立入水，她两腿并拢，十分优美，膝盖微微向前，双手略微向后垂。她保持这一姿势，平静地倒向前方，眼看就要掉落的那一瞬间，她脚尖用力蹬开跳台飞跃而起，技巧十分精湛。她身体翻转，好似掠过波浪的海燕。她坚毅地眼望前方，从向上抬的脸，一直到下颌、胸脯、腹部、双脚、脚趾，拉开了一张美丽的弓。观者无不为这人体线条之美感到惊叹。人们说，女体的美是无限的，她的身体就如同崭新美丽的鸟一般。她打开的双手好似飞鱼的两翼。她伸展的身体好似修长的燕尾。张开的弓形虽然遮掩了乳房的线条，但仍然可以看到她后背显露的翻转的肩头、丰满的腰部，拥抱着圆润的凹陷。她飘浮空中的这一姿势，在留下短暂幻影之后，继续着健康的运动。弓伸展开来，朝子用两臂夹住头部，两手大拇指轻轻触碰在一起，划出一条直线。于是，她犹如一支投枪直入水中，浪花飞溅。

"地上的恋爱多不健康啊！"朝子跃入水中的姿态，使立川灵魂得到洗涤。

朝子褪去泳衣，换上和式浴衣，立川顿时感觉她身上流露出成熟女人的味道，这让他惊讶不已。不过，当她褪去和式浴衣，换上泳衣时，立川同样也立时感到了她成熟女人的味道，同样惊讶不已。就算他既迷恋于裸露的肉体，也沉醉于衣裳包裹的肉体，可他怎么能用色情去玷污这崭新的弓和锐利的枪呢？

秋子紧跟在姐姐后面，入水的姿态和姐姐一样。澄子按照顺序也跳了下去。朝子又一次登上跳台，用手在嘴边做喇叭状，大声招呼立川。立川没有穿游泳衣，却没有丝毫犹豫，从海水中跑了过去。朝子一个屈体动作，便跳入海水中。她入水的姿势好似跃上浪尖的海虾。

"你们看着，大哥的不倒翁跳水。"立川跳离跳台，两手立时抱住收缩起的膝盖，屁股拍打水面，嘭的一声落入海水之中，显得倒是从容不迫。三个少女笑成一团，从跳台接连跳了下来。朝子说道：

"这是大哥的拿手好戏。这姿势别人可做不出来。"

说完，她们又向远海游去。正午时分，她们和新一等人又坐在了酒店草坪的藤椅上。星期天的大海，四处是人，以至于青年团员在海滨到处喊"有三个孩子走失了，有线索请告知"。海面银光粼粼，刺人眼目，小帆船显得黑乎乎的，好像站立的水怪。

"喂！"新一大喊着，把载着弓子的小船靠向立川的小船，弓子打着一把银灰色的太阳伞。

"你和朝子在玩龟兔赛跑呢吧？自己明明知道人家已经长大成人，可还是把她当成个孩子，不当回事儿。你不当回事儿，可人家一下就长成了大姑娘。也说不定，你是乌龟，恋爱才是兔子，小兔子特别想被乌龟抓住，所以就故意显得很可爱，在那里打盹。不过，不管朝子是兔子还是乌龟，只要她冲过了终点线，那一切可就完了。"

"你这家伙，在大海里面说什么怪话？"

"说怪是有些怪。人家姑娘可是奔着恋爱跑过来的啊。你又该笑我说了好多遍了——能够拦住奔跑而来的这女孩的，只有终点的横线，横线是谁都无所谓，就算是我也行。人家可是不顾一切地一直在跑呢，不管这横线是红还是蓝。"

"行了，行了。"

"这该我对你说。朝子假如不是你表妹，你想想看。人家热情似火着呢，就像是盛开的向日葵。而且，这朵向日葵可是有点偏向我哟。我这个人，不管什么时候，都不会忘记在女人面前，就是要举起白线作为女人的终点。"

"所以，我没说错，你就跟进行表演的海豹似的。你说的我都明白。"

"明白，你打算怎么办？"

"你说什么呢？"

立川不再平静。他紧握漂浮在海浪之中的划桨，双眼盯视着新一。弓子反而很高兴听到新一这么说，用狡黠的眼神制止了新一。

"也不能完全这么说，太恶心人了。立川和朝子怎么说也是表兄妹，你这么说太失礼了。"

"多嘴。你已经是跑到终点的人了。你一边去，喘着粗气待着吧。"

"那行啊。快到终点时，我就把终点线给他剪断。"

立川情绪激动，用足胳膊的力量将船划得快了起来。一会儿，船在远海处接上三名少女，向鸣鹤崎岩礁上的钓鱼处划去。他们在那里收获不多，只抓到虾、竹荚鱼、石鲈。即使如此，就连弓子也跟着他们来到别墅，热热闹闹地做起饭来。闻到镰仓海虾烧烤的味道，新一急忙跑到厨房一看究竟，弄得女孩子们笑声不断。

他们一起又来到海边。在晚霞映照的海上，他们拾起漂流来的木棍扔来扔去。海风静止，风平浪静，微波缓缓地舔舐着浅滩的沙子，浪声渐渐变弱，显得懒洋洋的。

"啊，这么风平浪静，静得好像被戴上了冬天的厚帽子。你们不觉得挺烦人的吗？我们打乒乓球去吧。"朝子劝弓子一起去。

见此情景，新一看了看立川，差点儿脱口而出："你看看，这女孩儿感情多细腻啊。"

酒店经理把双桨赛艇放入海水之中。新一和立川坐在沙滩上的和式木船边缘,手里摆弄着刚才他们扔来投去的漂流木棍,就在此时,那匹马又缓缓出现在御最后川的河口,它有板有眼地迈着西班牙慢步,犹如飘动的白布。它刚刚在浅滩上换成最为普通的慢步,转眼之间就在骑马女人的驱赶下直奔大海,也许她是要大着胆子试试水中骑马。新一如飞箭一般冲了过去。

看到此景,弓子从乒乓球室飞跑出来。

"弓子!"朝子一把抓住她的胳膊。

开始,弓子试图摆脱朝子,突然之间又紧紧攥住朝子的胳膊肘,手指几乎抠进朝子的肉里。朝子一惊,抽回自己的手,与此同时弓子也松开了自己的手指。然后,两人不由自主地相互望了望各自苍白的脸。透过她们的眼神,可以知道她们都发现了自己刚才忘我的认真。朝子自己也没有想到自己会拦住弓子。弓子更没有想到自己会被朝子拦住。这两个女性为突然发生的事件感到吃惊,同时又本能地察觉到对方内心的深处。嫉妒?最先闪现在弓子脑海中的就是嫉妒。自己大惊失色追赶上去,如此想阻止新一接触其他女人,难道让朝子心生嫉妒?

秋子和澄子没有作声,茫然地站在乒乓球台旁边,望着两个人。朝子低下头,首先说道:

"对不起。"

"哪里,是我对不起你。"弓子向前迈了一步,轻轻拿起朝子的手。

"疼不疼?"

"没事,一点儿也不疼。"

"不过,你为什么要拦我啊?"

"真的对不起。"

"应该我说对不起。可你为什么要拦着我呢?"

"我也不知道为什么。"朝子差点儿要哭出来,那神情就像悲伤的孩子。她这副模样不可思议地感染到弓子,使她内心平静下来。弓子尽可能语调轻松地说:

"你这人真吓死我了。"

"我也吓死了。"两个人都露出空虚同时又是明快的笑容。

"既然朝子用这么大的劲儿把我拦住了。那我就不去追了。我回房间了,你也一块儿来吧。"

"我真不知道自己为什么要那么做。你一定要原谅我。"

"我感谢你。一开始啊,我还想你是不是出于嫉妒呢!不过,现在我觉得我理解了你的心情。"

说话间,她们二人感觉到不知来由的心心相印的亲切,随后便去了弓子的房间。

马游到岸边便站立了下来。骑手搂住马脖子给马清洗了身子,然后又骑在了马背上。她好像穿着游泳衣。马向沙滩上的新一奔来。新一大胆地举起双手。马上的女人在新一胸前轻盈地跳下马背。透过酒店的窗户,在夕阳的明亮光芒之中,可以清晰看到远处这一景象。

"让我把窗帘拉上吧。"弓子咬住嘴唇上的痦子,站起身来。

"你拦住我,是因为可怜我吧?"

"不是,不是这么回事。"

"我可不是那种女人。我一度觉得我已经战胜了自己悲惨的境遇,变得焕然一新,成为了一个开朗的女人。可是,我遇到了朝子小姐你这样的人后,便觉得自己没有希望了。我希望你能够像刚才阻拦我那样,永远坚定不移。今后,你一定要成为我最好、最好的朋友。"

说完,她在镜子前面摘下帽子,用微微颤抖的手指匆匆整理了一下头发,然后猛然转过身来,神情严肃地看着朝子说。

"我还是要去看看。你可以觉得我很可怜。可躲在这里逃避这一切,是不真实的。对我来讲,是不真实的。"

弓子慌慌张张地走出门。朝子站起身来,大惊失色。她的心空荡荡的,好像浸泡在水里一般,孤零零的,没有着落。她走下沙滩,立川赶紧向她走来。

朝子身体那么健康,此时却显得柔弱无力,犹如矢车菊一般。她望着立川,像往常一样快活地微笑着。这微笑就如同矢车菊,彻底打开了她敏锐纤细的感情花瓣,流露出她稚幼的烦恼。

"你怎么啦?"立川走到朝子近前,与她肩并肩走起来。还没有走出五步,朝子就微微耸耸肩,轻轻转过头问:

"我的表情还是很奇怪吗?"

"像南风一样,晴朗得很。"

"是吗?那就好——弓子她——"

"我还以为怎么了呢。她刚才不是一直和你在一起吗?"

"那秋子她们呢?"

"她们先回去了,说是要去八幡那儿看'活动写真'[①]。"

这天晚上,八幡宫里面有电影,专门招待来此避暑的客人。

"所以,大哥就一个人在船背后发呆啊?"

---

① 明治、大正年代对电影的旧称,大正后期开始使用"映画"一词表示电影。

"我说，我说，你这是在一个个点名呢。"

"新一先生呢？"

"你是说高木？"立川看了看朝子的眼睛。一双黑黑的、显得很大的眼睛，不知为什么，此时却放射着锐利的光。

"那家伙，和那个骑马的女人在一起，也不知去哪儿了。"

"那就是说，弓子没有抓住他。"

"你是说高木吗？"

"对啊。"

"那就不知道了。"

"真的吗？"

"高木这个人嘛，只要能抓住骑马的女人，就算他自己被弓子捉住了也没关系。我一点儿都不会感到惊讶。"

"刚才，我抱住弓子把她拦了下来，就在她要追赶高木先生的时候。至于为什么要这么做，我也不知道。做完后，我总觉得自己孤零零的。"

"你觉得弓子可怜？"

"不是。我才不会觉得弓子小姐可怜呢。"

"你也想去追那个男的？"

"说什么呢？连大哥也这么想啊。算了，不说这事了。"朝子在白垩岩上向前欢快地跑去。不知不觉，他们远离了海岸边乘凉的人们，踏着沙子走向小坪的海岬。不知什么时候，他们走到了"浪子不动"下的岩石嶙峋处。

立川觉得，自己出口伤害了这个如橘花一般纯洁的少女，不由得嘴唇一抖。但是，朝子自己似乎并没有察觉他的话对她很不合适。

虽说如此,他还是换了一个说法。

"那就是说,同为女性,你在潜意识中觉得弓子的行为令人不齿吧?"

"那倒没有。她敢于袒露自己的感情,不在乎外露的丑陋,我想她一定是经历了很多苦难。"

朝子竟然能够说得如此深入。立川想,那我就索性继续问问。

"按你这么说,她和高木的'剪不断、理还乱'的感情也是——"

"我觉得,那挺好的。"

"你说的好,是哪种程度的好?譬如说可以结婚?"

"怎么说呢。"

"她没有想过和高木结婚吗?"

"想过。这种事情,女孩子谁都会想一想的。我觉得。"

"那想没想过和别的男人,譬如说——"

"想过。大哥,别问了。"

虽然知道朝子说话直率,但她的回答还是令立川深感惊讶。

种下蓝草做什么

做件蓝色上衣吧

种下粉红草做什么

做条粉红的裤裙吧

粉红色绸缎的裤裙

折出的裤线像石榴裂缝

从海滨到正南的水平线,海面在月光的照射下粼粼泛光,浅滩上又响起了朝鲜的歌谣。弓子双腿乏力,如同一块湿漉漉的白手绢,循着歌声走去。她身着平纹连衣裙，在月光映照下，一副疲倦迟钝的模样。从鸣鹤崎沿着叶山道走到蹬摺，又沿着镰仓道走到久野谷，在御最后川的河边、八幡宫的寺院内、延命寺里、松原的别墅区，还有新宿海滨，她来来回回走了两三趟，四处寻找新一。她手腕痉挛，眼睛酸痛，连眨眼都不敢。海滨已不见乘凉的人影。海岸临时开设的剧场又变成了荒凉的空地。

刚才听到歌声时，她看到在朝鲜小女孩的旁边，有个如同白狐一般赤裸身体的女人走入大海。说不定她就是新一追赶的女人，想到这里，弓子开口问道：

"你知道一个常在海边骑马的女子吗？"

"知道，她是我们家小姐。"

"真的？她家在哪儿？"

"就在那儿，不远。那片竹林之间可以看到温室吧？就是那儿。"

"现在在家吗？"

"和客人去三崎了。"

"三崎！"弓子望了望远海，但看不见三崎。她瘫坐在沙滩上，难道说新一和那女人去了三崎？

"那个男人是不是没有穿外套，也没戴帽子？"

"男人？"

"就是那个客人。"

"小姐的朋友是女的。"

"你撒谎！"

"是真的。她们昨天走的，说是去参观大学的临海实验所。"

"你说是昨天。瞎说。"

朝鲜女孩一下子站起身来,像白色的丁香花一般,迈着大步消失了。

"浪子不动"海崖下的岩石处,可以看到有白色的东西在晃动。弓子跑了过去,鞋里灌进了沙土。原来是朝子在捡拾碎石片往海里投。立川坐在岩石的角落。弓子扭过身子,手捂着脸,跌跌撞撞地跑走了。

"你看,那不是弓子小姐吗?大哥,是弓子。"朝子高声叫喊着追了上去。

"弓子,弓子,弓子小姐!"

弓子锁上门,拉下窗帘,便开始化妆。她伤心的时候就会咬嘴唇上的痦子。如果还是伤心,她就化妆。

另外,她每天都会把指甲锉刀、橙木指甲钳、管套、砂纸等玩具一般的美甲用具摆在桌子上,呆呆地坐着,一天要有两次。就在这样的日子里,一天下午,他们凑在一起来到海边。看到帆船向远海驶去,新一大声斥责出租船的老板。

"喂,喂,昨天不是跟你们说好了吗,我今天租船。"

"碰巧,来了个没办法拒绝的客户——"

"胡说八道,那我可去抢过来了。"

"那就随您了。"

新一的单人双桨赛艇犹如满载新的恋情的飞箭一般。但是,当他将船舷与帆船相并的时候,他的脸顷刻之间变得比梧桐还要苍白。帆船上坐着的是他新的恋人芳子①。这倒不必惊讶,可还有另一个女

---

① 此处疑似作者笔误。按下文来看,应为鸟子。

人在帆船上，而这个女人正是那个在虚空之中用马蹄猛烈踢打他心胸的人。而芳子并不是那个人。来到这个女人的身旁，他才知道知道芳子的马根本不可能在云端飞驰。这回他是第一次看清楚了那个骑马的女人。

接吻

蓝色的玳瑁蝶由蜀葵飞到树墙的白木芙蓉上。此时，新一想起在沙滩上冒着强风飞跑来见自己时，鸟子所穿的和服袖子。她并不是那种在夜晚的沙滩上手牵着手、低垂着头漫步而行的中规中矩的恋人。她也不是佩尔什种的菊花青马，和她的坐骑一样，她属于栗色毛的英国纯种马。她根本不懂那种骑在优美女鞍上的英国女性的骑术。这个女人，她只知道美国妇女式的骑法，跨在著名骑手游左中校喜爱的那种男鞍上，在海岸袭步奔跑，或者骑在"跃乘鞍"上，让马直立行赛后礼。第一次抱起鸟子时，新一高喊道。

　　"这匹名马真漂亮！"

　　他有力的臂膀抱起两个新鲜的秘密。这就是处女和马的肌肤。她的腰肢和大腿经过马的锤炼，结实得如马皮。他的手掌显现出他的喜悦，就好似上面摆放着烈火熊熊的铁盘。

　　原野与大海的马场上，张开了蓝色天幕，夏日阳光照射在杂技场内，表演驯马的女孩就是这位鸟子。

　　不过，刚才的一切都发生在一个小时之前。

　　"臭虫子！"

　　新一用拐杖猛烈敲打。玳瑁蝶掉落下来。小河的水枯涸了。河岸艾蒿上破碎的蝴蝶翅膀，颜色浅蓝如鸭跖草花一般。他用力踩烂艾蒿和蝴蝶，然后回过头生气地看了看立川家别墅的门内，大步走去。他心乱如麻，等不及朝子她们更换衣服。

他站在停车场的小卖店前。他忘记了带香烟。小卖店的女孩儿脖子上缠着绷带，短发衬托着圆圆的脸，很漂亮。

"混蛋，把绷带取下！不要那么漂亮！"新一差点儿喊叫出来，他烟也没有买，就离开了小卖店。他觉得，除了帆船上的那个女人，其他女人都不应该美丽，哪怕超出那个女人一点点都不行。他生气极了。开往镰仓的火车来了。

鸟子入海骑的马，毫无疑问就是那匹栗色毛的英国纯种马。就是它，在一直用那虚幻的马蹄踢踢着新一的内心。不过，骑在马上的那个如白色流星般的女人，却并不是鸟子。当然，他也只不过是从酒店的窗户、草坪、波浪上，看到过三四次这道掠过浅滩的白光。他从未看清过那个身着白色骑马服的女人的脸庞。所以，他拥抱鸟子时便相信她就是那个女人，因此他夜晚的睡眠深沉、平静且愉快。所以，对于他来讲，鸟子仍然如每天更新的蔷薇，日日有新意。但是，当他的单人双桨赛艇追上帆船、一眼看到船上的两个女人时，他心里清晰地意识到，自己看错了人，真是可悲可怜。流星并没有落到地上，虚幻的骑马女子仍然在他头顶遥远的云端悠然奔跑。他是怎么知道的呢？只要把两个女人放在一起做一下比较，就会一目了然。现在，就算鸟子在浅滩上骑马往返跑上多少次，自己也不可能像以前那样疯狂地去追赶她。这是不得不承认的事实。他感受到一种从未品尝过的屈辱，他体验到从未有过的盲目和可怜。他觉得那个女人仿佛在讥笑自己："猪只配与猪交往，泥只能和泥混合"。

如果说那个女人是英国纯种马，或者是奥尔洛天马、普廷马，那么鸟子连佩尔什马都算不上，只能算作一匹天然蒙古马。他感觉现在自己就好像被人硬塞进手里一个玻璃球，且说成是水晶。

随后他便赶往镰仓，去追赶帆船上的那个女人。原野上，红薯、玉米、牛蒡、地肤、金盏花等等，被黑压压的狂风吹得东摇西摆。乌鸦群慌张飞起，低飞掠过原野，骤雨敲打着火车的玻璃，闪电从江之岛上空划过。

"帆船啊，变成了落汤鸡！卷起船帆，沉没在浪涛中。"

汽车刚刚驶入酒店的大门，就听到舞池的乐团奏响了战斗进行曲。透过被倾盆大雨敲打的玻璃，能够看到舞厅内的景象。狂舞的女人们的衣裳犹如华丽的武装。

"来一场腥风血雨吧！"

新一意气风发，跳下车直奔大厅。

FANCY DRESS BALL 31ST. AUG ;WED.
(THE LAST DANCE OF THE SEASON)
S.S. PRESS OF TAFT'S
　　ORCHESTRA

新一望了望门口旁张贴的告示，心里不由一惊。八月三十一日，这怎么可能？它旁边不是贴着两张黑乎乎的海报吗？有什么可着急的。

DANCE 13TH. AUG.
　　TEA TIME　　　　DANCE TO–DAY

AFTER DINNER

他扫了一眼咖啡厅的女人们。那个女人和鸟子都不在。他一边买票,一边迅速地看了看在舞厅狂舞的女人们。她们还是不在。她们不在是很自然的,也许帆船还没有抵达镰仓海滨。况且,他并不清楚她们会不会为跳舞专程来镰仓。新一望了望车站广场如小石子飞溅的骤雨,觉得自己现在只能马上去舞会日的那家酒店避雨。另外,他有一种预感,觉得她们就要来到酒店。

他没有走进舞厅,又返回了咖啡吧。他捡起一本美国的妇女杂志,也不知是谁落在这里的。为了平复焦躁不安的内心,他随便翻阅着美国女孩的咨询栏目。

问:

1. 少女和少男相互通信时,谁会先写信?
2. 一群少女少男坐货运车在下午去游玩,合适吗?
3. 一个青年向你求吻,结果被车撞了,你会看不起他吗?

问:

去年的现在,我看上了一个青年。但是,到今年秋天我们也没有机会见面。从这个秋天,他隔一段时间就来找我,还带我去参加舞会、看剧。但是,有一次他邀请了我,却放了我的鸽子。从此以后,他只是找我,却不再带我出去。我对他的行为很不满,不想和他交往下去。可是,后来他跟我解释清楚了那次失约的缘由,所以我也就没有深究,事情就这样过去了。后来,因为他不带我去娱乐场所,所以我和别的青年开始交往。

不过,他至今从未和其他女孩有过来往。我这样做很不好吗?现在,他不再找我了。但是,我参加的舞会,他都会来,而且总是看我跳舞。另外,他总是喝酒,和我在一起的时候他从不喝酒。他十六岁。

问:

我十三岁,有许多男朋友。也不知为什么,我有时总感到很悲伤。我身体没有病,但有时候却会想,自己的身体爱怎么样就怎么样,随它便吧。因为我每想到未来,就会觉得很悲惨。这是为什么?小女孩儿都像我有这样的想法吗?

问:

1. 我们两个人都是中学女生。和男生坐汽车时,允许他们搂我们的腰,这样好吗?别的女生都允许。

2. 我们两个傍晚去滑冰场,可以吗?

3. 不认识的年轻人和我们搭讪时,和他们交谈好不好?

4. 中学女生过生日的时候,邀请其他年轻人来和她一起过生日,这样好不好?

问:

脸蛋红是健康的标志吗?我的脸蛋无论是坐着还是干活,总是很红,让我感到很尴尬。

汽车一辆接一辆地驶入酒店大门,沿着松树林荫道开到门厅前,就好像黑压压一片犀金龟在啃咬雨柱这块白色的布。待乘客下车后,它们马上就会安心地退到门厅一侧离去,好似身着礼服、送走主人的仆人。这些车里,四辆就有一辆是来自横滨的船,或者外国人居留地。各个国家的女人从新一的身边走过,涌入舞厅,她们打扮得就像是女士洋装店的模特似的。他一边不时瞥瞥她们,一边翻看着美国女孩们天真幼稚的爱的苦恼。

问:

1. 我们两个都是小女孩。我们相信这种说法:不要仅和一个人,应该和多个青年进行交往,这才是高尚的。这对吗?

2. 一个女孩子打电话约不相识的男青年,与他开玩笑取乐,您觉得这样的女孩怎么样?

3. 我的朋友,她还是个少女,准备到其他的城市去。她要去的地方有四个女孩,她们每个人都有一个年轻朋友。她们等我的朋友去,也要给她介绍一个男朋友。这合适吗?

4. 我的辫子有些打卷,眼睛和睫毛都是黑的,脸微微发黑。您觉得好看吗?

5. 带猫眼石的耳环,不吉利吗?

6. 我的母亲说,让自己觉得很好而且交往很久的男青年吻自己,没有什么不好。而且,我也没有见过女孩子不让和自己交往很久的男朋友吻自己。可是,这为什么就不应该呢?

问:

我是十四岁的女孩,现在结婚有点早吗?

问:

1. 我是个二十岁的女孩,有两个弟弟。一个十五岁,在理发店工作。一个十七岁,在汽车修理厂上班。他们弄得我和妈妈的生活很不愉快。他们住家里的、吃家里的,但是不花钱,对家里的事情一点儿也不管。我们饭做得晚一点儿，他们就破口大骂。看上去，他们毫无姐弟之情。他们就是在家，也根本不和我或妈妈说句话，这就是证据。怎么做，才能让他们在乎家、在乎姐姐呢？

2. 有了充分的理由，正在交往的女孩子就可以在男朋友家住一晚上吗？

问：

十八岁到二十岁的名片，该怎么印呢？

问：

1. 我是十九岁的女孩。我想在辫子上系丝带，是不是岁数有点大了？

2. 我这个年岁的其他女孩都有了男朋友。我一个也没有。我和男青年在一起的时候，总爱赞美他们，可不在一起的时候，就把他们忘得很干净。这是为什么？

3. 诗人的收入高吗？

4. 哪个女子大学最好？

问：

一个十七岁的少年带和他同年龄的女孩去看电影，回来时必须请她吃饭吗？

舞池传来开窗户的声音。新一抬起头，发现松树枝梢上的海面乌云开始散去。正面台阶上，从二楼走下一个穿旗袍的女人，鸟子和她走在一起。新一急忙卷起美国的妇女杂志，紧握在手中。

从新一的桌子望去，阶梯正在他的侧面，自然也只能看到走下阶梯的她们的侧脸。她们的侧脸平静得出奇。在她们的侧脸下面，能够看到身着轻便下午装束的美国女孩们向舞厅移动的美丽双腿。穿着工装式连衣裤的孩子，在向雨刚住的草坪跑去，就像酒店饲养的小狗一般。两三个老实的日本女孩，手拉手站在舞厅的入口，衣带高高地系在胸前，胸部似火苗般地摇曳晃动。狐步舞曲《我的盛装女孩》结束后，稍事休息，舒缓地响起华尔兹的摇篮曲。

"华尔兹。妈妈。我又觉得有些害怕。"

长着美丽面庞的贵族少年，从舞池来到咖啡座，独自一人在母亲面前兴致勃勃练习舞步。少年毫不在意坐满咖啡座的外国人，母亲脸上露出微笑。

"华尔兹还是要穿旗袍的。"新一的脑海里突然闪现出这样一个想法。

舒缓高雅的音乐，对于被爵士乐击打得头昏脑涨的他而言，犹如暴风骤雨过后的晴空万里。不，更像是走下阶梯的那个身着旗袍的女人。这明朗欢快的管弦乐不是在为聚集舞池的男男女女们伴奏，而是在迎接缓步走下阶梯、戴着蓝色耳坠的她。她向自己靠近，好像有什么东西在吸引着她。音乐使新一产生如此感觉。

白色的鞋，浅灰色皮革边，她就像一首短诗向他走来。雪白的上衣，绣着黄色牡丹花、浅蓝色牡丹叶。淡黄色裙裤上，绣着大片的芍药花瓣，如游丝一般轻轻摇摆。吹散乌云的风，将上衣和裙裤吹得鼓胀，为美丽的绉绸带来朦胧光彩。如中国妇女一般随意梳理的头发，使得耳朵、后颈别有韵味。束夹衣的编织纽带、绕在手腕上的绿色扇子绳，分外好看，神灵活现。如此柔和光线中的姿态见所未见。甚至就连下摆和襟口都显得圆润柔和，既看不到接缝，也看不到断痕。

看到她,咖啡座上的人们都一片惊艳之色。正在摆放多米诺木牌的三个青年高兴地站起身来。她微微点点头,坐在那个法国人的桌子旁。鸟子退后坐在长椅上,就像是仆人一般。她看到了新一。新一刚想站起身,却看到鸟子咄咄逼人的骄傲眼神,便想要神情严肃回看她一眼。结果,他却向鸟子行了注目礼,一不留神露出了马脚。可是,他要一直这么坐着,难以反败为胜。于是,他大大咧咧地站了起来,坐到鸟子近旁,膝盖几乎挨到鸟子的膝盖上。

"坐帆船,没挨雨淋吗?"

"您说的是帆船吗?我可不是坐什么帆船来的。"

"胡说!"新一心里暗暗骂道,惊讶地看了看鸟子。为什么她要压自己一头呢?他真想对她嗤之以鼻。

"那你是骑马来的?说起马,我想起来了。得赶快说给你,省得一会儿忘掉了。在逗子,我真是个糊涂蛋,把马竟然给弄错了。这回在镰仓,绝对不能发生这种事儿。"

"那是自然了。这件事,我一开始就知道了。"

"既然如此,那就赶快把我介绍给那位小姐吧。"

"你要干什么?"

"要干什么。你是想让我把要干什么说得清清楚楚吗?"

鸟子冷冷地看着新一,面无表情。

在雨过天晴的午后的光线映射下,被雨水打湿的松叶闪闪发亮。明澄的阳光使得阳台红茶上漂浮的柠檬片,几乎可以作为童话故事里女王的戒指。红茶前面坐在摇椅里摇晃的,正是一位英国老妇人。比起脸部,她的耳朵要美上几分,显得清爽漂亮,使人能够联想到她生活的优雅。她平静地微笑着,正在不慌不忙读一本名叫《叛乱》的小说,这篇小说获得了八月号的《画刊书评》悬赏小说奖一万美元。在咖啡吧的阳台,桌上摆着红茶四杯。杂志封面是一位身穿游泳衣的女郎,头上系着三原色花边的蓝色丝带。老妇人翻过封面,合上《画刊书评》,看向舞厅。舞厅向草坪伸延,斜面是一排窗户。窗下,可以看到一个身上裹着如同喇嘛教服那种紫红色的女人,还有一个身穿丝绸印字短坎肩的老外正向海边走去。华尔兹的乐曲又奏响了。

老妇人从时装杂志《帕特利克季刊》上慢慢撕下一页,灵巧地折叠出日本式的纸鹤。咖啡吧的日本女人相互看了看。鸟子看上去又恢复了少女之心。她猛地从长椅上站起身来,新一也随之站了起来。

"你能不能去下院子?"

"为什么?"

鸟子把单眼皮紧绷,又一下坐了下去。

"你是不是觉得只要说出为什么,我就会去?"

"那好,您懂人话吗?您总是和英国纯种马恋爱,我还以为您是一匹马呢。"

这话刺中了他的要害。但是,他毫无还手之力,只是有气无力地笑笑。

"人是衣裳马是鞍,猴子也要衣打扮。你不一样,在你眼中,猴子要看骑的是什么。不对,应该说是狐假虎威。"

"我看啊,您这匹马最好还是不要靠近那虎。"

鸟子为什么总像个刺猬,不肯让人触碰?如果她只是性格不肯输人,新一也就一笑了之了。可是,鸟子现在不肯低头,是为了让自己觉得那穿旗袍的女人更难接近。虽然他这个人从不相信,这个世界的女人中会流淌着贵族的血,哪怕是一滴也好。但是,这个女人却让他深切感受到自身就像乞丐一样可怜。而他却拿她毫无办法。他自己就如那些浅薄的小年轻一样,只能围在一些专为出口制造的廉价娃娃般的新姑娘身边,在那些可鄙的老外面前感受悲惨的自卑。

法国人的桌子上的多米诺的游戏已经结束。她左手轻轻按住黑发,上面有一串翡翠制绿葡萄,果实丰硕,艳丽无比。她袖口翻折的褶缝优美柔和,新一的悲情油然而生。英国女人的桌上,摆放着三只纸鹤。新一听到穿旗袍的女人在用法语与一个青年交谈。

"由比滨,您知道这个海岸吧?建久[①]四年八月十五日,源赖朝[②]在这个海岸放飞了千只白鹤。有个故事说,诗人将军源实朝[③]很想去中国,便命人造了一艘大船,可是这船的底部紧贴在海底,就是不动。好像就在左边的海水浴场材木座那一带。镰仓有许多美丽的故事。松叶谷的安国寺有棵松树,叫做'伞松'。据说日莲上人[④]在那儿第一次讲法时,那棵松树枝叶繁茂,形成一片阴凉,后来变成了那种伞的形状。另外,还有一个传说,说是圆觉寺开堂时,白鹿群都赶来听讲经。"

三个少女从舞厅返回,像白蝴蝶一般来到英国妇人的桌前。英国妇人脸上异彩四射,似乎在为英国女孩成为舞厅里舞蹈的样板而

[①] 后鸟羽、土御门天皇时期的年号,1190年至1199年。文治之后,正治之前。
[②] 日本平安末期至镰仓初期的武将、政治家。镰仓幕府第一代征夷大将军。
[③] 日本镰仓时期,镰仓幕府的第三代征夷大将军,曾任右大臣,后遭暗杀。也是为日本人熟知的歌人。
[④] 镰仓时期佛教僧人,镰仓佛教之一"日莲宗"的创始人。日莲为其名,上人意为高僧。

自豪，就好像整个世界的女人都在模仿英国女人的体育运动一般。

据夏天报纸的报道，京都大阪的舞厅被关闭了。那些失去老巢的舞女，都跑到了东京横滨。另外，那些在银座后街、本牧海岸专同老外打交道的娼妓们，擅长化妆、留着短发的她们，在那些受其诱惑、不熟悉她们的人眼里，是难以弄清她们的过去，也无法分辨她们的职业的。还有，只要是老外，不管他是那种类似河马身上涂满腐臭黄油的男人，还是那种宛如长着红色石蜡鼻子的狮子狗似的男人，他们都可能成为那些将呢绒的尘土味道与异国污垢混杂在一起的味道称之为"流行"的女人们的麻醉剂。她们也许还是些打算学习肮脏接吻的良家小姐。总而言之，两个身着素色软缎的灰色和米兰织物的橘黄色（也许是穿在衬裙上，也许是紧贴在肉体上，只是在乳房上缠绕纱布而已）的女人，从舞厅飞跑到阳台下的草坪上，就像上好发条的娃娃一般。随之，被水打湿的花舞鞋让她们大吃一惊，她们上好发条的腰蹦跳了出来。她们的丝织单层腰带并没有遮住她们的腰肢，而是遮住了乳房。

"THE SMART WAISTLINE IS CLEARLY DEFINED."

——这就是诱惑了洋服裁缝的、天生天长的和服的腰肢。

"啊啊，露水，露水。"看到这番情景，英国女孩在阳台上高喊。

"什么露水，是暴雨的雨水。"

"对，对。一跳舞，就把下暴雨的事情忘了个干净。妈妈。"

她们让咖啡吧明亮起来，她们的服装简直就是"午后的青春"。身着庄重单和服、端着银盘送冷饮的女人们也露出了微笑。那些湿漉漉的毛毡鞋又蹦进爵士乐的漩涡之中，跳起了查尔斯顿舞。

法国人的桌子上，在静静地讲述镰仓的传说。

"顺着若宫小路一直走,就是一鸟居、二鸟居、三鸟居,道路上摆放着叫做'段葛'的观赏石,路两边是一排排樱树。八幡宫的石阶共有六十二阶,庭院种植着红莲白莲,那里的池塘是赖朝的夫人所建,成了讨伐平家的一道咒符。莲花是东洋的纯洁之花。夏天拂晓,当它的硕大花蕾发出清爽音响绽开之时,我们才能感受到这种纯洁。您听到过这种声音吗?

"那边的回廊,就是那位静夫人[1]随着鼓和小铜钹的伴奏起舞的地方。那儿还有一个关于云水西行法师的故事,据说赖朝将军作为分别的礼物,送给西行法师一只银猫。可西行法师刚刚拿到手,就给了在路边玩耍的小孩子,然后它就不知漂泊何处了。

"滑川边上的宝戒寺院中,有北条氏宅第的遗迹。帝国剧场的幸四郎的拿手好戏是《高时》[2],其中天狗跳田乐[3]的地方就是那座宅第。一天晚上,田乐法师[4]如风而至,大约有十人左右,他们来为爱田乐如命的高时的游宴助兴。从纸隔扇的缝隙望去,喙弯如鸡、似有翅膀的修行僧侣的人,都是这天狗所扮。据说,客厅的榻榻米上遗留下杂乱的野兽足迹。高时的时候,整个镰仓有四五千只天狗,它们都住在镶嵌金银的窝里,人在天狗的轿子前,都必须跪下身子。

"国觉寺的佛日庵里面有座舍利殿。那殿堂里,供奉着佛牙舍利,也就是佛陀的牙。有一首悲哀的诗,说的就是这件事情。实朝做梦,梦见自己是育王山道宣律师所变,便命人造船赴宋,结果船

---

[1] 日文原文为"静御前",日本著名武将源义经的侧室,原为京都舞伎。曾在镰仓的鹤岗八幡宫以歌舞表达对源义经的倾慕之情。
[2] 日本明治时期的新歌舞伎名剧之一。
[3] 日本平安中期开始兴起的一种艺能。
[4] 演出田乐的职业艺人。

却开不动。他只好让人向使节讨来道宣所持的佛牙舍利。"

"东洋的小姐,你就像东方传说一样美丽神秘。"法国人赞美道。

东洋小姐微微一笑。濑户物①般美丽的面颊,使她的耳坠显得愈发湛蓝。法国年轻人的眼神似乎在为"东方的蒙娜丽莎"再次感叹。

"您这么说,说明您还不了解东方传说之美。"

"如果不能用传说比喻,那就是像神话一样美丽。当然,前提条件是日本也有神话。你,是东方的水仙。"

也许这位青年是想说:你那如红色镶边般的嘴唇,足以衬托出水仙花瓣的雪白。

"水仙花,那是中国的花吧?"

"既然如此,那就是不凋谢的樱花。"

"不凋谢的樱花?"

她突然双目低垂,不知为何看上去似乎眨了两三次眼睛,就像那秋花的影子。

"你是木花咲耶姬。"又是法国的微笑。

"是吗?你知道木花咲耶姬?"

"当然知道。樱花和富士山的神话,就如同来日本的护照,是必需的。"

"贵国的国花是'爱丽丝'②吧?"

"你就是繁花似锦、争奇斗艳的彩虹节上的爱丽丝。没能将您奉为法国国花真是令人遗憾。"

"哪里。法语才是美丽的'爱丽丝'。"

---

① 日本东部地区对陶瓷器的称谓。
② 即香根鸢尾。

"捧人——"他嘴里漏出一句日语的"捧人","我可不是捧您,法国人可不像日本人,不吹捧人。"

"哪里。我是说,你收到的那些来自法国的信件——上面有点缀着彩虹的鸢尾花,信比花儿还要美。"

"彩虹,彩虹会瞬间即逝的。你让我想起了如火炬花①一般的怨恨,让我感到悲伤。所以,你有义务接受我的费卡里亚花,接受我的西赞萨斯花。"(作者注:上述花的花语都有"与我共舞"之意。)

"对不起。"她摇摇头,就像个东方小女孩。

"喝茶时,我从来就不跳舞。"

那个满口花语的青年人脸涨得通红,无所适从。此时,旁边的人救了他。

"那位造大船的将军就是日本的哥伦布吧?"

"哎呀,您是说,实朝是哥伦布?"她虽然没有捧腹大笑,但还是紧握中国式扇子笑出声来。美丽的牙齿,怎么能这样显露在男人面前?

"哥伦布体现的是现世空想的力量,而实朝表现的则是阴间梦的虚幻。哥伦布的幻想,将时间作为横轴延展,而实朝的幻想,则将时间作为纵轴伸延。"

"哥伦布乘坐的圣母马利亚号,是一艘二百三十吨的帆船——"

"实朝的那艘船——我不太清楚。"她拿着簪柄般的铅笔胡乱画写着。

"不过,过去日本人能造出那么大的佛像,我想不会太小的。"

---

① 花语为"想起你就心生悲切之情"。

"您看过大佛了?过去,那大佛的里面曾经有个办公机构,叫'问注所'[①]。"

这又惹得桌子边发出一阵笑声。胡乱画写的纸掉落在了地上,新一拾起看了看。

古来一句无死无生万里云尽长江水清

新一吃惊地抬头看看她,顺势看到了正在大厅填写登记簿的弓子。立川、朝子向咖啡吧走过来。

"你到院子里去。我的女人来了。"新一突然抓住鸟子的手。

"我不去。"

他默不作声,拽起她的胳膊,一副西式挎腕的模样,把鸟子拎了出去。穿旗袍的女人眼睛烁烁发光。

他们走到舞厅的窗边。鸟子的白色鞋子沾染上草坪的污浊。

"这就像是女人大甩卖的陈列窗,用不了多久,现实中就会有这种陈列窗的。肯定会的。"新一拼命掩饰刚才一直在瑟瑟发抖的自己。这并不是因为搂抱鸟子胳膊而造成的颤抖。她已经是一个没有花的花瓶了。来到乐队演奏室的窗户前,她抽出胳膊,停住脚步。

"有何贵干?你找我。"

"你简直就是只神志不清的鹦鹉,又问为什么。"

"你说我是神志不清的鹦鹉,这太正常了。我这三四天就两次被人家当作了不同的女人嘛。一次是被你从马上抱下来,一次就是刚

[①] 日本镰仓、室町幕府的中央机构之一。镰仓幕府时为诉讼机构,室町幕府时主要工作是保管文书。

才在帆船上看到你——"

"既然你这么说,我们就再来一次怎么样?你到丸大厦的内田眼科做个双眼皮,顺便再做个叫做'Smartest cut'的卷毛发型。"

"我可不是那种双眼皮的弱女子。"

鸟子斩钉截铁地说。她知道自己身上最美的地方就是这锐利的单眼皮眼睛。新一也是知道的,他是在故意中伤它。已经看不到脚下的草坪,但她仍然大踏步地走去,像个中学刚刚毕业的法国姑娘。她的裙子,是按照法国时装杂志上刚出校门的女孩的服装样式选购的。她漂亮的腿部线条很适合这个样式的裙子。上衣是没有领子的筒袖和服,穿上去好像是左开襟的服装。所以,没有颈饰的脖子,就像是被撸去花瓣的赤裸雌蕊,让人感觉有些光秃秃的。但是,这也显现出年轻人的勃勃生机。新一从后面又攥住了她的胳膊。

"干什么呢,放开手。我可不是你的什么女人。刚才你说,'我的女人来了。'听到后,我就像是被你泼了一盆凉水。'我的女人'——我可不愿意人家用这种自我陶醉、肮脏的语言称呼自己。"

"对不起。说到语言,我可以将神圣的词汇用在你身上嘛。"

"你为什么要跟着我,就算你永远跟着我,我也不会落泪的。"

"我可从来没有想过要让女人流泪。"

"你倒是真敢说。你是不是觉得女人会自己流泪?要是那个'我的女人',她也许会哭着喊着去追你的。"

"我这个人,可不是那种男人,死乞白赖求人,死死不肯分手。"

"既然如此,你为什么还要用这种怜悯我、表示歉意的眼神看着我?所有的男人,都认为那些和自己分手的女人必然是可悲的。是不是?"

"这是女人们花费了几个世纪的时间教给男人的。你要是能教给我与之完全相反的,那你或许就是道德的革命者了。"

"哎哟,你说的是道德?"

"这个我不懂。过去从来就没有过什么美丽的道德。"

"就像从来没有过什么美丽的男人。"

"对。你在初恋时能明白这一点,也就足够了。"

"不过,到现在你还是不敢说从来就没有过美丽的女人吧。真是令人可怜啊。"

"你要是觉得我太可怜,那就让我认识一下那位小姐。"

"可以。"

鸟子声音明朗地答道,这让新一大吃一惊。这声音将奇特、美丽的真诚送入他的心胸。

也许鸟子就是一座胜利女神的大理石雕像。而这尊大理石雕像却藏着一颗人世间女人的心。所以,她会遭遇人世间女人一般的悲伤,也会在战斗中失败。但因为她是一尊石雕,所以形态上不允许她显现出人世间女人一般的悲伤。无论发生什么事情,她都要头戴月桂冠,保持胜利骄傲的表情。在悲伤多于喜悦的人生中,这种背离形态的灵魂最终只能跳出其形态,否则将难以逃离苦难。

"你不会是准备自杀吧?"新一真想问问她。因为他不由得感觉到鸟子好胜要强的性格是命运使然。

月桂树之所以会成为胜利的标志,就是因为当森林中一个处女也不剩时,她依然还是处女。鸟子并不是那个达芙妮,会祈求诸神让她变身为月桂树,逃避阿波罗的诱惑。而坦诚待人的弓子,无论是谈高兴事时,还是说悲伤事时,神情都是非常明朗。不过,她眼睑里却似有泪壶，小小的感情波动都会使其充盈。与这样的弓子相比，鸟子内心的伤痛也许更深。对于弓子的所作所为，就连尚是少女的朝子都说：

"她敢于袒露自己的感情，不在乎外露的丑陋，我想她一定是经历了很多苦难。"

如此说来，人们很容易将鸟子性格要强归结于她过去经历过惨烈的战斗。是的，是的，事实上她就是有过这样的过去。

"你怎么看待所谓的过去？"

新一曾经这样对鸟子发问。他在把她变成自己的（这样讲，鸟子或许又要气得发抖），也可以换个说法，在他第一次分开她的两膝时，他感受到一种抵达沙漠尽头绿色地平线的喜悦，他对她说，他觉得自己过去的恋爱完全就是徒劳。而她的回答则很明确。

"相信过去的人都是神秘主义者。"

想起她那明朗响亮的声音，他做梦也不会想到她竟然有过惨痛的过往。

"好啊。"

此时鸟子的声音仍然如同当时，清澈响亮。

当自己的恋人要求自己帮他认识比自己更为优雅的女人，当自己的恋人移情别恋其他女人时，鸟子的声音一如往常。如此看来，她要强的性格也许犹如植物花朵一般自然而然。现如今，这种要强也许就是女性从新的上帝那里夺回的一种奇异的美丽。

"既然如此，你为什么还要用这种怜悯我、表示歉意的眼神看着我？"正如她所说，也许自己的心情，就如同在夏天晾晒冬季衣物时散发的气味一样，陈腐不堪。那就换个说法。

"那我们就一直这么想——我不是在侮辱你,而是在祝福你。"

"可以啊。可你要是想我,那我不成了你走向新的恋情的绊脚石了嘛。"

"哪里。那就跟骑上英国纯种马一样的。"

这回鸟子真生气了,紧闭着嘴不再说话。探戈舞曲的声音飘到两人的肩头。

"今天晚上,您要是有机会和小姐跳一场,那就好了。不过,她只会华尔兹。就算您想和她跳探戈、查尔斯顿,那也是白想。"

"你是要我装啊。"

"哪里,哪里。我希望您这个勇猛之人千万不要变成可怜先生。"

鸟子眯缝着的漂亮单眼皮,好像叠成了几层。她似乎在借此掩饰自己冷冷微笑的眼神。

二人来到草坪的顶端,新一沿着绿色草坪向松原走下去。零乱的小松树间,散落着大海的碎片。那蓝色的形状如明亮的窗户一般,将他的心吸引至远方。

"你老惦记着那种法国人,就连我都险些被嫉妒这个幽灵捕获。"

"那是。您现在居然还能笑得出来,可见问题不大。不过啊,您可不要以为所有的女人每时每刻都在想着恋爱。"

"你说的是你自己吗?"

"哎哟。我可是成天想着这事儿的,太可悲了。您这么清楚啊。"

鸟子的神情告诉她,她说的不是真的。她还是一块大理石,不知何谓悲伤。风将暴雨送向远处,将站在草坪上的鸟子的短裙掀起,好似一朵牵牛花。鸟子脚穿的袜子,好似嵌在牵牛花中的藤花。如同法国十八岁姑娘的白色装束,让她显得柔美无比,这使新一不再去在意冷冷寒光下她那光彩夺目如石雕一般的面部，而深切感受到她皮肤的柔润光滑、精神的勃勃生机。

"你不下来吗？"

"我还有话需要咱们两个单独讲。"

"我们刚才都说了些什么，一点儿也没弄明白嘛。你说是不是？"

"那倒是真的。"鸟子出人意料地笑着直言道。

"我觉得，自己必须认真思考一下和你的关系。但是，现在我也不知是神经紧张，还是心情纷乱，老实说就没有放这事儿的地方。一方面心在你这里，另一方面又在追那个小姐，我觉得自己这么做，既伤害你，也伤害那位小姐。我这可不是冥思苦想出来的——"

"用不了多久，您就会忘了我的。那也没关系。我这种人，以后只要不考虑结婚，是无所谓的。"

"这么说，还是等于我给你造成了不幸。"

"哪里。我很幸福的。我不是那种柔弱女子，错把幸福当不幸。你明明知道，这三四天我是多么幸福，可——不过，我觉得，这辈子不会再有这么幸福的日子了。所以，你现在就是让我去死，我也要感谢你。不管别人怎么样，我要自己活下去。不过，我觉得，既然刚才我们在帆船上已经见过了，你就该跟我一句话也不要说。我觉得，你本该有个勇猛之士的样子，把我从马上拉下来，从此消失不见。我就是那如满月一般拉足的弓弦，你就是我射出的箭，就该飞得远远的。"

"混蛋！混蛋！混蛋！"随着高喊声，鸟子被从草坪推下了松原。

"你就是个孩子，一个不懂事的孩子。"

从草坪上慢慢站起身来的，正是弓子。鸟子在新一的搀扶下站稳了脚跟。她紧闭嘴唇，如一块疯狂倔强的化石。新一说不出话来。

"你们不用吃惊。我是像蛇一样爬过来的，就藏在她的后面。"

"你太不要脸了。"新一满脸涨红。

"哎哟。你和这种高傲的孩子谈恋爱，谈这种走钢丝一样，心里没数儿的恋爱，那才是不要脸呢！"

鸟子突然扑到新一身上，抱住新一，嘴贴在新一的嘴唇上。

"再见！"

弓子一边用自己的嘴唇猛吻新一，试图拭去鸟子的痕迹，一边大哭起来。新一望着像白鹭一般向大海方向离去的鸟子的背影。

圆舞

新一桌上摆放着蝴蝶草的花，鸟子她们桌上则是芦笋的绿叶。她们坐在窗边，窗户面对着盛开杜鹃花的山坡。杜鹃花犹如黑色海绵，瞬间就吸足了傍晚的昏暗。窗下的八角金盘晃动硕大的枝叶，仿佛在抚摸鸟子的脊背。鸟子前面，穿旗袍的女人正在用叉子灵巧地拿起开胃小菜。单眼皮的鸟子面部明朗而沉静，使新一他们的饭桌都显得颇有生气。再加之她们桌上没有男人，只是两个人在吃晚餐，这顿时缓解了新一的紧张心情。刚才，鸟子似白鹭般穿过松原离去时，他心头曾突然间掠过一种不祥的阴影，感觉她是要去大海赴死。他展开餐巾，对立川随意说道：

"我们已经快三十了。生理学家告诉我们说，二十七八的男子适合找不足二十的女人。现在，我们是不是不能和小自己五岁的女人相处啊？这不是生理的问题，而是心理问题。"

"说不清楚。你这样的人，也思考这种事情吗？"

"说说而已。说到底，那种女人也不过是新的玩偶而已。"

"那倒是，那个女人就是玩偶。"弓子望着鸟子的方向，不加掩饰地说。

"本来嘛，那就是人偶剧嘛。你看，她眉毛动也不动，像个偶人一样。"

"女人最终都要从新的偶人变成旧的蛇的。"

"别说了。你忘了这儿还有天真烂漫的小姐们呢。"

新一觉得心里十分憋闷,很想说出些恶毒的词语。但看到朝子、澄子和秋子,不自觉地脸上一阵潮热。

"朝子,对不起啊。我从明天开始再也不说女人的坏话了。"

"嚯!从明天就开始啊。"朝子爽朗一笑。弓子似乎察觉到新一新产生的恋情,眼神微微一颤。

舞会日傍晚的餐厅好似大风来临前躁动的花圃。澄子和秋子在用很有节制的眼神,兴致勃勃地分辨着那些发出卡拉卡拉声响的灰色电风扇下的老外们的人种。肥胖的服务生领班在住宿客人的饭桌前留下笑容。穿着与酒店气氛不相符的质朴单和服的女招待们踹开绿色的门,忙碌着从后厨送来一盘盘饭食。

新一他们回到二楼的房间后,年轻人们把藤桌搬到阳台下的草坪上,肆无忌惮地唱起来。

> We will Dance a chanchucha, fandango, borelo.
>
> Old xeres will drink—manzanilla montero—
>
> For wine, when it runs in abundance, enhances
>
> The reckless delight of what wildest of dance!
>
> To the pretty pitter-pitter-patter,
>
> And the Clitter-clitter-clatter—
>
>   Clitter-clitter-clatter,

Pitter-pitter-patter[①]

……

……

继而,舞厅又传来了在爵士乐中被称为贝利爵士乐的狐步舞曲,东方圣者刘易斯好似在用蓝色的手召唤着大家。接着,曲调加快,震耳欲聋的乐曲敲打着客房的窗户。

新一整理了一下保罗奥尔曼公司的清爽的领带,快步走下楼梯。舞曲引逗他在脑海里想象着自己和穿旗袍的女人跳舞的姿态,行走的步伐险些变成了华尔兹的节奏。

弓子又追着新一跟了上来。走下正面的阶梯,转个弯,穿过咖啡吧,她来到了大厅的入口处。男男女女和着伴奏乐曲,装腔作势地把脚步跺得山响,她很自如地从他们中间缓缓滑过,抓住新一低语道:

"哎,今天晚上就和我一个人跳吧?"

"你这个人真够传统的。也就是跳个一步舞,到那边找个中学生不就成了吗?"

"哎呀,你太过分了,从没看过我跳舞,怎么就知道我不行。查尔斯顿,探戈,我都会跳。"

"探戈?日本人能跳探戈?巴黎小子的探戈也就算了,你要是来个横滨小酒馆里面的探戈,让这些正经的老外看到,那可就丢国家

[①] 歌词大意:我们跳上一曲西班牙舞,方丹戈,波莱罗。再来几杯陈酿雪莉,曼萨尼亚,蒙特罗。酒酣耳热之际,狂野的舞蹈带来无限快乐,为这动听的噼噼啪啪和咔嗒咔嗒,噼噼啪啪,咔嗒咔嗒。

的人了。你还是别丢人了。"

"为什么日本人就不能跳？"

"就是因为是日本人，这条理由亘古不变。这就和英国人就因为是英国人，所以就跳不了真正的阿根廷探戈、西班牙探戈是一样的。这可不是我讲的，而是英国著名舞蹈家的话。探戈这种舞蹈是需要火热情感的。是灵魂与憧憬的袒露。必须要忘掉跳舞，让内心的变化直接变为手脚的动作。是情感和浪漫的舞动。英国要是也有更为艳丽的阳光和南国的温暖，英国人要是也像西班牙人一样成为太阳之子，到那时候，他们也许会跳几乎所有的探戈。换句话说，英国人习惯故作冷静，以在他人面前显露自己的感情为耻，这种国民是跳不了探戈的。即使在西班牙，那些一流的舞厅里，也看不到纯粹的探戈。只有到那种需要人介绍才能进去的秘密场所才能看到。所以说，在隐藏自己的感情上，从历史上看，日本人要比英国人擅长。这种日本人别说跳巴黎小子探戈了，就是要跳一步舞，都不应该。"

"胡说八道。连你也这么害怕老外？正因为都这么说，所以现在女人都被老外弄走了。"

"我的要是被弄走了，就轻松了，那可是求之不得。不过啊，你毫不掩饰自己的感情，和一般日本人不同。所以你说不定能跳西班牙探戈。"

"咱们是彼此彼此。不过，你明天到海边去看看穿游泳衣的那些人，就会知道的。日本女人要比西洋女人形态上更有西洋味道，更美。"

"那还用说。到镰仓洗海水浴的女的老外很少有处女。怎么能和日本纯真的处女相比。"

"您尽说些恶心人的话。别说了,我们到里面去占桌子吧。"

"占两张啊。"

"两张?为什么要两张?"

"给和我跳华尔兹的人嘛。"

"嗬。我知道是谁。我不让她来。"

"来吧。"新一伸出手来。

"还是跳舞好。跳舞须知第一点就是,跳舞时不能交谈。"

两个人随着《我又一次陷入恋情》的班卓琴声进入人群之中。

"你跳的是什么呀?死沉死沉的,就像拖着个泥人儿。"

"说得对。我一只脚绑着那个女人的桌子呢。"

朝子她们走进舞厅,好似迷路的三只白鸽。

《我又一次陷入恋情》一曲刚完,新一就把右手从弓子的腰上一下拿了下来,然后迅速返回桌子边,看上去就像是将她弃之不理。朝子放下柠檬茶的杯子,大吃一惊。

"这么快啊!"

"没法跳。跟这种心有忧愁的人没法跳。她的心沉得跟铅一样,根本不能轻松地舞动起来,跳得糟透了。"

"He is in love again。"弓子坐在了旁边的桌子上,有气无力地对立川笑着说。看上去,就连舞鞋她都嫌重。新一从椅子上站起身来。

"到这边坐。"

"对了。我不该坐在这张桌子嘛。"

"请。"朝子像个快活的少年要把座位让给弓子。弓子脸颊泛红。

"让侍者拿一把椅子不就行了嘛。"立川笑着说。

"还是朝子行。只有朝子这样的人,跳舞时才能有真正美好的心情。"

新一过分直白的话语拨动了她的心弦。新一几乎要搂抱住朝子，微微低下头，目光逼人地说。

"来，请吧。"

"那可不成。我不会跳，对不起。"

朝子突然变得女人味十足，十分拘谨地坐下身子。新一像嗔怪小孩似的道：

"瞎说！"

"才不是呢。"

"她撒谎。我姐姐会跳。"没想到妹妹秋子会插嘴说。也不知为什么，她自己先涨红了脸。新一随之再次出击。

"我说嘛，游泳那么出色的小姐，舞怎么可能跳得不出色呢？人家不是说嘛，能使女人身姿优美，身段柔和生动的事情只有两样，一是游泳，一是跳舞。别想其他的，你只要把跳舞想象成在水中踩水就足矣。你那燕子入水的姿态，令人过目难忘，舞蹈里可是没有的。"

"哪儿的话。我那只是小孩子瞎学着玩的。秋子记错了。"

"日本的舞蹈就是哄孩子的嘛。"

"我可没有那么高的水平。舞会我今天也是第一次。和男人跳舞，我更没有过。"

"那你以前都是一个人跳吗？"

"和妹妹跳。也就是放舞蹈唱片时，我们两个偷偷学着跳跳而已。"

"轮换着跳男步？"

朝子低头不语。秋子看到朝子的样子，便笑着说。

"不是的。姐姐总是跳女步。"

"真的啊。"新一窥探到了朝子心中的美妙梦境。她用力收紧前胸，像个士兵一样站起身来。

"就跳刚才那种一步舞吗？"

"对，就是巴伦西亚。"

"哥哥，你带我跳行吧？有你在，就是踩着你的脚也不怕。"

"和我跳？"立川不慌不忙地笑着从椅子站起身来。

"之后若还跳得动的话，再和您跳吧。"

朝子隔着立川的肩头看了看新一。然后，好似一根清新的银针在舞蹈的漩涡之中绣出一条白色，那姿态宛如垂落在沉重花瓶上的白藤。

"那就请秋子小姐和我跳吧。"

"这可不行。"新一的这一声把秋子吓得蹦了起来，连忙向草坪跑去。澄子也脸涨得红红的，尾随其后跑走了。

弓子轻盈地移动身体，坐到只剩下新一一个人的桌子前，看着跳舞的朝子拍手称快似的说：

"真让人高兴。你也被朝子小姐彻底甩掉了。真厉害，真厉害。"

"你傻不傻啊。我才不是那种男人。"

"那你就是讨厌朝子这样的小姐了？吃不着葡萄说葡萄酸呀。"

"哼。那你说，让我怎么对待朝子小姐？"

"我看啊，怎么做都不成。"

"这点儿事，根本不会让我的感情游移不定的。我只要跳跳华尔兹就行了。老实跟你说，我这心里就没别的女人的地方。朝子小姐那里我只是给他们加了把火。"

"说得倒是好听。你忘了吧？你在船上对立川发表的宣言。你不是说嘛，我在任何场合都决不会忘记，在女人面前给向终点冲刺的女人举起白线。"

"我那时候是给立川点把火。他们两人那种龟兔赛跑似的恋爱，就好像是在等待黑乎乎的球根发出嫩芽，在旁边看着真让人着急啊。"

"是吗？没想到你还是这么关心别人恋爱的人。"

"你少用不怀好意的眼神看我。你的那点心思，我早就琢磨透了。"

"嗨，你还是不明白啊。你就是看不到，女人的心里每天都会添写上新的数字。"

"我跟你说过多少次了，你就是去年的存折，没有存款了。"

"我要代替这世界上所有的女人跟你说，说什么男人从不欠女人的账，这世界上就不曾有过这种事情。就是花上一辈子，男人也还不清女人的账。"

"你和这世界上的女人一样，也是个放感情高利贷的吧？你要是这么恨我——"

"我不恨你，我是爱你。"

"那就来地狱算这笔账吧。"

"那倒是好，你能带我去地狱吗？"

"是的。你那双妖艳的脚，天生就是要背着男人爬针山的。"

"哎呀，是吗？我真想和恶魔一般的犹太人跳跳舞。"

"来祝贺出卖基督。"

"我真讨厌日本人。"

"那为什么还要穿日本的和服？"

"这个——"弓子看了看自己胸前浅蓝色略显陈旧的绉纱和服，双眼皮活泼地微微收缩进去，变成了单眼皮，睫毛形成的阴影颇为浓重。

"你是在表扬我吗？"

她在正式的场合决不穿西装。因为她知道，唯有日本和服才有的外襟和里襟所造成摇摇摆摆的线条，才会在她的腰带上侧描绘出令人感伤的稚幼情色，在其下侧缓缓飘浮起令人神魂颠倒的成熟情色。

"不过，在头上扎起长发，怎么看都显得有些土气，让人感觉怪怪的。"

鬈发、西洋少年的发型、日本少女的发型、在短发间留有垂到脖颈三四寸的长鬈发、将辫子从头绕至额上的盘发，等等。模仿这些最新伦敦女孩发型的，大都是日本女孩，并没有西洋女人。

"把头发剪得这么短，反倒更显得日本女人的黑发是世界上最美的。真让人感到不可思议。也许你又要说，这都是因为来镰仓的西洋女人不怎么样。"

新一盯视着旁边空无一人的桌子，视线久久不肯离去。

没有人会在意舞厅地板踩上去脚感如何。所有的人都被卷入舞蹈的漩涡之中。有的人抓住妇女的手臂，随着伴奏像乐队指挥挥动指挥棒一样晃动着；有的人把男人当作了顶门杠，左手吊在男人的肩膀上；有的人搂着男人的脖子，手环着其衣领滑动着；有的人脸紧贴着女人的脸；有的人跳着查尔斯顿，故意做出滑稽模样；有的人跳舞时故意让鞋的内侧相蹭,显示其非同一般的舞者派头;听力好的女人脱离男伴,试图在伴奏乐声引导下舞动;有的人一边跳一边低语;有的人屈膝在跳狐步舞、华尔兹,有的人出神地盯视那些不顾伴奏、口吹、合唱爵士乐的美国佬舞动身体;有的人挥动手臂跳舞,似乎在手指上天;有的人舞动身体时,似乎在嫌弃对方无法搂抱,也不知是因为自己的手臂短还是对方的腰肢过粗;还有的人就像是在跟刚刷过漆的人偶跳;有的人跳舞时手在女人的背上,时而张开像个竹耙子,时而摸来摸去像只蜘蛛;有的女人跳舞时,抬起胳膊就会从下摆露出里面的内衣;中间还会有打高尔夫回来的女孩,身着沉重的高尔夫球装在跳;有的人眯缝着眼跳,就像个沉浸自悦之中的傻瓜。恣意乱跳的人虽然不仅仅是日本人,但是日本人当中,战战兢兢试图跳得准确的,或者虽并不追求跳得准确,但还是战战兢兢跳得很奇怪的,还是格外多。警察准备要关闭三个城市的舞场。正因为如此,男女拥抱跳舞更是火花四射。

弓子展开长长的犹如获枝一般的和服兜袖,宛如伸展美丽羽翼。她抓着身材高大的美国佬像风车一样迅速旋转。这只东方的美鸟让在场所有人感到震惊,不仅是那些老外。她简直就是舞厅里一面摇晃着情色的、幻影般的旗帜。她毫不犹豫地大步走向与其视线碰撞的老外,格外喜悦地舞了起来。新一面露真诚的微笑,望着她。为什么她就是忘不掉自己呢?在远离舞蹈人群的入口附近,一对德国的老夫妇在缓步跳着。年轻人们将充满好意的目光投向他们。但是,对于新一来讲,他们就好似香肠般长而丑陋的口袋。朝子喜气满面回来,就像喜迎朝阳的向日葵。

"会跳了。我会跳了!下一次,您和我跳行吧?"

"啊,你真是开朗明亮。开朗明亮得让人不敢直视!"

"说什么呢。"朝子盯着新一,就好似在看清晨的天空。她忘记了他是个男子。但那眼神好像只要新一拍一下她的肩头,她就会淌下幸福的泪水。

《夏威夷的日落》——华尔兹的乐曲。

"啊!"

朝子像敏感的小鹿立即回首向乐队望去。鸟子从咖啡吧径直向新一的桌子走来,一副得胜归来的样子。朝子惊讶地看着新一的表情,坐下身来。新一死死地盯着鸟子。但是对方清澄的目光没有任何回应。穿旗袍的女人换了一身简单的礼服。不知从什么地方,弓子大步走到女人的近前,站在正要坐在椅子上的她的身边,似乎是有意识要遮挡住新一的视线。弓子亲切地与她低语,递给她名片。她看了看名片,然后将视线移向弓子。随即也拿出自己的名片,在上面写了几个字,递给弓子。鸟子心里一惊,用眼睛向新一打了个招呼。经过介绍,新一终于轻轻搂住梦幻的女人,缓缓旋转着走向舞蹈的群体之中。弓子咬住嘴唇上的黑痣。

"朝子,Memento mori 是什么意思?"

"什么?"

"就是这个,刚才她写的。"

Memento mori 下面的名字是渡濑月子。

"啊,是她呀。"朝子站起身子,好像猛然间记起令人怀念的过去。华尔兹曲的灵魂蓝调使得月子和新一好似蓝色月夜轻轻飘起又飘落的感情的树叶。这音乐的色彩犹如窗外柔和的月光洒落在跳舞的人身上,而并非那种顶棚上装饰灯的强烈灯光。

"你根本就不知道。她是菊子小姐的姐姐!"

"是吗?你认识她?"

"当然,我朋友的姐姐嘛。肯定是。虽然她们一点儿也不像。"

"那好。那就让朝子小姐去求求就行了。"

"说什么呢。"

"Memento mori 是什么意思?"

"Memento mori,Memento mori——我想起来了。这是特拉伯苦修道院的格言。"

"什么意思?"

"'牢记我等必死',我记得就是这个意思。"

"那就奇怪了。我刚才给月子的那张名片上,写的是'求求你,千万不要和这个男人跳舞'。她跟我说,说我太过分了。我知道自己这种做法不太合适。可是我必须这么做。说话时月子看我的眼神显得十分平静。她的眼睛黑得就像是洗过的黑葡萄。尽管如此,她还是小鹿似的很顺从地和他跳了。我一想到自己赢不了新一,心里就恨得不行。"

朝子低下头不敢看她。

"Memento mori,这是出谜语啊。我这心里可无法陪她玩。既然我们都不得不死,那我们该怎么办呢?你去问问。另外,你再去求求她好吗?"

"你是说,她不能和高木先生跳舞?"

"他们已经在跳了。我是说不要和这个男人谈恋爱。"

"什么?"

"行,那我来说。既然发生了令我们不得不去死的可怕事件,把它说出去丢人现眼也就算不了什么。他既然做好了去死的准备,我就先他一步去下地狱。朝子小姐,你今天晚上可不要像在逗子那时抱住我不让我死啊。"

"啊!"朝子放低声音,不想让人看到自己毫无缘由流泪的眼睛。

"你也到了恋爱的时候。千万不要心里战战兢兢。不过,同为女人,要讲究礼节,当然从我口里说出礼节这个词,显得有些怪。不过,我还是觉得你最好能够明确自己到底是喜欢立川还是高木。"

"我去找找我妹妹和澄子。"

朝子起身正要到有草坪的院子去,一下看到返回桌子的立川,便向他喊了一声"哥哥",随即伸出胳膊抓住立川,好似投出自己情感的标枪。然后,就和立川像新加入的小鱼一样游向舞蹈的缓缓波浪之中,她忘记了自己并不会跳华尔兹。

鸟子在茶歇的时候,和一个法国青年跳了一曲,那个青年曾和月子比试过多米诺游戏。不跳舞的两个青年一直在看月子的舞蹈。新一抱着猎获的豹子似的和月子走回来。一个法国人走近他们,她轻轻点点头,便离开了新一,和英俊的老外跳了起来。新一像僵硬的影子一样呆呆立在那里,一个英国女孩撞到他身上。

"那个女人——"弓子指着鸟子,站在了新一的身边。

"她是想报复你。她知道月子小姐不会和你这样的人谈恋爱,所以才让她和你跳。你看这个。"

说着,她拿出月子的名片给新一看。

弓子柔情地望着新一,不肯转移自己的视线。她的眼睛像蓝色镜子一样柔润,让人感知到她希冀男人满意从她的眼睛里看到的自己的形象。

"那个女人叫鸟子吧？你不知道吧，那个像刺猬一样胆小又好胜的女人，一直在嘲笑你呢。Memento mori 这个谜语，你知道什么意思吗？那是月子写给我的。这是特拉伯苦修道院的格言。意思是'牢记我等必死'。她刚从修道院出来，所以总摆出一副天主教修道院修女的样子。有两个年轻人对她燃起了熊熊的爱火，结果其中一个为了自己的感情被活活烧死了。所以，她才进了修道院。那个自杀的年轻人还有个妹妹，家里就剩他们两个人。他的妹妹就是鸟子。如今，她和鸟子情同姐妹，睡觉的时候都要把两个人的金手镯锁在一起。你分不清楚骑在马上的两个人，也是很自然的。因为恋爱，她害死了鸟子的哥哥，一旦鸟子求她帮自己报恋爱对象的仇，你能够想象得到月子会变成何等可怕的恶鬼！月子小姐和我说：'原来你也是被那家伙踩在脚下不当回事的人？我就是要把那个可恶的家伙打得粉身碎骨。万一报不了仇，你要记住，我们就得死。'她给了我这张名片，作为我们之间的一种约定。所以，这可以说是满含仇恨的血书。不过，就算我知道这是背后有阴谋的恋爱，可是其他女人谁愿意和你谈恋爱呢？与其看着你和她虚假的接吻，我还不如杀了月子然后自己也死掉呢。我跟你发誓，Memento mori。"

"你又在讲童话。不管月子昨天是鳄鱼，明天是野蔷薇，我说错了，这是弓子的恋人矢野时雄的口头禅。总而言之，不管她为几个恋人立了墓碑，但那都是过去的童话。童话还是讲给小孩子一样感情幼稚的人吧！"

说完，新一口吹着《夏威夷的日落》向草坪走去。海水的声音传了过来。扇着扇子的女人们从舞厅涌来。舞厅里跳舞的人们的肩头从窗户滑过，柔和的月光映照在窗户上，使之像幻灯片一样浮现出来。在草坪小松树下的长椅那里，纸捻焰火映射出英国女孩裙子的白色。这很有日本味道，就像她们的母亲折的纸鹤。伴奏音乐之中隐约可听到秋虫清澄细小的鸣声，这使新一联想起了翡翠。那是月子发髻上的一串丰盛的绿葡萄。他的内心好似有朝露在滴落。他同时联想到那名片上的"Memento mori"和白天胡乱写的"无生无死万里云尽长江水清"。从窗户处可以看到弓子又在和刚才那个美国佬跳舞。月子回到了桌旁。新一从入口跑进去，将她从法国人手里夺了回来。她老老实实，像他怀抱中的花束一般，配合着音乐的节奏任由他一个人在舞。所以，他的内心充满喜悦，越是喜悦舞步也就越发轻巧明快。餐后歌华尔兹、萨克斯管华尔兹——华尔兹曲到此结束。

朝子边和月子说着话，边走回到桌旁。新一心里道，"这个女人竟然有这么漂亮的脸庞"，并为月子看朝子时亲切美丽的眼神感到惊讶。她们在谈论妹妹菊子。

"要是知道你来了，我就叫她来了。不过，那孩子来海边还是受不了。日光那样的山，倒是蛮适合她那种柔弱的身体。"

舞厅入口到窗边摆放着桌子，上面放满了化妆匣子，散发着女人们闷热的、汗津津的肌肤的香气。朱红、紫色、绿色的小匣子，如侍童一般规规矩矩地立在那里，守护着这不愿示人的气味。但是，朝子的健康美色却不是夏天的夜色、舞蹈可以轻易破坏的装扮。爵士乐曲与俗艳色彩混合而成的人造花般的色情，也同夏日大海的清爽一样，只会促使她年轻的热血再次沸腾。月子充满怜爱地望着没有涂抹腮红的、素颜朝天的朝子。

"说真的，要是菊子能够像朝子这样生气勃勃，我心里可就轻松多了。看到那孩子，我这心里总是担心她会消失不见，就像是手里握着穿着蛇皮的番红花①的茎部。"

"您说什么呢？"

"我说的可不是穿着彩虹的番红花啊。这话是矢野时雄先生，就是那个小说家，是他这样说的。"

"您认识矢野先生？"

不仅朝子想问，新一和弓子更是想问。时雄是新一兄长般的朋友，年纪可以做月子的母亲的恋人，月子竟然认识他，这让两个人感到十分震惊。朝子喜欢读小说，不管是谁写的。

"那孩子从来不穿七彩的衣裳，哪怕只是转瞬即逝的彩虹。让我说，她就是一只蚁蛉。"

"别那么说。她多漂亮啊。前段时间，她从日光来了封信。她一个人在那里，不寂寞吗？"

"是啊。女孩子没上女子学校，肯定寂寞。没有朋友啊。不过，矢野替我去日光了。"

"是——吗？"朝子拉长声音，望着月子，不知该说什么才好。恋爱。绝不能玷污那个清纯的少女。可是自己为什么会首先冒出恋爱这个想法呢？朝子猛然反省自己。蓝色的流星坠落在她的内心。我也并没有恋什么爱嘛。可自己太寂寞了，寂寞得不由自主地这么去想。所以，她开口说道——

"一想到菊子，我就觉得自己简直是个疯丫头，感到很羞耻。我竟然还跳舞。"

---

① 又名藏红花。日文为"さふらん"，其花语为"欢喜""节制""不滥用"。

79

"你怎么能这么说。要是那样的话,我该怎么办啊?"

月子看也没看新一和刚才一同跳华尔兹的年轻人一眼,她很想紧抱朝子。乐队指挥扔掉烟头站起身来。狐步舞曲《东京小姐》奏响。随之传来了人们站起身时发出的椅子声和脚步声。不知何时,鸟子消失不见了。新一、弓子、立川在座位上沉默不语,漠然地看着月子与朝子交谈。

"跳舞吧?"

"不跳。"朝子摇了摇头,像个少年。

"是吗?如果各位不在意的话,那咱们就去院子里乘凉去吧。"

"那就走吧。"

两个人肩并肩走向月光下的草坪。弓子用明亮的眼睛偷偷看了看新一的脸。

"我知道了。这位月子小姐,原来是矢野的恋人。"

"胡说。矢野是你的什么人?竟敢这么说,不嫌丢人吗?"

"真讨厌。你怎么一下子就当真了,太吓人了。不过,只要听到矢野这个名字,你就会变脸,也太奇怪了。"

说是这么说,但新一的话似乎戳到了弓子心里,弓子耳朵根都红了。她赶紧邀请立川,仓皇地跳了起来。

新一从草坪穿过黑暗的松树林来到海边。在海岸观海的小房前,看到了月子她们面对大海的背影。他大步走过去,厉声命令道:

"朝子,我和月子小姐有话讲,你到那边去。"

朝子猛然被新一如鞭子般的话抽打,险些倒在月子的胸上。她躲闪了一下,抬头望着新一。新一从额头到鼻子,再到下颚,流露出的魅力就像一把利剑,冷冷地直刺朝子的心头。这一瞬间的感觉,是朝子从未体验过的。

月子感觉到朝子内心的战栗，抬起右手放在朝子的脖颈上，轻轻抱住朝子如大海的果实般的前胸。朝子也不知是害怕，还是愤怒，只感到月子手臂的温暖突然间为她带来虚空的寂寞，像水一样缓缓沁入心田。她猛地站了起来，向安静得连脚踩在沙子上的声音都难以听到的松树林奔去。

"朝子！"月子清脆的声音喊住了她。

"朝子。虽然我没有留你，你也不要多想啊。你就是走了，我也绝不会在背后做让你丢面子的事情。请相信我。不要怀疑我，不要嫌弃我，也不要让你自己心里烦恼。求你了。"

朝子知道月子已经看穿了自己，月子那草木一般天然的情意让她的心里顿觉豁然开朗，不再别扭。回头望去，在沙滩灯光的映照下，高高卷起的波浪腹部涌了过来。在远处的海面上，三崎灯塔像夜光虫一般忽亮忽暗。月子平静地说道：

"高木先生想和我说什么我很清楚。他就是想求爱，一定是的。不过，我要说的和这件事情毫无关系。这是真的，朝子。"

新一的视线不觉间从月子身上移向黑暗的大海。他的一腔热烈情感刚刚露头，就被月子轻而易举打压下去，而且还让她逃离了。他坐了下来，伸展双臂放在长椅背上，似乎是要用这强健的翅膀将逃离的月子扇打下来。汹涌的波涛撞击着浅滩，在月光映照下银光粼粼。波涛好像冲破了新一的胸膛，汹涌的海水无可阻挡地涌了进来。月光爬进松树林的边缘，月光的阴影之中不见了月子的踪影。舞蹈的伴奏声，随着远方的风飘了过来。新一好似从断崖扑到月子膝下的豹子一般，突然紧靠着月子坐下。她刚要躲闪开来，新一大声喝住了她。

"为了那么个昆虫似的小女孩,你从一开始就拿我开涮。我像个孩子一样不管不顾地,就是要一个真实。可你却想毁了我这真挚情感。你是不是希望我的感情变得粗野,然后像头狮子似的向你猛扑过去?"

"你看到的都是幻觉。所以,只要骑在马上,我和鸟子没有什么两样。就算你多少次捕捉到这种幻觉,但它仍然是虚幻的。"

"就算是幻觉,可我的血一直在为此澎湃。"

"说实在的,我有点害怕你这种小年轻。在你眼里,栗毛马被看成女人,清纯的女孩被看成昆虫——"

"你还是不懂男人的感情,男人的感情像支箭,笔直不打弯。你是不是觉得,在夜晚的海边发现了你,男人就该绕绕弯子,战战兢兢顾及旁边的小姑娘,就该为和你的替代物的女人恋爱过进行道歉?你希望我为鸟子的事道歉,如果是这样的话——不,我觉得你太美丽了,你是不会这么想的。你肯定知道自己很美,所以就是当着鸟子的面把我带走,你也一定不会眨一下眼的。"

"不对,完全相反。既然你不懂鸟子的美,那么我也不想再和你谈了。"

"哈哈哈,你是想让我和鸟子结婚吗?好啊。如果我和鸟子结婚,你能做我的情人吗?"

"如果你和鸟子结婚——"月子低声重复着新一给她布下陷阱的话语。

"是的。只要我和鸟子结婚,你打算成为我的情人吗?"

"你的这个想法很妙。"

她开怀大笑，让人感到奇怪。这高亢的笑声释放出年轻而热烈的感情。从逗子浅滩到酒店，新一第一次听到这个女人放声大笑。那是女人从内心的火焰上越过时所发出的笑声。

"你真能突发奇想。"

新一无话可答。他胸膛里又腾升起与那天夜晚相同的火柱。他现在只想用结实有力的臂膀去拥抱她。月子猛地站起身，像是要避开男人肌肤散发出的浓重绿叶气味。不，她不是在躲避。她的移动好似摇曳的火焰，试图将女性肌肤那如火的温暖传递出去。此刻，唯一让新一犹豫的是，他究竟该抓住她月光下冰冷清冽的双足跪倒下去呢？还是应该抓住她为露水打湿的圆润肩头将她推倒呢？但是，月子的声音显得极为平静，好似渡水而来。

"我什么时候请你和鸟子结婚了？"

"你要是这么说，就请你改为请和你自己结婚。"

"我要是不请你与鸟子结婚就要这样？你就是这么解读我的内心吗？你真是固执得像一块磁铁。"

"请你不要模仿鸟子的口吻。你过分关注那个昆虫似的小姑娘是有罪的，你知道吗？这明显就是罪恶。要是不做我的情人，你是无法赎罪的。女人恋爱，居然还要像丧家犬一样战战兢兢看别的女人的眼色，这世界上再也没有比这种女人的劣根性更为卑贱的了。这种没有骨气的人，就算坐在豪华的饭桌前，也只能舔舐自己的脚底，最后活活饿死。鸟子是不是让你不要爱我？弓子是不是也这样求你？这都是因为她们根本就不懂女人有女人真正的美。我可以断言，为了鸟子、弓子，你可以埋葬自己的感情。可是，这种同情心的力量还不如我两分钟的接吻，我两分钟的接吻就能让她们振作起来。

女人同情失恋的女人，我觉得这世界上再没有比这种软弱的姿态更浅薄，更令人生厌的了。你笑话我是一块固执的磁铁，我就是一块磁铁，总是准确无误地直指最美丽的东西。而你呢，总戴着修道院给你的假面具，总披着鸟子哥哥这一幽灵的面纱，掩饰自己感情的真实，而且还用矢野这生锈的锁链锁住自己的双脚。"

"我看，你说的这些尽是和自己童话中的公主作战的故事。鸟子没有什么死去的哥哥，我也没有见过什么修道院。另外，按你所说，这世界的女人好像成天就在想着恋爱。"

"那是肯定的。难道说，你还在思考死吗？"

"你是说死吗？"

月子猛地回过头，眼神似一道闪电射向新一。感受到这锋利冰冷如白刃一般的目光，新一向月子猛地扑了上去。

"我说的就是死。现在我就告诉你，你为什么会思考死。"

说着，他用力抱住月子，月子的胸部发出几乎要被折断的声响。他像啄木鸟似的不停地吻着月子因惊恐而紧闭的嘴唇。

秋子和澄子来到沙地，月光透过松叶照在沙地上。她们像小孩似的敞开裙子蹲下身，借着大厅的灯火找寻秋虫。波涛的声响穿过松树梢飘然而至。松树面对陆地一起弓起那旧钉子般的细腰，舞厅的灯光从树干下面送来爵士乐曲的响声。澄子束紧裙子，终于捉住一只长得像草叶的虫子。

"你看，我捉到一只绿驹子的纺织娘。"

"绿驹子"这个词，使秋子陡然想起月子和鸟子的样子。如此一来，虫子和草叶在她眼里变得并没有什么分别。她们的心灵并没有像裙子那样敞开。她们已经有成熟女人的眼睛，偶然路过的女人都让她们不得不看上一眼。而且，这个夏天，她们感情的皮肤已经蜕变更新。简直就像被新一他们下狠手剥除了似的。她们现在如蛹蜕变出的蝴蝶，变得容易感伤。奇怪的是，无论是弓子还是鸟子，她们都没有注意到这些少女才是她们最真实的聊恋爱的谈天对象。松树林中的少女凭借微风般的想象，涤荡着男女狂舞的喧嚣。海水的声音远去了，伴奏乐曲的声响也远去了。她们很想加入其中。秋虫的鸣叫也变成了枯草中的低语。说话的唯有秋子。

"我要是像朝子姐姐那么大，我也会跳的。"

"那你刚才为什么不和高木先生跳呢？"

"他只跟姐姐跳了。人家说，不管是男的还是女的，一开始跳舞，最好还是跟女的学。要是跟澄子，我就跳。钢琴老师说，在西洋舞会上女人和女人跳，一点儿也不稀奇。"秋子没有正面作答。

"你看月亮！"

说着，她又走向舞厅的窗户。

弓子正在和刚才的那个美国佬跳查尔斯顿。不论何时何地，弓子只要看到漂亮的男人，浑身就不由自主躁动起来。此时，她强压这种躁动，眼神火辣辣的，她的舞伴也同样如此。夜深了，走到草坪的汗津津的舞者多了起来。无论多么疲劳，走下出口的石阶时，人们也不忘保持轻快的脚步。立川很想雄赳赳地在波浪上滑行。他向海边走去，想看看明天能否冲浪。新一打算从草坪向派驻在饭店的派出所前面走下去，顺着松树林的小道径直到海边。就在此时，他看到了朝子的身影。在林中的圆形沙地，朝子抓着陈旧的秋千绳子，就像爬在藤上的葫芦花。她一动不动地坐在踏板上，右臂抱着粗麻绳索，柔弱无力地将脸贴在绳索上。月光倾泻在她的身上，一片惨白,毫无生气。听到沙子的声响,她回转头看到了立川,但面颊只是露出冬天般僵硬的微笑,身子却一动不动。

"这是怎么啦?"

立川拍拍她的肩头。原以为会像露水般冰凉的手掌,却有着充满活力的热度。

"也没怎么。"

"这声音可有问题啊。你是不是又在想结婚的事儿?"

"对,我是在想。哥哥。"

立川犹豫了一下,不知是否还要继续开玩笑的腔调。

"我想,干脆老老实实早点结婚算了。大家教会了我许多东西——虽说也不是说每个人都想教我——可我很害怕。我特别想趁着我现在什么都不懂、什么事情都没有发生的时候,找个人把我带走。我想把眼睛蒙住,随便抓住个人,然后在小小的家里撒着欢地折腾。"

"不过,结婚才是可怕事情的开始哟。"

"这种事情,小说里写着呢,哥哥——我才不管呢。"

说着,她猛地站起身,用力踩了踏板一脚。然后,像白色的燕子似的荡了起来。朝子勾画出一道半圆的白光,摇摇晃晃,摆动得渐渐大了起来。她犹如狂风吹落的树叶,在立川情感波澜中浮动。立川感到悲伤,不忍再看下去,于是向这白光的波澜扑去。朝子扑通一声跌落在沙滩上。

新一熄灭阳台上的灯。这是间饭店二层的海景房。弓子把脸靠近衣柜镜子,正在用切成片的柠檬拭去眉黛,她原本的眉毛剃得很细,但十分浓密,眉黛拭去之后仍然清晰可见。额头上没有了媚态,眼睑显得亲切柔和，孩子气十足。此时的眉毛很符合弓子现在的心情。她说哭就哭，说骗就骗，说咬就咬，而且像风媒花的种子一般，立时就能扑到其他男人的怀抱，她不断地让男人神魂颠倒，能以似水柔情吸引一个个男人。她就是这样的女人。她的优点深不可测，她能够像摇床一样让男人安宁休憩。今天，新一之所以能够像夫妻一般住在她这里，也许就是因为这"愚蠢的诱惑"。和弓子独自相处时，男人可以纵情纵欲，极尽愚蠢游戏之能事。而这个女人，则不断为男人的愚蠢所诱骗，使其肯为男人做任何事情。只要接触到她的那种肌肤接触，即使在葬礼时的白色灵柩前互相打招呼时，也能够迅速感受到，她是一个能够让男人内心平静安宁的女人。

月光照射下，阳台上落下了玻璃窗框的影子。新一探出头，俯看空无一人的舞厅。亮得刺眼的灯光仍如初更，尚未熄灭。地板空空荡荡，好似深夜里不见人影的银座大街。弓子离开镜子，像条有脚的鱼，赤裸身体跃进白色蚊帐中。然后，像每天夜晚一样，用柠檬汁擦抹身体，从乳房到脚趾。新一一动不动。弓子走到阳台上，打开电灯。新一在海中晒黑的额头像陶瓷器一般清澄无比。他慌忙关上电灯。弓子突然往舞厅那里看了一眼，舞厅入口处的桌旁，坐着法国青年和月子。新一不想让月子看到自己。

"对不起。"

弓子老老实实道了歉，便坐在新一前面的藤椅上。她的正下方就是月子，她在摇动放着色子的竹筒，透过月子晃动的手臂可以看到她的肩头。桌上摆放着多米诺骨牌。还可以听到法国人语速很快的说话声。弓子默不作声，回头看了看新一。她看到了新一撕心裂肺的心痛。她不知这痛苦究竟是来自月子接受了他的求爱，还是因为他的求爱遭到了月子的拒绝。但是，她能够切身感受到这种痛苦的实实在在的存在。她将视线移向院子。松树林树梢的对面，是月光摇曳的大海。此时，仍然没有入睡的饭店住客，或许只有月子和弓子了。月子纵情地笑着。弓子温柔地拍拍新一的肩膀。

"已经一点半了。睡觉吧。"

新一乖乖地站起身，倒在了蚊帐里。弓子从旁边的床探过身子，一只胳膊抱起他的脖子，为他整理了一下枕头。然后，摆弄着枕头的穗子。

"你看着我，睡不着！"

"哎呀。对不起啊。"弓子缩回胳膊。月光从忘记关上的阳台门照进屋里。阳台门非常大，古香古色。窗户的大玻璃也很有传统风格，十分恬静。屋顶很高，房间宽大，亦有浓厚的传统味道。蚊帐好似捕捉昆虫的大网，雪白雪白的蚊帐和睡床，让弓子感到孤寂无比。睡在床上，她觉得两个人就像被白色大网捕捉到的囚犯。大海似乎发出了轰鸣声，原来是新一发出的强健鼾声。他翻了个身，将右手伸到了弓子的床上。弓子拿起他的手掌，将其拇指含在嘴里轻轻咬，然后又按照顺序一个个地放入口中。此时，她微笑着任凭泪水流淌。"我这么爱他，可——"想到这里，她小孩子似的摇摇头，似乎不打算再想这件事。她一到酒店，便看到了新一，随后就办了入住手续，自作主张，决定要和他像夫妻一样入住酒店。弓子高兴得像个小姑娘。

"啊，真明亮！连心底都觉得亮堂。"

弓子全身心地感受着夏日上午的明亮，似小孩儿跳跃着喊出内心的喜悦。

"我做梦也没有想到,这世界上还有这么亮堂的房间。人总是在黑暗之处居住。我觉得昨天为止的一切一切都烟消云散,宛如做梦。来!"

"你本来就不相信昨天嘛。"

新一走到阳台,语调虽含讽刺,但他心情开朗,像换了个人似的。

"说得对。那是因为你只相信今天。女人总是会忘掉昨天的。"

弓子的眼睛好像忍耐不住寂寞,流露出喜悦,偷偷盯视着新一的面颊。对新一难以抑制的喜爱,使得她肩头发抖,

"我真高兴!昨天夜里我就没睡着。我真想咬掉你的一根小拇指。不过,我觉得你有心病,所以就饶了你。别怕,这都是骗你的。我一直在担心,不知道你今天早晨会是什么神情。可是,挺好的。也许你是因为得到了月子,神情才这么满足。可是我,现在根本就不想再听什么月子的事情。房间这么明亮,我干吗还要自找烦恼呢?"

新一出神地望着尽做些小孩儿动作的弓子。他美丽的眼神犹如睡足后的清晨。他漫不经心地走过芥子花圃,心里想"和这个女人在一起像恋人一样的生活,今天就到头了"。

朝子她们拿着球拍在草坪上像白狗似的奔跑。新一他们住的房间右手有一栋客房,东边窗上挂着一排遮阳幌子,好似人力车挂着的那种。粗条格的遮阳幌子下面,隐约能够看到绿色窗帘。从树梢整齐美丽的松树林望去,可以看到粼粼海水拉出一条蓝色的绶带,将明朗的梦想勾画在水平线上。天空充溢着夏日的清爽。从晴空万里的朝南阳台眺望,是一幅令人心旷神怡的美景。

"朝子小姐她们一定会很吃惊的,大家都是一起来的,可我们

却单独两个人住。不过，我跟立川已经说好了。我跟他说，今天晚上我要豁出命干一仗，不再在乎什么颜面了。立川一如往常，默不作声，只是笑。不过，我什么也没说就睡着了。昨天，我干了几件非常大胆的事情，像蚯蚓似的，爬行着贴近鸟子小姐，还突然把名片递给了月子小姐。我甚至还打算和美国佬到横滨去走走。不过，今天我的心情极好！我觉得，今天我一定会心生妙计。干脆把月子杀掉算了。"

弓子笑着说，听上去似乎在唱催眠曲。

"你今天这神情真美！眼睛清澈，似乎是良心重现。"

"良心？你能明白我的良心？"

"当然明白。不就是恋着月子却和弓子睡觉吗？我说的对吧？"

"受教了！"新一扔下这句话，飞速离开了房间。

"别走。你一定还会回来的。房间这么明亮，我怎么能被抛弃呢？如此阴暗的事情怎么可能发生。"

海风冲洗着正南方的阳光。松树林清爽，绿得像刚刚被清洗过。沿着南向突出的房子窗户，草坪上长着一小片弱不禁风的雌松，就像是被风从松树林吹过来的一块轻飘飘的绿布。酒店好似玻璃雕刻的工艺作品，亮堂堂的。走廊里传来恼人的摇铃声，听上去十分悦耳，只有住在玻璃房子里才能听到这种声音。同时，一阵很有古韵的敲钟声随之传来。原来到了就餐的时间。在服务台，新一打听到月子的房间，叩响了房间的门。屋里传来鸟子的应答声。她正在往柔软的皮手袋里放和式装订的书籍。《大乘本生心地观经》《佛说盂兰盆经》《父母重恩经》《优婆塞戒经》《月上女经》。

"原来如此。月子小姐读的都是这些东西。"

"你又想到了什么?"鸟子冷冷地说。新一扔掉经书,拾起洋书。欧里佛·洛兹爵士[①]的《雷蒙德,或是生与死》,还有德语的诗集。他看了看画有红铅笔标记的书页,原来是女诗人玛丽亚·雅尼奇克的诗。

  手持燃烧的蜡烛,手持亮闪飘动的旗帜,我等面向你前进,誓做一代新人。
  我们要做无冠无王法的立法者,要做无需殿堂的信徒。
  手持燃烧的蜡烛,手持亮闪飘动的旗帜,我等面向你前进。

侍者走进屋里搬走了皮箱。鸟子没有理睬新一,坐在镜前在帽子上别别针。

"要回去吗?"

"嗯。一会儿我们去江之岛看漂灯笼。"

"所以,月子就读上了这种很有香火味的书。"

"我不知道。我昨天已经把小姐介绍给你了。我不是跟你说了,我们永不再见。"

鸟子想起昨天突如其来的接吻,脸上感到发热,但她神情冰冷,咬牙切齿,试图掩饰自己。

"好,那就再见吧。托你的福,我昨天和三个女人接了吻。你跟月子说,逃走躲开是没有用的。月子小姐所找寻的'新人',除了我之外别无他人。那么漂亮的月子,竟然对螳螂般瘦小、病恹恹的矢

[①] 19世纪晚期英国物理学家、作家。在《雷蒙德,或是生与死》一书中讲述了自己通过灵媒与已经死去的儿子沟通的经历。

野时雄着迷，简直就是暴殄天物。你跟她说，德国女诗人描写的梦幻中的'新人'就在她眼前呢。"

由比海滨的浅滩，在汹涌的波浪冲击下，犹如狂风席卷的棉花田。绵延不断的海滨，像横放着的光滑大腿，将稻村崎和饭岛崎远远分隔。海滨上零零散散可以看到，穿着纺绸印字短褂的外国女人、披着女人睡衣般的夏季和服的外国男人，他们的存在使得这里更像是日本泳衣展示会。常有孩子们戏耍的稻濑川畔，搭建起大帐篷，上面用拙劣的字写着"汝之圣言乃吾足之明灯，乃吾路之光明""圣经之会"，弄得基督的话语也成为杂音之一。帐篷背后的沙滩上，横七竖八躺卧着赤裸身体的男男女女，他们之间散落着《路加福音》。在他们旁边的人群之中，有沙雕艺术家的作品，作品夸张丑陋地表现出第二性征。躺卧在这里的女人比海滩上所有的女人都要色情。酒店观海小屋下的更衣所，老资格拳击手般魁梧肥壮的游泳救护员望着海水中酒店的客人，昏昏欲睡。弓子关上了小木屋的门，将小腿伸进泳衣。在这怪异的隐蔽场所看到自己的身体，弓子不知缘由地浑身颤抖起来。澄子和秋子在近海处跨过低浪，等待高浪袭来。立川从酒店更衣所拿来船形的板子，抓住粗绳在上面站得笔直，像天鹅一般乘着浪头向岸边飞去。新一来到观海小屋，朝子孤零零一人站在那里，像个刚产完子的女人，面露疲倦却掩饰不住美丽。弓子在沙滩上踮着脚尖，生怕沙子烫着自己的脚，冲着浅滩飞快奔去。那样子很有诱惑力，吸引住男人。朝子对他说：

"我们商量好了，今天傍晚一起去江之岛看流灯会。"

精灵

这是月子心情寂寞得如蓝色湖水一般清澄时写给妹妹菊子的书信。

日光的河滩上是否已有红蜻蜓在飞？姐姐我现在正在逗子、镰仓的海边，如同西洋水族馆一般明亮的海边，找寻红蜻蜓的影子。过去的人们认为盂兰盆节时，去世的人的灵魂会骑在蜻蜓身上来到人世间。不过，咱们这么大的女孩子很少有人知道，红蜻蜓又叫精灵蜻蜓，也叫精灵。

昨天晚上我参加了海滨酒店舞会。一边跳华尔兹——对了，我有个舞伴，他叫高木新一，好像是矢野先生的朋友。你去问问矢野先生。我虽然学着老外跳华尔兹，但是我还是梦想着跳日本传统的盂兰盆舞。说起盂兰盆舞，我们只看过一次。那还是和父亲去新潟赛马时，在锅茶屋的宴席上看过艺伎敲着酒桶跳的。菊子也看过吧。听说，盂兰盆舞也有很多跳法，有圆舞式、方舞式、行进式、化妆式等等。有的继承了过去"歌垣"的传统，有的起源于神乐舞，有的来自丰年舞，有的与祈雨舞相似。不同地区也有不同的舞，如木曾舞、越后舞、津轻舞，其中最具古风的还是圆舞式。跳这种盂兰盆舞时，人们要围成一个圈，边转圈跳舞边唱歌。老外的华尔兹跳法就完全不一样了。我从心底还是喜爱过去原野上女孩的盂兰盆舞。看看松林，听听秋虫，日本的女孩怎么会跳查尔斯顿舞呢。

"我是个不同寻常的女孩，来自巴伦西亚这橘子花盛开的国家"，一步曲巴伦西亚一奏响，酒店的女学生，会跳、不会跳的都眼睛放光，跟着唱了起来。可我还是怀念盂兰盆舞的歌声。菊子还记得吧，那回去福岛赛马时，在松叶馆的和式大厅听到的会津的歌，还有阿武隈川清澈的激流声。

　　盂兰盆来了，染房烧了
　　穿上了跳舞的白夏和服
　　领唱的孩子掉下了桥
　　漂流在河里还在领唱呢

　　赛马的事情就写了两次——

月子刚想写"对不起"几个字，但想了想把"赛马的事情就写了两次"删掉了。因为她脑海里鲜明地浮现出鸟子父亲那凄惨的、血淋淋的尸体。月子望了望白蚊帐里的鸟子，郑重地合十，然后写下"之所以这样写盂兰盆的事情——"，继续写信。

　　之所以这样写盂兰盆的事情，是因为明天就是八月十五日，江之岛的灯笼漂流日。也是因为希望菊子能够像过去日本女孩那样,心里记着迎接母亲的魂灵。

《心地观经》说"父有慈恩,母有悲恩",说的是悲恩。另外还讲"悲母在时,名为日中。悲母死时,名为日没。悲母生时,名为月明。悲母亡时,名为暗夜。"各种经文中,都将母亲称为"悲母"。释迦牟尼世尊从华岩最初讲法到涅槃终结讲法,都多次提到父母。佛法认为母恩重于父恩,所以你至少也要召唤母亲的魂灵。

我之所以提出如此要求,是因为我读完《雷蒙德,或是生与死》心里感到孤独万分。矢野先生知道《雷蒙德,或是生与死》的,你可以问问他。不要让日本的逝者像外国的逝者那样孤孤单单。

"你至少也要召唤母亲的魂灵",月子在信中给妹妹菊子这样写道。但是,父亲不是也不在世了吗?父亲难道就没有魂灵?自己的父亲就不该得到妹妹的召唤吗?现在,那句所罗门的话语又深深地刺痛了月子的内心。

"怀疑自己父母者,将失去明灯,陷入无边的黑暗中。"

但是,月子不相信自己有资格对妹妹谈论妹妹的父亲。她不知道妹妹的父亲到底是谁。但对他,她有过怀疑。自己的这种怀疑,也许会使自己的母亲坠入目犍连母亲所身陷的恶鬼道,也许还会使自己活生生地坠入地狱。即使如此,母亲、父亲也已经离世。死人的灵魂能够洞悉一切。生者苍白的谎言,难以装饰死去的人。所以,她只能继续用《心地观经》的教诲书写这封信。

写到此处,我心里不由得浮现出《心地观经》的话来。

"众生恩者。即无始已来。一切众生。轮转五道。经百千劫。於多生中。互为父母。以互为父母。故一切男子。即是慈父。一切女人。既是悲母。"

菊子也明白吧？所谓人，都是在多次生生死死的轮回之中，相互变为各自的父亲、母亲的。所以，这世界的男人都是父亲，这世界的女人都是母亲。所以——

"所以——"，月子写到这里又卡住了。她不知道该怎么去写，是写"所以，突然出现了一个菊子根本不认识的男人，就算我贸然说这就是你的父亲，按照经书的教诲，他也许就是你真正的父亲"呢？还是写"所以，即使说姐姐的父亲不是你的父亲，但是在前世或者来世他也许就是菊子真正的父亲"呢？月子闭上眼睛，不想看到远处如冰山般冷冷发光的哀伤。接着，她在书信里写下这段委婉的话语。

所以，迎来母亲的魂灵后，菊子要以你善良的心去抚慰父亲，以及许多死去人的魂灵，一定啊。如雷蒙德的灵魂所说，孤寂的逝者有很多很多。这一来，我们就能理解一休和尚所吟的歌了，"山城瓜茄无人摘，两掌合十思逝人，加茂川湍流"。

关于这首歌，《松翁道话》中有所记载："这是多么盛大的精灵节日啊。今年成熟的瓜是精灵，茄子是精灵，加茂川的水也是精灵，桃子、柿子等所有结果实的都是精灵，死去的亡者是精灵，活着的生者也是精灵，祭奠者也是精灵，这些精灵聚在一起，相见时无心无念，多么可喜可贺啊。这整个精灵节日，也就是一心法界的讲法。法界即一心，故一心即法界，此乃草木国土悉皆成佛节。这是多么有趣的道理啊。不解此理的人，年年自西方六十万亿土地（死去的人们——月子注）远道而来，对此我们可设宴接待。但在这酷暑季节客人来临，我等虽叹忙碌，但决无不接待之理。细心琢磨，最终选定十五日暮色时分归来，此举能安慰吾心。"

草木国土悉皆成佛节，可老外那里是不会有盂兰盆节的。欧里佛·洛兹爵士曾问："雷蒙德，你知道圣诞节快到了吗？"，雷蒙德借一名叫肯尼迪的女人的自动手记的力量回答道：

"知道。我要出席。请搞得热闹些。否则，我会失望的。我知道这一要求做起来很难。（因为家人们正在为年轻的雷蒙德死去而感到十分悲伤——月子注）但是，我希望他们能够明白我现在很幸福。（在死后的世界里——月子注）我在圣诞节时绝不会离开家里的。"

说完后，雷蒙德的魂灵在肯尼迪夫人的自动手记结束时，又叮嘱了一句：

"请向我的父母双亲转告，圣诞节那天，我一整天都会在他们的身边。那天回家的人中，有成千上万我们的伙伴（死者的魂灵——月子注）。但是，可悲的是，其中许多人都没有受到欢迎。请给我留下座位。"

雷蒙德这个人，是欧里佛·洛兹爵士博士的年轻儿子，在和德国的战争中战死了。自那以后，他通过类似于日本的巫女的灵媒向爵士、他的母亲、兄弟报告各种死后世界的情况。汇集了这些记录的，就是这本叫做《雷蒙德，或是生与死》的书。

欧里佛·洛兹爵士想把这本书献给这个世界为失去孩子而悲伤的母亲们。他想借此安慰她们："孩子们没有死，他们活在冥界。"

　　菊子大概也知道，基督不像佛陀，他对前世、来世没有美丽的想象。基督说到底还是"西方的人"。另外，雷蒙德这个人的魂灵过于年轻，或许是由于这个原因，他报告的冥界的情况都十分幼稚，有趣。这个你可以请矢野先生给你讲讲。西洋小说教给了日本小说观察现实的方法，雷蒙德的语言同样也是很现实的。虽然西方也有史威登堡的《天堂与地狱》一类的书籍，但是就连但丁的《神曲》也有浓厚的现实味道。看一看《圣经》，与印度的经典比较起来，它的想象要显得单薄、弱小、贫瘠得很，而且土腥味十足。

　　我要是死了，也要在此界与彼界之间架上一道美丽的彩虹桥。像雷蒙德那样，给菊子讲讲那个世界的事情。死者的魂灵时时刻刻都会悄无声息地进入菊子这样善良清纯的灵魂之中。我不喜欢圣诞节，到时候你一定要在盂兰盆十三日那天用麻秆的迎魂火迎接我们的魂灵，在十五日那天放灯笼送走我们的魂灵。因为这是日本最为古老美丽的招待死者的方式。日本的盂兰盆节历史悠久，开始于齐明天皇在飞鸟寺西造须弥山举办盂兰盆会之时。后来，圣武天皇在宫中为盂兰盆会上供，并且命天下为死者上供。一千几百年前，后堀河天皇时，开始点燃盂兰盆灯笼。这在藤原定家的《明月记》有记载。

　　讲述盂兰盆节的《佛说盂兰盆经》，我之前给菊子看过吧？那本经书很薄。

"当为七世父母。及现在厄难中者。具饭、百味五果、汲灌盆器、香油锭烛、床敷卧具、尽世甘美著盆中,供养十万大德众僧。"

据说,因此目连尊者的母亲为恶鬼道所救。得六通的目连之神通力、天神地神、邪魔外道、道士四天神都束手无策无力搭救的母亲,因此而获救。

如果确实如佛教的丰富想象所说,死后的世界存在,人的灵魂不灭的话,那么因全佛缘而令川施恶鬼不忘的日本盂兰盆节,该是多么美的习俗啊!明天,我要去江之岛,为那些漂泊的魂灵们放一只祭祀灯笼。菊子也要——

写到"菊子也要——",她不知该怎么写下去,是写"假如母亲坠入食物变为火的恶鬼道,你要像目连那样为救她——"呢,还是写"姐姐就是死了,也要从地狱中让她回到菊子的心中——"?月子身上发抖,继续写信,写下了出人意料的文字:"虽然写的都是这些,但你也不要担心。姐姐并没有打算去死。"

而且,她希望自己将死之时,为了菊子也要挣扎不死。她想起了自己七岁时秋天的心情。

七岁那年秋天,月子患上麻疹,高烧不退,面颊到眼睑都感到发烫,好像被热气所笼罩着。对此,她脑海里仅仅留有朦胧记忆,其它所有一切都消失在遥远的过去。当时,她的眼里清晰呈现的只有黑色的头巾和白色的月亮。月亮好似落在院子芭蕉叶上的一片菊花花瓣。头巾戴在枕旁祖母的头上。祖母格外怕冷,特别害怕头上受凉,所以从秋天到春天,她一直都要戴着黑绉纱的头巾,片刻不离。月子记得她在学校学习裁剪缝纫时，曾经给祖母做过一条这样的头巾。她清晰地记得那月亮和头巾的形状，就像印刻在自己胸前的刺青一样清晰。望着新月和头巾，月子突然觉得自己离死很近了。死到底是什么？幼小的她想不出它的样子。而且高烧烧糊涂了脑子，她也无暇思考这种事情。这个时候，她曾经有过这样的念头：那要是自己死了，又会如何呢？一种令人惊恐的畏惧从月子的心头掠过。自己要是死了，菊子的父亲就会出现把菊子抢走。月子突然大哭起来：

"我不要死，我不要死！"

弄得枕边的祖母和护士不知所措。

月子从小就非常喜爱自己的妹妹。为什么仅有七岁的孩子心里会生出这种疑心，担心另一个父亲会夺走菊子呢？每每想到此事，月子心里就战栗不已。想到自己从幼年就内心敏感、如此之事便会使自己心惊胆战，她心情顿觉灰暗。不过，姐姐的爱和死的恐惧，即使到今天，仍然像七岁时发烧一样，紧跟在她的后面。而妹妹本人对此毫无所知。所以，这无法透露给任何人的秘密，就像无法融化的冰块，永远冰冷沉重地压在她的心头。因此，月子的书信只能委婉地涉及这一秘密。

我写了很多这些事情，但是你不要担心。姐姐绝不是想死。空想这个世界与那个世界沟通的事情，是我的美丽梦想。另外，对于我来说，梦想自己成为佛门一弟子，和梦想自己变为一株野菊，都是同样美丽的梦想。譬如，释迦牟尼世尊在现世所实施的孝行，如不受父王之敬礼、引导转生为忉利天上的母亲摩诃摩耶夫人入佛道之类的，其实都是无所谓的。比较而言，我觉得《睒子经》里面的有关孝行的因缘故事反倒是很美。

据说过去山中有白色巨象。白象父亲和白象母亲都已失明，于是白象儿子便采来水草供它们食用。正好此时，国王征集大象作战，白象儿子也被带到了城里。这头白象被饲养在宫中漂亮的象房里，但是它几个月都水不喝一滴，饭不吃一口。国王感到很奇怪，便问它。这头巨象突然用人的语言说起话来。

"我有盲象父母在山里，我不在那里，就没有人养活它们。父母每日无食可餐，作为儿子我怎么能吃得下呢？"

国王深为感动，便放这头白象回山了。父母去世后，这头白象又回到国王所在的城里，并且屡建军功。这头白象就是释迦牟尼世尊的前身。这是《睒子经》第十五节的一段因缘故事。

还有一个故事讲的是，中国有一位叫做道丕的和尚，他念经积下功德，让自己的父母从华阴县鹤山那堆积如山的白骨之中现身。这个故事，菊子也从奶奶那里听过吧？

所以，如果姐姐我死去，哪怕变成一株原野的白菊，只要菊子想着我，那株白菊也许会花朵低垂，向走过秋天原野的菊子你致意。

月子放下了笔，面露微笑，好像完成了一篇悲哀的童话似的。在透过台灯罩放射出的橘黄色光线映照下，细细的红色钢笔杆宛如荞麦花茎般的菊子的身躯。月子喜爱妹妹菊子，觉得她就是这世界上的活生生的童话。而且，月子还以童话装饰死亡，喜爱死亡。为什么美丽的姑娘总是思考死亡？这定有各种缘由。不过，对于月子而言，死亡的童话就是多苦多难之人的摇篮曲。她第一次听到这种摇篮曲，还是矢野时雄讲给她的。欧里佛·洛兹爵士也是其中之一，他的创作拨动她的心弦、让她安然入眠，令她怀念。她拿起死亡的童话《雷蒙德，或是生与死》，读起打开的书页。

"父亲知道鲜花败落的样子。我们所在的地方也有鲜花。这都是地上败落、来到灵界重新开放的花朵。美丽的花朵。百合创造了许多花朵。"

那一页是莱娜德夫人在灵交会上的长长纪录。百合是雷蒙德的妹妹，先于他去世。他在另一个世界见到了他的祖父、父亲、妹妹、近亲，他把这些事情讲给活着的人们。在另一页里，他通过叫做芬达的女孩的魂灵，讲述了妹妹和哥哥的事情。

"她是个年轻的姑娘，在灵的世界长大。长长的金发，高个子，身材苗条。手里拿着百合花。还有一个灵，很小的时候就来到了这里（灵界）。看上去，年纪和雷蒙德差不多，但样子显得十分圣洁。他不太知道地上的事情。因为他很小就死去了。现在，他们都和雷蒙德在一起。模样年轻，很有灵界的味道。灵界的人如果是年轻时来的，就显得年轻。"

这个叫做百合的灵界少女，穿着光织的灵的衣服，每当想象她那清纯的形象时，在月子的脑海中浮现的总是妹妹菊子的样子。月子又读了一遍雷蒙德讲述的用光编织灵服的故事。

灵界中死后的人们里，有些人认为"这种服装是自己用思想制造的光与艳的衣裳"。也就是说，是人们在地上度过的精神生活制作的死后灵魂的服装。但是，雷蒙德认为"这不是思想的衣裳"。他认为这种服装是由地上腾升的香味制成的。腐烂的呢绒散发的香气制成了苏格兰织物，腐朽的花形成的香味在天上又绽放花朵。"香气不断地从那边的地球上升浮而来。眼睛看不到。离开地球时，香气变成了原子。但是，到了以太时，一个个原子周围会形成其它的物质。等到到达我们这里，一些人们拿在手里将它们制成固体的东西。就和你们制作固体东西完全一样。如果细心注意的话，死去的东西都会有香味。而且，我知道那种香气都有实际用途。要问为什么？这是因为，无论物体变成香味之前是什么，它的香味都会还原为与原来完全相同的形态。古树有与新树不同的香味。腐烂朽变的布、各种的布，都有各自不同的香味。腐朽的麻与腐朽的呢绒，香味是不同的。"

那么，被火化的人体又会怎么样呢？月子读了这童话故事般的讲述，好几次都忍不住笑了起来。雷蒙德这样说：

"把人过早火葬，是很糟糕的。绝不能那样做。太残忍了。让我心痛。"

这个世界的人总是说："既然死了，就赶快安葬了吧。"但是，那个世界的雷蒙德却说死后的七天之内不能火葬。因为人的灵魂不会像火球那样瞬间就离开尸体，它会像磷火一样一点一点飞出。死后两天焚烧时，天界的"灵的医生"会用吸引灵的磁气帮助灵离开尸体。否则的话，残余的灵就会和灰一同被吹飞，要在天上把它们再聚拢起来，需要花费很久的时间。"灵"必须聚拢在一起，形成自己的"灵体"，灵体就如同地上的肉体，毫无二致。

所以，那个世界的人和这个世界的人完全一样，丝毫不差。按照芬达这个宿灵的话说，雷蒙德不光睫毛、眉毛都和他活着时一模一样,而且他活着时患虫的牙在那个世界里都换成了皓齿。在那个世界,拐子也有了健壮的双腿。雷蒙德在那里虽然没有看到狮子老虎,但那里既有和此世同样的马、猫、狗,也有鸟。他住在砖房子里,既有绿树,也有鲜花。地面很硬,跪在上面,衣服都会蹭脏。只是昼夜的安排与此世不同。在那里,感受不到寒暑。不过,年轻时就死去的人,也跟此世的年轻人一样,唱歌做游戏。不仅如此,那里甚至还有雪茄。有的死人还想吃肉,甚至还有些粗鲁的人还要威士忌苏打水。那里也有研究所,通过香精、乙醚、瓦斯制造地上所有的饮料、食物。不过,希望得到这些的,都是些刚来灵界的新人,也就是刚刚死去的人。很快,他们就丧失了这种地上的欲望。

"就像穿上合身衣服的人一样,到了新的环境也就不需要这些东西了。那位先生(芬达指的是雷蒙德)希望各位能够认识到那里和地上世界毫无二致,十分自然。"

所以,雷蒙德才举出雪茄、威士忌的例子。"譬如有个修道院举办僧侣的集会,他们在那里全身心地冥想、行善。碰巧此时,有个旅行者将僧侣的宿舍误认为酒店,他让修道院为他提供威士忌苏打水。"我们显然不能因此就认定这个修道院的空气同酒吧一样污浊。欧里佛·洛兹爵士以此为例为灵界的朗朗乾坤辩解。那些灵界的新人,和路过的愚蠢旅人不知修道院的神圣一样,只是想喝威士忌而已。给他们喝反而能使他们远离这些东西。

"被从战壕炸飞的年轻人,就算他心灵美好,他也不会一下子就要成为圣者。"爵士也写了这句话。"很明显,多数人无论是在这个世界还是在那个世界,都是普普通通的男女,既不是圣人也不是恶魔。"宗教教诲大家,说死不是把人当成圣人,就是当成恶魔,不是让人上天堂,就是让人下地狱,这是错误的。即使在那个世界,灵也是要渐渐提高自己,向更高的灵界迈进。灵魂不灭,人类不死,既然如此,个性、个性所具有的感觉、对事物的看法,也就会永远持续下去。死也就不应该将人改变成另外一种东西。所以,死者介绍的那个世界的情况,和这个世界的生活就是相似的。这是博士对那些怀疑存在那个世界的人提出的第一个理由做出的回应。

欧里佛·洛兹爵士也不相信雷蒙德所报告的那个世界的情况确实存在。他书写这本书是为了从灵交会的纪录中收集证据,收集那些最现实有力的证据,证实雷蒙德的灵魂并没有消失。不过,月子阅读这本书,说到底就是想听听那个世界的童话故事。相较而言,这个童话故事是多么的幼稚啊。据说,这个童话的讲述者是芬达,她是女巫莱娜德夫人的宿灵,是个印度少女。如果是印度少女,为什么她在那个世界没有看到释迦牟尼世尊的形象呢?为什么不谈佛教所教诲的那个世界丰富想象呢?而讲述雷蒙德见到基督的灵时,她却激动得浑身战栗。

雷蒙德告诉我们说,在那个世界见到基督时,他欣喜若狂,全身战栗,跪拜在地。他觉得自己的灵魂得到了净化和提升。他站不起身来。虽然因为过分的神圣,他无法靠近基督,但听到的基督的声音明朗如铃。他身穿的衣裳是放射光辉的绸缎,他美丽的光芒照射到雷蒙德的身体上。

但是,基督居住在最高的灵界里,比天上圣灵们的居所要高出许多。而雷蒙德所在的灵界距离地上最近,是第三界。第三界又被称为"summer-land"或者"homeland"。与基督告别后,雷蒙德被带回到"summer-land",此时他觉得自己身体里有一种不可思议的力量,能够撼动足以阻挡河流的高山。他为基督交给自己的使命感到无上荣光。这一使命似乎就是向地上的人们证明死后的世界是存在的。

欧里佛·洛兹爵士认为,雷蒙德所在的这个"summer-land"或许就是过去人们称作"伊甸园"的地方。而且,距离地上最近的灵界中的这些魂灵们,凭借派遣到这个世界的人们的祝福和年轻的热情,在努力突破隔离生与死的因袭之壁垒。"激情满怀的士兵们正在(生与死之间)架设桥梁。他们越过沟壕,正在开辟道路通向我们。交通已经变得便利,变得频繁。"也许生离死别的悲哀,将会从这个世界消失。

月子翻动着这部已经读过多少遍的书,找出报告得最为详细的灵界的纪录。那就是第五界。在此,雷蒙德讲述了他走进第五界的殿堂时发生的事情,殿堂好像是用雪花石膏筑成的。殿堂里聚集了很多的人。

"那个殿堂雪白雪白的,点燃着许多各式各样的灯火。有的地方布满红色的灯火,还有蓝色的,最中间好像是橘红色的。它们不是刚才所说的刺眼的色彩,而是十分柔和的颜色。那位先生(芬达指的是雷蒙德)望着这些灯光,心想这些色彩是从哪里来的呢?原来殿堂里有许多宽大的窗户,窗户上镶嵌着相似颜色的玻璃。而且,殿堂里的人们有时会到透过红玻璃照射而形成的粉色的地方,有时会站在蓝色的光中。有的人会沐浴橘黄或者黄色的光。那位先生想,他们为什么要这么做呢?于是,有人告诉他,粉色的光是爱之光。蓝色是治疗精神的光,橘黄色是智慧之光。大家都到自己希望的光那里站着。这比地上的人们所了解的更为重要。总之,将来人们会研究各种光的效果。"

雷蒙德坐在了蓝色的光下。不久,来自第七灵界的导师们出现了,他们向殿堂里的人们频频招手。

"然后,其中的一位将手放在那位先生的身上,那位先生便感知到三种光线混杂在一起。他好像体悟到所有的一切,以往所感觉的愤怒、悲伤都好像消失殆尽。而且,他还觉得无论多么高的世界,自己都能升上去,甚至能够让其他人也能腾升上去。自己的内部好像蕴含了这种力量。"

对于月子来讲,这也是一个关于色彩的童话。雷蒙德给她讲了一个香气与色彩的童话。她的台灯就是橘黄色的。

这是智慧之光。在月子柔和的目光里,白色的蚊帐带有微微的橘黄。她站起身,看了看鸟子熟睡的脸庞。鸟子的灵魂现在该不是脱离了肉体,到天上会见遭受痛苦死去的父亲吧?

她闭上眼睑,长长的睫毛重叠在一起,形成一道黑线,泪滴似乎落在了上面。她的睫毛似乎相互触碰就会发出嘎吱嘎吱的声响。浓重的阴影落在她那显得很为聪慧的单眼皮上,使她的睡相很像个楚楚可怜的小姑娘。

即使今后她的生活使得肌肤变得粗糙,她眼睑的线痕也不会失去白桃肌肤般的稚幼和白葡萄肌肤般的光泽。

她熟睡后,嘴会微微张开。她睡眠时的眼睛显得十分柔和。而她睁开眼睛时,则凛凛威风占据她的面部。瓜子脸上的杏核眼,总是放射着刺人的光芒。不,她不是有意刺人,也许是要直奔而去超越某种东西。它到底是什么,不得而知。不过,她那疯狂好胜的眼神,让人总有一种感觉,她在不停发射着愤怒的火矢,射向某种难以战胜的东西。月子有时感觉，这火矢是在瞄准自己的胸膛。

在新潟看到父亲浑身是血的尸体时，鸟子没有像一般少女那样，哭得昏天黑地。她只是面色苍白，像一尊化石。这使月子感到恐惧。也许鸟子察觉到父亲的死是有意识的自杀。也许她也看穿了父亲自杀的原因。难道她是因此而不哭吗？月子有一种被冰冷的利刃劈砍的感觉，她战战兢兢地偷看鸟子刺人的目光。此时，两人之间就是尸体。

有尸体在，很明显鸟子的父亲是死了。但是，他究竟是自杀还是意外身亡，月子也不知情。活着的人，谁也不会清楚。假如是自杀，那么鸟子的父亲选择的自杀方式让人感觉又不像是自杀。即使是月子，她也只是推测。她的怀疑并无根据，如果鸟子感觉到父亲是自杀，那么她的怀疑也就随之加深。月子察觉到鸟子父亲自杀的原因，这是因为鸟子不是这位死去的骑手的女儿，也许是月子父亲的孩子。这些怀疑看来都无形无影，犹如淡淡的气味一般。要是鸟子本人也认为事情可能如此，那么月子的怀疑虽然并无根据，但必然也会随之加重。

"相信过去的人，就是神秘主义者。"鸟子曾对新一说过，而且也同月子讲过同样的话。

说出"相信过去的人，就是神秘主义者"这句话，也许是鸟子想不动声色地开导月子，让为鸟子的出生、骑手的死而苦恼的月子摆脱苦恼。月子也是这样理解鸟子的这句话。这句话也许含有这种意思。

"父母情欲的过错，没有道理让孩子背负苦恼。人的出生就像花草绽放，纯真无邪，最为自然。将自己看作自然之子，而不是父母之子，也就无所谓了。"

鸟子眼中能够燃烧冷静的火焰，战胜"父母所生"这一无法辩驳的事实吗？那是不可能的，但月子希望这样。因为鸟子从著名骑手的父亲那里继承了好胜的性格。这种性格并不是承自月子父亲的。或许，自从降生那刻，这种精神就如掀起尘烟的烈马群，以疾风般的速度从鸟子心头掠过。即使被新一抛弃，鸟子也没有在月子面前可怜巴巴地低垂眼睛。同样，面对父亲的死，鸟子也没有掉下一滴泪。或许，这也是鸟子疯狂的好胜之心的单纯表现。

"这也许是因为那个人思恋我而抛弃了鸟子。所以，鸟子才不显露自己的悲伤。"

月子突然想到这点，对鸟子不得不让自己和新一跳舞时的心情感到难解，不可思议。月子站在那里，一动不动看着鸟子的睡姿，似乎忘记了钻进白色蚊帐。

鸟子通过书信向月子告白了自己与新一的恋情。住在同一屋檐下，却只能用书信交谈，这不是因为女孩子的羞涩，而是因为鸟子好胜的性格。同时，还是因为鸟子是个有话憋不住的人，更何况是这种事情。

鸟子的父亲出生在纪伊地区[①]，所以称呼月子为"大小姐"，称呼菊子为"小小姐"。母亲是越后地区的人，也学着父亲的样子，用方言把她们都叫做"小姐"。所以，鸟子从小就把月子叫做"小姐"，用语有些下人的味道。父亲去世之后，鸟子被月子家收留。自那以后，鸟子觉得自己就好像成了月子的用人。早晨为月子准备牙膏、

[①] 原文为"纪伊"，"纪伊国"为日本的旧国名。现在的和歌山县以及三重县的南部。

漱口水，梳妆台上的化妆品用完前给月子买来，总是给月子换好新的枕套——她精心周到如此暖心地照料月子，与其说是月子的用人，不如说是月子的恋人更为合适。她的所作所为颇为自然，就像个贤惠的妻子。性格好胜的鸟子竟然能有这一面，这让月子感到惊讶，感动，几乎落泪。鸟子为月子系和服腰带时，她触摸月子背部的手感，让月子感受到她对自己的好意。这种好意已经多年来根植在鸟子身体里。但是，在鸟子身上，却看不到妹妹对姐姐的那种亲昵。月子也就听之任之，她愿意怎么样就怎么样。月子性格像个男人，大大咧咧，觉得在心里和她亲近就成了。

七月中旬，江之岛发生了一起在当地颇为出名的女性间的殉情事件。在报纸上看到此事的报道时，月子说：

"要是我，陪伴对象眼前也只有鸟子了。"

"那倒是真的。"鸟子漫不经心地笑笑。

"要是那样，我真高兴。假如小姐和其他人一块儿死了，那我的心就会没了主心骨，恐怕连路也走不动了，就会像没有根基的崖壁，一下子就坍塌了。"

也许是头一天没有睡好觉，那天早晨，鸟子脸色发青，有些萎靡，偏巧月子又说到这件事，话一出口，原本只是假设自己和鸟子一同死，忽然间就带有了现实色彩。这样一来，世上的人大概会以为这是同性恋的殉情，为之大唱赞歌。任何人也不会想到，这竟然是同父异母的姐妹的殉情。如此一来，她们姐妹的关系也就永远不会为世人所知。假如是为了这个，她可以和鸟子一起死。

宁肯死了，月子也不想让菊子知道，自己和菊子有可能是同母异父的姐妹。无论如何，她也要对菊子隐瞒自己的怀疑。月子之所以害怕死，其首要因素就是她从七岁患麻疹时就开始担心，一旦自己不在了，自称菊子的父亲的人就会露面。但是，她从来就没有想过，去试探一下菊子，看看她是否怀疑自己的父母亲。因此，她能够诚心诚意地爱自己的妹妹。可是，她却没有顾及到鸟子的内心。

她虽然心里害怕，但一直等待着鸟子提出质疑，等待她向自己询问："我是不是小姐的亲妹妹？"这种心理，大概与自己和菊子一直以姐妹相称有关。之所以如此，或许还是因为自己和鸟子在生活中一直以朋友相处。但是，不可思议的是，她并不担心自己死后，鸟子的母亲有可能对鸟子说：你的父亲和月子的父亲是同一个人。月子之所以不担心，是因为她虽然爱鸟子，但心底还能够感受到对其憎恶的黑焰在腾升。换个角度想，菊子的出生正是针对生下鸟子的父亲的一种丑陋报复。如果是那样的话，菊子才是她应憎恶的对象。

总而言之，由对自己三个人的出生的怀疑推而思之，那么世上的兄弟姐妹中该有多少人其实并非一父所生，世上的本不相干的人该有多少人其实是亲兄弟姐妹？想到这些，月子有时会感到不寒而栗。所以，恋爱与色情是这种事情的种子。对此，不知从何时起，她开始产生了恐惧。

每个人都知道自己是谁与谁所生的孩子，世间又将每个人视为谁与谁的孩子，毫无疑问这是构成人世间幸福的基础。但是，在这个世界上，那些不得已背着黑锅行走人生的人，不仅仅是一些私生子。有时候，由生至死都要牢记自己的父母，也会成为人的沉重因袭。这种人难道就不能把他们的父母驱赶到外星去吗？难道他们就不能将自己的出生想象成天上过路魔鬼所造的孽，自己无可奈何吗？

现实之中，鸟子、菊子不就是好像把她们的父亲驱赶到了外星吗？她们的出生，假如真如月子所怀疑的那样，那么就等于鸟子和菊子都不清楚自己的亲生父亲。而且，也等于她们都将养父误认为了亲生父亲。也就等于鸟子相信那个骑手，菊子相信月子的父亲，对他们是自己的亲生父亲确信无疑，而且一辈子也不会发现这是个可怕的谎言。不过，这也就行了。不知为佛。月子对鸟子而言是异母姐姐，对菊子而言是异父姐姐，两个妹妹的黑锅只能由她一人来背。只能由她一人面对这必然造成悲剧的谎言，一直战战兢兢。骑手的死也许就是这第一个悲剧，第二个悲剧呢？也许就是鸟子和新一的恋爱。

月子带从东京来的朋友到三崎的临海实验所去的这两天时间，鸟子就被新一掳走了。别说两天了，仅用二十分钟，鸟子就像玳瑁蝶一般被轻而易举击落了。时间快得都无法将之称为恋爱，那热情的火花一闪而过，好似袭步驱马跑过短短一段的逗子海滨。但这爱情破灭也快得让人惊讶，好似赛马出发的号令刚刚发出，骑手就已经跌落马下。鸟子的心碎了，就像被老鼠推下柜子的陶瓷器一般。

"无所谓的，只要我以后不想结婚的事情。"鸟子对新一说。月子也听到了。

"无所谓的，只要我以后不想结婚的事情。"

"谁说不能结婚？！天下怎么会有这种事情。"月子安慰道，但她的声音毫无力量。月子想问问她。

"有了孩子怎么办？你就根本没有想过有了孩子的事情？"

把恋爱和孩子直接联系在一起，就像是只知道做饭的女人那样陈腐，就像只注意别人木屐的女人那样丑陋。月子自己也是这么觉得的。不过，假如月子和鸟子都喜欢新一，都生了新一的孩子，那孩子不就成了异母姐妹吗？月子和鸟子她们本身不就是异母姐妹吗？异母姐妹又生了异母姐妹的孩子，这简直是——月子仿佛看到脚下有一道深不可测的深渊，眼前一阵目眩，她胡乱收拾起白色的蚊帐，躺在了床上。

鸟子生长在雪乡。她双手轻轻重叠，放在了毛毯上面，衣领敞开露出右乳。这般清纯的雪，怎么会让新一的身体沁入？鸟子的母亲是新潟的艺伎。鸟子简直就是母亲的翻版，肌肤白皙如雪，与她好胜的性格完全不符。她鲜明的发际线也如同母亲，像是精心修剪过似的，显得十分水灵娇媚。过于端正美丽，反而透露出一种不幸的气息。头发擦在枕头上，发际线立时显露出楚楚可怜的美丽。枕边的表已是近四点了。这是鸟子肋膜神经痛经常发作的时间。院子的草坪在晨光映照下，已经现出绿色。

第一天，乘公司船，到达马赛。
第二天，滞留马赛。
第三天，上午离开马赛，赴尼斯。
第四天，滞留尼斯。
第五天，上午离开尼斯，赴热那亚。
第六天，上午离开热那亚，赴比萨。
第七天，上午离开比萨，赴罗马。
第八天至第十天，滞留罗马。
第十一天，离开罗马，赴那不勒斯。
第十二天，滞留那不勒斯。

第十三天,上午离开那不勒斯,赴佛罗伦萨。

第十四天,滞留佛罗伦萨。

第十五天,离开佛罗伦萨,赴威尼斯。

第十六天,滞留威尼斯。

第十七天,离开威尼斯,赴米兰。

第十八天,滞留米兰。

第十九天,上午离开米兰,赴日内瓦。

第二十天,滞留日内瓦。

第二十一天,离开日内瓦,赴伯尔尼。

第二十二天,离开伯尔尼,赴因特拉肯。

第二十三天,登少女峰。

坐在汽车里,月子阅读着美丽的诗篇,以此避开法国青年孤寂的眼神。法国青年拿在手里的只有一份邮轮公司的《欧洲大陆旅行日程》。马赛的伊夫城堡孤岛,尼斯的盎格鲁街大理石山、鸵鸟饲育场,圣雷莫的柑橘、无花果、棕榈覆盖的画一般的大山、比萨的斜塔、洗礼堂,米兰的白大理石主教座堂,列奥纳多·达·芬奇的绘画,它为月子带来了无限的想象空间,这简直就是内容丰富的诗篇。如果能够在遥远的地方,一直长久漫游下去,生、死、恋爱,甚至父母子女的关系都会融入如水一般的旅愁之中。从这个法国人身上,月子真实地感受到远在他国的旅情,感受到旅途告别熟人的孤寂。他一定也是如此。月子并不怀疑他恋爱的真诚。他突然提出去神户,在那里等去美国的船。这可能也是因为他内心受到了打击。不过,月子的身影也不过是他淡淡旅愁的寄托而已。

这个青年是一位法语家庭教师、旧教修女介绍给月子的。当时，修女说他是来参观日本的美术。但青年却微笑着否认了。

"不是的，我是到没有马克思主义者的国家来旅行的。我不想待在只有马克思主义者才有希望的国家里。我觉得日本没有马克思主义者，所以就来了。"

"我可是想去没有父母的国家旅行。法国是这样的国家吗？一个叫做父母的人也没有？"

"真是的，怎么可能？正像没有父母的国家不可能有一样，没有马克思主义者的国家也是没有的。"

他以为月子的话只不过是开玩笑。

后来，他约月子参观上野的博物馆，由此又多次来电话邀请月子到许多地方去。昨天晚上，他们跳舞告别。月子把行李交给鸟子，送他到车站。月子一直认为全世界的人都是用黑眼睛表达悲哀，而她看到了流露出悲哀的绿色眼睛，心里不由一惊，自己内心的孤寂仿佛就在那里。温暖的手掌握住了她的手。

"这个给你。"

两个人之间是羽绒枕模样的花卉图案的缎子软垫，月子并没有坐在上面。上面规规矩矩地摆放着法国人的巴拿马帽，隔开了两个人。

"啊，THE DANCE！"月子读出他从巴拿马帽下抽出的大开本书封面上的字，双手接了过来，有意无意地将右手从他温暖的手掌中抽出。

"这上面有首赞美伊藤道夫的诗。等你去了美国，也去看看伊藤的舞蹈吧。想想日本的小姐和他跳舞的样子该多美吧。我刚来日本的时候,那个像伊藤一样跳舞的他,就已经是你的爱人了吧?"

I sing a song of Mister Ito,

Who dances on his little feet ,o,

He's Japanese and very neat,o,

He's small and swift like a mosquit,o,

His manner on the stage is sweet o,

His moods are fine and complete, o,

A scholar and an artist, Ito,[①]

"啊,这就是诗啊!"月子一边低声吟读,一边跳着看四角剧场时报的舞蹈评论。她眼里仿佛浮现出一幅浪漫的绘画。巨大的红色金粉幕布的背景上,凸显出伊藤道夫节奏感强烈的舞姿,五个柔弱女子纤手弹奏金黄色的竖琴,并且,还配有邦查克那宛如大提琴深沉音色、极富视觉感的音乐。舞蹈批评家就是如此赞美伊藤的。这本书是美国的舞蹈杂志。

昨天晚上,法国人看到了和月子跳舞的新一,称赞新一的舞蹈好似伊藤道夫。但是她并不知道这位身体染成银色、在美国颇有名气的舞台舞蹈家。不过,按照评论家所说,想象一下漂浮着蓝色银光、很有古典味道的道夫的舞蹈,新一恐怕就连"舞蹈跳得好的日本人"这一点,都很不够格。

[①] 歌词大意:我唱的是伊藤先生的歌,他用他的小脚跳舞,啊。他是个非常整洁的日本人,啊。他个头虽小但动作如飞,啊。舞台上的他非常可爱,啊。他的状态好极了,啊。伊藤是一位学者兼艺术家。

"送给你。我这个遥远国度的旅人,只有赞美美丽小姐的爱人的资格。而且,他也很适合。请向他转达。即使他让一个法国人对日本的印象留下了遗憾。"

"哎呀,蓝眼睛还是读不懂黑眼睛的颜色啊。您从美国回来时,我已经成了传说中的女孩了。"

"你说什么?黑眼睛?"他的眼睛靠近他,几乎碰到她的耳朵。

"啊,日本的小姐有我故乡的味道。巴黎的化妆品和东洋的传说混杂在一起,让我感到悲伤。"

"您想起了鸢尾花吗?"

"又是爱丽丝。那鸢尾花穿的彩虹衣,就是你的和服衣带。伊藤道夫的舞蹈就像是这衣带,大概是银丝之梦吧。这种传说之美,只有日本才有。"

"就是这个吗?"月子轻轻拍了拍织锦的单层衣带。

"您要是这么喜欢,那就送给您做个纪念。"

月子迅速解下衣带,红色的伊达衣带的腰部好似剥掉花瓣裸露出来的雌蕊。法国人疯狂地吻着银色与浅红的色彩朦胧的织锦。

"谢谢,谢谢。"

"据传说,过去人们会杀死燕窝里的雄燕,然后在雌燕左脚上系上红线将其放走。等到第二年,雌燕就会很轻易地从南国回到燕巢,而且不会引来其它的不同于去年的雌燕。它的脚上仍然留有红线,色彩依旧鲜艳。送给你的这衣带,就是那燕子的红线。"

月子脸上潮红,用衣下摆遮住没有衣带的腹部。他梦魇似的说道:

"神户,不,法国。你和我一起去法国吧。美国就算了,爱怎么样就怎么样吧。去法国吧。"

"江之岛，Picture Island"，到乡下去卖呢绒的俄国人面露疲倦，从三等车厢探出头读着白色牌子上的字，藤泽站如白蚁巢中密密麻麻白蚁的人群让他大吃一惊。好似蟋蟀细脚的黑木栅栏环抱着江之岛的站台，平日悄不作声的低矮栅栏，被吵吵闹闹的女孩子的衣摆淹没了。张贴着大白纸的招牌上，写着"片濑境川流灯会八月十五日"。好似乡道上陈旧轿式马车般的电车，在犹如脏乎乎的闹钟发出的沙哑的发车铃声的催促下，五六节车厢连接在一起驶离了站台。车厢狭窄，人碰人，拥挤不堪。人体肌肤散发出强烈的海水味道。年轻的雄松林发黑的松针，险些刺伤摇摇晃晃的车窗内少女的脸庞。高砂、川袋、藤谷，到了藤谷，松林在开阔的葭原舒展，海鸟在明亮的景色之中飞翔。鹄沼、新屋敷、浜须贺，然后是江之岛龙口园，龙口园朱红色的塔高耸在没有月色的天空之中。第一次看到这般俗恶的塔，人们往往以为是江之岛的神社或寺院。公共汽车竖起红旗，从藤泽驶向瀑布口、片濑，一辆接着一辆，络绎不绝。

从镰仓来的车也是如此。腰越地区的松树环绕北部，一排排温室般的疗养所病房的走廊上，肺病患者们望着从眼下的七里浜疾驰而过的一辆辆满载乘客的电车向江之岛驶去。他们苍白的脸被落向江之岛夏日海面的晚霞所染红，内心却回归了日本。他们将毛豆、小芋头、瓜、豌豆、茄子、豆角、挂面等放在荷叶托盘上，再添上一双麻秆筷子，令人联想起用于招待那些归来死者的、盂兰盆节的迎灵棚。在混杂着潮水与药的味道、因处于肺病恢复期而变得明亮的房间里，他们怀念着日本骤雨后的菜地和菜店前摆放的蔬菜。然后，在心里描绘着片濑川上缓缓漂流的灯笼，那灯笼很像是亡灵们被送走、走过黄泉之国道路时所用的灯笼。遥远暮色之中显露出地平线，但他们依然觉得平日发出生动声响的电车上坐着他们的亲人。

叶山、逗子、镰仓、藤泽、鹄沼、辻堂、茅崎，以及来自更远处的避暑客人，还有远处的日莲宗信者，近处的海滨平原的村人，好似卡车上卸下的石子，被从电车上抛在了片濑的车站里。那条道路上，到处都是旅店招揽客人的叫喊声，听上去好似百无聊赖的野蛮人的歌声。还有叫卖当地土产的声音。片濑豆包、千鸟木屐、细丝鹿尾菜、名所薄脆、糟腌鲍鱼、河豚灯笼、切丝黑海带、海藻羊羹、荣螺、参拜纪念品竹杖、鲷鱼炸年糕、海虾羊羹、岩滩锦缎、榻榻米沙丁鱼片、海苔羊羹，还有贝壳念珠、贝壳戒指、贝壳簪子、贝壳徽章、贝壳托盘、盘子、小箱贝梳子、贝壳香鱼、贝壳人偶、贝壳笛子等贝壳工艺品，叫卖声不绝于耳。江之岛路上，从下午到晚上，行人来来往往，川流不息，听到叫卖声即使想停下来看看，也无法驻步停留。来自银座的留短发女人，被腰缠法华团体手帕的老太太们的肩碰来碰去，酒馆女招待的头发蹭到了年近六十的尼姑鼻子上。

月子走过栈桥时，位于岛入口处的江之岛水族馆的屋顶，在暮色中隐约可见它的绿色。走进鸟子等着的岩本楼偏厅，月子喘了口气，弓着背坐了下来。

"人真够多的！就算人不多，江之岛也够让人烦的。在稚子渊，我和鸟子差点死了。走到这儿就算了吧。江之岛能够吸引我的，也只有边津宫的神镜和反射在镜子里的绿叶了。"

月子神情开朗，和昨天晚上判若两人。

"那条织锦单层衣带，我送给法国人了。"

"什么？真的？"

"大吃一惊了？不过，也就是碰上了外国人，否则又有谁会向女人讨衣带呢？这种不可思议的事情千载难遇。刚才我没系衣带，不敢下汽车。就直接去了逗子，取来了这条衣带，这才来的。所以来晚了。"

法华太鼓的响声回响在海面上，持续不停。焰火的爆炸声穿过太鼓的声响，腾升而起的火花划破夜空的黑暗，绘出火花的垂柳。月子她们赤脚穿上旅馆的草鞋，走出江之岛。暗黑的潮水上涨，淹没了栈桥的桥墩。枕木好像浮在路轨之上，长长的铁路线伸延到片濑沙丘的边缘，便沿着境川的河口向右拐去。望着灯笼如夜光虫般漂浮着的明亮河流，鸟子说道——

"从远处看，这漂流灯笼真让人心生寂寞之感。那灯光就像是萤火虫，无依无靠。"

"是啊。那是没有电灯时代的遗物嘛。如果不是点着菜籽油、蜡烛过日子的人，是理解不了盂兰盆灯笼传达的心情的。这就跟我们理解不了没有灯火的太古时代人们对于月亮的喜爱是完全一样的。这边河里到处漂流着灯笼，可那边却在对岸放上两个探照灯，明晃晃地照射着河水，也太过分了吧。那个也是，莲花花瓣里拉上了电灯，而且颜色还能变化，一会儿红一会儿蓝的，弄得跟葬礼公司的广告似的。"

不过，等她们过了桥踏上河岸边的沙子时，整个河面呈现出火祭的美丽景象。红的、蓝的、黄的，色彩斑斓的数千只莲花灯，随着涨潮后静静的河水，在河面上悠悠漂动。船舷上垂挂着一排排小红纸灯笼、岐阜灯笼的游览船，在这流火之中穿插行走。停泊在岸边的施恶鬼船上,传出龙口寺僧侣们高亢的诵经声。灯光四射的亭子般的供养塔,香烟袅袅,火焰熊熊。沙滩万盏灯下,围坐在一起的法华信徒手敲小鼓,齐诵南无妙法莲花经,好似山贼的庆贺盛宴。河中足有两间[①]见方的莲花造型上,摆放着四角形供养灯,供养灯忽红忽蓝,徐徐转动。

  一天四海
  回归一如
  灵魂成佛
  南无妙法莲华经

  旋转塔将这法句一句一句展示给河下的人们。在探照灯的阴影之下,河岸边挤满了人,好似夜晚的杂木树林。
  "你看!"鸟子把脸贴近月子,指着如布一般的探照灯灯光说。
  "那边坐船的,是小姐吧?"
  "啊,真的,是,是。好像是朝子的妹妹。"
  租赁小艇沿着对岸附近行驶着。是秋子和澄子。岸边的芦苇在强烈的灯光映射下,显得明澄透彻。焰火从那边的芦苇根部腾空而起。秋子的船桨划动水面时,总会将旁边漂浮的纸灯笼熄灭。灯笼熄灭后,湿淋淋倒在水中。仔细看的话,可以看到河面上漂浮着许多白色蝴蝶死骸一般的灯笼。它们或是被游览船碰灭,或是蜡烛燃尽,没有了灯火。月子内心突然感到一种孤寂,就好像是从远处的

[①] 长度单位,1间大约1.818米。

山上眺望被海啸席卷来的一片门隔扇，心里思念过世的人一般。回头向海滨边上的海水浴旅馆望去，有几个人正坐在靠栏杆的桌前。不出所料，果真是新一他们。月子担心被他们看到，急忙缩起身子躲在人群之中，催促鸟子赶快走。

"咱们回去吧。还是从江之岛看微弱的光亮比较好。在这里，整个人就像个纸灯笼，好像在电灯光的世界里漂流似的，让人感觉心里不安。"

要过栈桥的时候，不知是怎么被分离开的，有两个白色灯笼的尸骸漂流到桥墩下面。从鹄沼到大矶，海滨划出了一道缓缓线条，向远方徐徐伸延，浮现在昏暗之中，好似精灵们归去的云路。

朝子买了两双白鸽木屐。

"我从来没有买过木屐，有点儿不好意思。"

"那倒是，比起买球拍、滑雪板，是有点儿难。"立川笑着跟她走进店里。也许是从秋千掉下来脚还疼的缘故，她倚靠在立川身上，从人群中走过。

"菊子肯定要送给我日光木屐，我也得准备好送她。"

这涂着薄漆、画着两三只白鸽、玩具般的木屐，不知为什么让朝子联想到持家过日子，脸上一阵潮热。所以，她才说出这番托辞。她觉得，这种鞋非常适合年轻少妇在新家的厨房里干活，或者到郊外车站大街购物时穿。难道自己还是想和立川结婚？此时，白鸽木屐让她心潮起伏。

新一和弓子她们也随后走进店里。弓子不住地看着朝子的身影，一眼也不放过。

"这位小姐真让人羡慕啊。没想到，这世界上还有没有买过木屐的人。"

片濑川河口边上的旅店招揽客人的人,把他们拉了进去。大厅里摆放着散发着酱油味道桌腿歪斜的折叠矮餐桌,就像一块桥板。桌上乱糟糟摆着一堆带壳的烤虾、煮虾,就好像是遭了火灾后的玩具店。走廊上,最显眼的是四十个红灯笼。隔壁的折叠餐桌前,坐着百货公司售货员模样的四个人,她们系着全红的单衣带,头发剪得很难看。旁边的座席上放着两条背带,好像是从麦田里捡来的。秋子和澄子马上点燃了灯笼,从后院顺着类似酒店紧急用梯的板桥,穿着草鞋下到河滩上。她们叫朝子一起去,但朝子摇摇头说脚疼,那样子就像怀有身孕的女孩。

"这夜店就像个卖萤火虫的店。"弓子一会儿就看厌了满河面漂浮着的灯笼,等待着对岸焰火的燃放。新一看到了月子的脸还有她的身影,在人群的黑波之中如小香鱼般浮游,于是他连帽子都忘记戴,便从栏杆处向玄关跑去。他像小偷似的拨开人们的肩头,尾随月子从后面追了上去。

月子留下鸟子,悄悄从岩本楼溜了出去。她犹如白狐一般在参拜路上疾行,拐到鸟居右侧后,四周黑暗一片。看不见杉山总检校的墓地后,道路顺着断崖,环岛伸延。茂密的丛林,静寂得能听到水滴的声响。片濑川的天空泛明,飘浮着敲鼓和诵经的声音。不过,原本能够透过树叶看到深水底的大海,现在也被黑暗所吞噬。冰冷的肌肤仅仅能感受到恐怖的断崖。

月子努力不去想任何事情。写给菊子的那封长信,原本是留给菊子的遗书,今天早晨也给她烧掉了。"古来一句,无死无生,万里云尽,长江水清。"她想起了被斩杀在镰仓葛原岗的藤原俊基的辞世之颂。"一天四海，回归一如。"她想起了片濑川上漂浮的供养灯上面的法句。但是，她竭力不去想自己要死。既然想到要死，那么就可以不死。她竭力不去想何为死。自己就连何为生都没搞明白，又怎么会懂得死呢？感到既没有死也没有生的俊基，为什么一定要留下"无死无生"这辞世之句呢？月子觉得自杀者的遗言简直就是最为浅薄的迟疑。用自己的手杀死自己，绝不应使她强烈感受到"死"，也绝不能使她强烈憎恶"生"。年轻女人故作姿态，仿佛悟到"回归一如"，其实就是在以虚伪的花环装饰死亡。她要如悠然随意腾云驾雾一般，要如跨进自家大门一般，要如盲人踩空走熟的桥一般，做梦也想不到自己会死的那样，去赴死。所以，她闭上眼睛一步一步心无旁骛地走向断崖。就在这时，一声如闪电般的声音叫住了月子。

"姐姐！"

声音发自在日光的妹妹菊子。这难道是在做梦吗？菊子细弱的肩膀像象牙的锡杖一般倾倒过来，又发出一声喊声。

"姐姐！"

香鱼

弓子夜晚游到抛锚海上的帆船上。她以前曾经背靠新一，在新一肌肤的温暖下，将脑袋枕在船舷上，悠然吹着口哨。

"呼——喉——啡啡啡——你知道这是什么叫声吗？这是伯氏树蛙的叫声。"她指着随波漂动的月光的对面，说道。

"那是天城山吧？伊豆的天城山，那是故乡。"

"谁的？"

"我的啊。实际上，是我父亲的。现在这时候，河谷中，伯氏树蛙还在叫呢。"

然后，她告诉新一，矢野时雄第一次给自己涂抹柠檬以后，直到现在她一直按照他的方法用柠檬做全身保养。

弓子父亲所住的村子，就是伊豆的汤岛温泉。

"爷爷！源吉爷爷！"

时雄扛着长钓鱼竿，来到谷川河边的房子。日本山茶树的林子，形成一道遮挡房子的篱笆。时雄满怀思念高声喊道，好似见到了久违的故乡。

"今年我又来钓香鱼了！"

"是吗？上个月碰到旅馆的人，我还跟他们说你该来了，该来了。旅馆给你去信啦？你要来晚了，变化拟饵钩就不能用了。"

"现在怎么样？"

"香鱼吗？"一个赤裸身体的老头儿从草房檐下走出，走到日本山茶林子去看河谷的水。草房歪歪斜斜，好似烧炭的小房子。老头儿臀部的肉比去年掉了些，枯叶颜色的腰部满是皱褶。院子里长着棵已过盛期的百日红，夏日放射着刺目的光，屋里榻榻米已经看不出原有的纹路，墙壁破旧不堪，已看不到过去的装饰。

时雄没有问"你女儿在吗"，不过，从墙壁一眼看上去，就知道这个夏天弓子没有回来。时雄身体靠近源吉老头儿的后背，湍流的声音突然从日本山茶林子传入他的耳中。

"前天下了暴雨，水涨了些。"

他那如芭蕉枯叶般的背膀稍有些弯弓，和女儿弓子一模一样。时雄很想拥抱他的浑圆臂膀。他第一次拥抱弓子肩头时，她还是个小姑娘，肩头上的肉也是如此少。那个小姑娘和这河谷水声一同，深深印刻在他的心中。

山峡之间的这个温泉村，四处都可以听到河谷的水声，也可以看到花田。那是弓子十六岁的秋天，距今已有七年。当时，时雄大学生的方角帽还没戴旧，还在上大学。他第一次坐公交车来这个村子时，一下子就感觉到了深秋的味道，还有这河谷的水声，从天城大道俯视顺山谷而下的河流，他深切感受到恋人故乡的清朗。从那里沿着大道往回走上一二町[①]，就来到了村公所。当时，除了时雄以外，还有学校的三个朋友和他同行。当他们要求提供给他们弓子父

[①] 1町大约为109米。

亲的户籍誊本时，村公所的人们都站到接待窗口处，疑惑不解地望着他们。弓子的父亲源吉是小学的校工。学校就在村公所的旁边，不远。因为是星期六，所以教师办公室只留下一人。女教师看到三名大学生气势汹汹的模样，很是惊讶，紧张得说不出话。她把端茶来的工友介绍给他们后，就离开了。

"我们就直接说了，你的女儿弓子近来有什么变化吗？"学生中的一个开口问道，问得有些古怪。校工显得很是惊讶，语速很快地答道。

"是啊，说实话，我觉得她好像有点儿不正常，很担心。四五天前，她突然来信说要回家，让我给她寄钱去。"

"这样啊。"学生点点头。

"我们就是为这事来的，有很多话想对你讲——"

然后，他们就带校工来到住宿地，四个人一起拼命说服他，说时雄和弓子订婚了，请他同意这桩婚事。校工没有动筷子，没吃上来的菜，双手规规矩矩地放在膝盖上，一声不吭。看样子，他似乎是觉得只要吃上一口，就无法拒绝他们。最后，他留下一句"我和妻子商量后明天回话"，就回去了。

时雄知道弓子的父亲是小学的校工后，心里的石头就落了地。把一个女孩子放在东京，不管不问，这样的父亲肯定很贫穷。不过，既然是小学的校工，看来也不是什么传闻不佳的家伙。想到这些，时雄就有意请求他答应自己和他女儿的婚事。如果弓子父亲是个流氓无赖的话，他就打算一句话也不说回家走人。总而言之，他爱弓子越深，就越容忍不了她父亲的罪过。很明显，她之所以不得不经受这么样的苦难，就是因为她缺少父爱，或者是因为父亲没有帮助她。总而言之，这个十岁、十一岁的时候就远离亲人自己养活自己的女孩，如今就要走上幸福大道时，（年轻的时雄坚信弓子的幸福只有一条路，就是和自己结婚。）她的父亲没有理由对他们的婚姻说三道四。自己特意来到山里，正说明自己重视礼仪很有诚意。如果他不认可，那么自己两个人就不管他了，索性结婚了事。说是来和他商量，其实只不过是来告诉他一声而已。你什么都没为弓子做，如今有什么资格表示不愿意，拒绝呢？学生们心里这么想，说话时就显得居高临下，不容回绝。这些，源吉也是明白的，所以他话说得断断续续，显得内心很痛苦。

"我写信问问她本人的想法，再——"

可是，这个"本人"正是学生们的武器。他们要比父亲更了解父亲的女儿。女儿离开后的这六年里，父亲只在去年见过她一次，而且只有短短的两个小时。

"只要弓子有意，我真是求之不得。不过，她的母亲是继母，所以我必须得和她商量商量。另外，她曾经被送给别人养育，所以还要和养父母家商量一下。在这里，我只能表达自己的一点想法。"

在四个大学生的目送下，老人不知所措地离开了。面对旅馆的老板娘，老人弓着腰唯唯诺诺。老人身穿的棉布服，让时雄生出极为孤寂的感觉。由于弓子，他变得极易感伤。他的内心被浸润得十分温暖。刚才，在学校里看到自己恋人的父亲弓着腰送茶，他不敢抬起头来。他真想自己养活他，不让他再被人这样使唤。

当天晚上，从派出所拿回来住宿登记簿的女佣，向他转达了校工的留言，说是让他马上去学校。他来到值班室，值班的教师正襟危坐，满含敌意。这位身材高大、一只手就能把时雄的肩膀捏碎的大汉，双目锐利刺人。时雄望了他一眼，不由得感觉全身酥软、浑身无力。校工并没有回到他妻子那里。他找其他教师商量了。他们要对时雄进行甄别。刚才他对弓子父亲持有的柔和的感情，此时被改变了。他的朋友费尽口舌说服教师。这才使教师明白了事情的原委。

"不过，佐川先生——"教师因为时雄在场，特意将校工称作"佐川先生"。

"他说，最主要的是，还不知道本人的意愿。"

到这个时候，时雄不得不让他们看看和弓子订婚的确凿证据了。因为人家完全可以这样怀疑：时雄他们在欺骗她父亲，实际上弓子的订婚对象是个完全素不相识的男人，就算他们相识，这个男人也是弓子不喜欢的。换个角度看，还有一种可能，这就是时雄利用弓子父亲的同意来强迫弓子结婚。但是，时雄带来了弓子的情书和照片。他把两个人的合影拿给教师看，弓子坐在长椅上，时雄站在她的后面。时雄的朋友说：

"你看，她是不是长大了许多？"

"是啊。"老人应了一声，泪水滚落下来。老人垂着头，久久盯视照片上的女儿。这姿态如柔水般沁入时雄心中。他强烈感受到弓子父亲满怀的爱女之情，原本试图强迫对方交出女儿的想法，顿时消失了。

虽然去年老人见过女儿两三个小时，但是可以肯定，在这位做父亲的老人脑海里，浮现的仍然是和女儿分别时的模样，即女儿十一二岁时的样子。事实上，弓子现在还是个十六岁的小姑娘。所以，听到女儿与眼前此人订了婚，作为父亲，老人难以置信。假如女儿就在身旁,他能够看到恋爱中女儿的羞涩面容,尚可接受。可是他们相距遥远,这让老人感觉恍如梦中。眼前这个男人不管不顾,竟然要粗暴蹂躏自己年幼弱小的女儿,这让老人心生怒火。然而,女儿那柔弱可怜的样子又令老人心痛难忍。与此同时,老人也感到孤寂、惊讶,莫非女儿已经到了那种年龄,自认为已经成熟,开始沉醉于男人?此时,老人脑海中的女儿形象又如为泥水所泼,污浊不堪。

时雄也想庇护弓子,使之不遭父亲埋怨。他想让老人知道弓子是纯洁的,她知道接受男人,但却不懂得拒绝。他想让老人知道弓子是纯洁的,她知道自己喜欢她,便像看到了奇迹,头晕目眩,便昏倒在男人的臂膀之中。他还想让老人知道,订婚是时雄教给她做的,弓子就是一只被人捕获的小鸟。所以,他不愿意把弓子的情书作为订婚的证据拿给她父亲看。因为他很清楚,她父亲读弓子情书时那苦涩的心情。

在这封书信中,也写到了这些。

至今,我收到了许多人的来信。上面写着什么爱呀、恋的。但是,我不知道该怎么样回复这些人。

我把我交给你,随你安排。我这样的人,你一定要永远爱我。

我今天第一次在信里写出"爱"这个字。我明白了爱是什么。

另外,当时雄向她求婚时,弓子想都没想便一口答应了下来,就像个年过二十的好胜女人。这反倒让时雄惊讶不已。这是因为，正像时雄想让她父亲知道弓子还是个感情幼稚的女孩儿一样，时雄本身也同样觉得，弓子仍然年幼无知，好似二八少女的人偶。

同样，不仅是书信，就是照片，他也不愿意让这位校工看。因为他觉得，这样自以为是、大模大样地把坐在面前的这个父亲的女儿的照片一下子拿给他看，他心里一定会非常不快，会觉得自己卑鄙，感到愤怒、憎恶。没想到的是，这位校工却眼泪滚落，感叹女儿长大变美了，毫无保留地就接受了这一切。可怜天下父母心。

老人根本就没有注意到照片上的两个人过于年轻，忘记了这对订婚者可能发生的危险。明白了这一切，时雄也就心悦诚服了。坦率使他们谈得很融洽。

第二天，星期天的早晨，时雄又一个人来到小学。朋友们坐的马车先去了吉奈温泉，他们约定在那里会合。早晨清冷的勤务室，地炉已经点燃。窗外的竹林飘浮着深秋浓雾的气息。昨天晚上的那位教师把公交车开到了小学门前。听时雄说过不久，新年的时候他就带弓子回来，这位校工非常高兴，把时雄送到了十多里地外的修善寺车站。

时雄在车里把照片给了校工，他又是目不转睛地盯着。时雄也不再在乎别人的视线。

时雄想对他说："我决不会让弓子过这种把手不得不藏在衣下摆里的悲惨生活！"那张照片显露出他们订婚时的幸福。两个人都沉浸在激越的纯真感情之中。但是，弓子的右下摆却像幕布般宽大，她的双手藏在了那下面。

照片是在岐阜市警察局前面的照相馆拍的。

"头发呢？"时雄小声道。弓子轻轻抬头看了看他，面色绯红，像个孩子似的步履轻快地走进化妆间。红色带子的草拖鞋，时隐时现露出暗黑色的鞋底，在陈旧的地毯上走过。就连这草拖鞋，都能让他感知到弓子的存在。对着化妆间墙壁的镜子，弓子整理了一下自己的头发。从入口处冰冷的墙壁处，可以看到她滑动的臂肘。仅仅看到这些，时雄就感到十分幸福，仿佛在梦中。微笑就似温暖的泉水涌了上来。

弓子连头发都无暇梳整，就匆匆离开了养父母家。她急急忙忙取出衣带，弄得柜子环叮叮作响。刚才，时雄在她养父母家寺院的正殿听到了这声音，感觉就像是喜悦的木琴声一般。当时，弓子一直担心自己蓬乱的头发。可是，她还是个小姑娘，不好意思在男人面前整理化妆。所以，一开始和时雄还有叫做水泽的同学三个人照相的时候，她头发蓬乱，好像是刚刚摘下游泳帽似的。后来，他们又照了一张两个人的，就是拿给弓子父亲看的那张。

弓子走出化妆间，照相师指了指白色的长椅，格外认真地说：

"请坐在那儿，两位并排坐。"但时雄没有和弓子并排坐，而是站在了她的后面。他的大拇指轻轻触碰到弓子的衣带。他手指感到的微微体温，使他觉得十分温暖，好似在紧紧拥抱弓子的裸体。他小声地说。

"把手放在前面，会照得很大的。"

结果，一看洗出来的照片，弓子的右下摆像块幕布展开在她的膝盖上，遮住了她的手。巨大的长椅好似垂挂的象牙遮帘，小小的弓子坐在上面，显得很不协调。背景是一张杂树林的绘画，弄得画面很像乡下街镇的小公园。时雄戴着学生帽，穿着久留米碎花布的服装。也许照相师是想照出在公园散步的情侣的味道，但这种照相方法太过陈旧，拍出来的是一对幼稚无比的情侣。

每逢看到这张照片，时雄就会感觉眼前一亮，清新无比。弓子清纯的面部让他感受到彼此灵魂的交融。但是，那铺展在膝盖上的下摆，却总是让他感到刺人的伤痛。他非常愿意弓子的一切都显得美丽，甚至她和服的衬领、手指的指甲。尽管如此，他当时为什么要她藏起自己那双肿胀难看、粗糙不堪的手呢？可是，弓子却没有生气，把衣服下摆像一块幕布一样，展开在膝盖上。他觉得，这样的弓子实在可怜。面对照片，他双手合十，流泪道歉。而且，他迫不及待，非常想尽早让弓子来到自己身边，天天为她粗糙的手涂抹润肤霜、柠檬。去照相的前一个月，九月初的时候，在暑假结束从京都去东京的途中，时雄和水泽绕道岐阜，将弓子带到长良川边上的鸬鹚驯养旅馆。金华山的阴影落在了旅馆的屋顶上。他们走下檐廊，来到长良川南岸。岸上芒草、胡枝子稀稀疏疏。游船公司驯鸬鹚的游览船，并排停泊在那里。湍流已呈现初秋色彩。左边可见长良川的流水。电车从河上驶过，电车的隆隆响声，好几次让时雄他们错以为是远处的雷声。月光明媚，驯鸬鹚已结束休息。每次女佣来添饭沏茶，弓子总要不好意思地用关西话说"谢谢你"。也许是客人稀少的缘故，盐蒸鲍鱼、盐烤香鱼、长豇豆有些不够新鲜。时雄不让弓子吃，但弓子还是吃了两三口。饭菜很难吃，但她还是不言不语地吃。弓子的这一模样，让人怜悯疼爱。突然，水泽提出要给弓子看看手相。

"不行，我可不愿意。我最不喜欢让人看手相了。反正怎么看，我的不幸都已经刻在上面了。"

弓子把两手紧紧塞在坐垫下面，脸涨得通红，使劲摇头。没想到她会如此拒绝，这让时雄感到惊讶。

弓子手掌上布满搅在一起的细细纹路，就像是葡萄的叶脉。那手相就好似疯狂的命运盲人畏惧黑暗幻影、四处乱跑时所吐出的丝线。弓子不想给别人看到。水泽从坐垫下拉出弓子的手，紧紧握住。

"别！你肯定说我手相不好。他们都这么说。"弓子大喊道。

水泽按住她的手腕，在棋盘上掰开她的手指。

"这是什么呀。我第一次看到这么杂乱的纹路。《撒母耳记》曾说，吾手果真住有各式恶魔。这手相是说，你会神经质、见异思迁，一生命运没有安定的时刻。也就是说，永远漂泊在不幸之中。"

"我说嘛，就是这一套。你别再说了。"

"那我就给你只看看婚姻吧。你看，这是感情线。这条线底部的分支线朝上，蛮好的。爱情强势，而且温暖。不过，你这爱情线上又交叉了许多细线，说明你的爱情不稳固。你是个见异思迁的家伙。你看，感情线到这儿就断了。这儿叫'太阳丘'，这标志着你会因为自以为是而失恋。而且，水星丘的姻缘线碰到了金星带的边缘，它前面的细线又这样，跑到了火星的一带，感情线和智慧线交织在了一起。所以，无论怎么看，你的婚姻就像树叶，会被狂风吹走的。不过呢，婚姻线接近感情线，所以你必须十四到二十岁结婚。这个食指到无名指的弓形的线，叫做'金星带'，线条像你这么明显的人，一般都是感觉敏锐而且聪明，但是心情易变，动不动就生气，一点儿小事就会激动——"

弓子看准机会，突然就合上了手掌。

"不让你看了。装模作样，随意瞎说。"

水泽最后还要看弓子手腕的线，此时时雄满脸通红，不由得喊出声来。

"哎！"

手腕的线象征着女性的某个部位，以前时雄听水泽说起过。他受不了水泽借此调戏弓子。他身体僵硬，浑身颤抖。就算水泽不这么做，水泽刚才的一字一句都令他心惊胆战。时隔一年，他才见到弓子。从那一刻起，他觉得弓子就好似彩虹般美丽的人偶，特别想把她搂在怀里。

在棋盘上摆上五子棋，下棋聊天。聊天中说到初夏时起的一件事。有个叫渡濑的法学士，从东京特意来岐阜看望弓子。弓子详细地讲述了他们两个划船看鸬鹚捕鱼的情景。水泽有意无意地问道。

"他没有和你求婚吗？我听说他在东京求你，让他亲你呢。"

"哪有啊。"

弓子红着脸笑笑，显得很孤寂。

"其他的，还有人来过吗？"

"来过。我来岐阜快到冬天的时候，有个东京的中学生来过。他在院子里喊我，我出去看了看。我以为是谁呢，原来是他。天上下着雨，他站在梅树那儿，打着伞，无精打采地站着。天可冷呢，我跟他说，天冷进屋里来，说了好几次，他就是不进来。"

"那他说什么了？"

"什么也没说。就回去了。"

弓子若无其事地微笑着，一点儿也看不出她对少年的心情有一丝同情。突然，时雄听到了落在少年伞上的冬雨滴落在自己心头的声音。

弓子没头没脑地自言自语道。

"在岐阜的时候,总让人干小工的活儿,烦死人了。"

"为什么?"

"他们盖寺院,逼我们帮忙做工。木匠不让干,可抹墙现在又得是瓦匠干。我们只能去弄土和泥,烦死人了。"

原来弓子是在解释两个小时前她显露在他们面前的那双粗糙的大手。她藏起双手的原因看来不仅仅是因为手相不好。了解到弓子如此心情后,时雄和水泽都不动声色、极为自然地照顾弓子,尽可能让她高兴快乐。那天,弓子有些感冒,没有去学针线活,他们担心她的身体,一会儿打开隔扇拉门,一会儿又关上,过一会儿又给门开个小缝。这番看似不经意的好意,沁入弓子的心田。弓子身体线条变得柔软,身段变得孩子气十足,说话的方式也开始显得温暖热情、柔和欢快,不知不觉还流露出岐阜的方言。弓子这个小姑娘,高兴的时候最惹男人爱怜。

但是,时雄他们的火车快要发车时,弓子无精打采地说。

"前段时间,我很想要一张日本地图。跟家里人说,他们就是不肯给我买。"

"日本地图?要它干什么?"

"他们说我看了地图就要跑走。所以——"弓子满不在乎地说。时雄突然想到了什么,便说:

"你是不是想看看你出生的伊豆在哪儿?"

弓子不好意思地笑笑。她只上到普通小学的三年级,没有学过地理,脑子里没有日本地图的概念。日本国是什么样的形状,她连个模糊的样子都想象不出来。时雄忘记了世界上还有这样的人存在。

"伊豆离岐阜很近的。"

"他们都这么说。"弓子低垂着头,死死盯着自己胸前的某一点,一副倔强的模样。她忽然抬起脸,时雄被她脸上的寂寞神色所吸引。

"我,说不定,最近要去东京。"

"和寺院的人一起?"

"不是。要是去,我一个人去。"

"一个人?为什么?"

"我觉得这样我会幸福。"

她生气地说道,好像要跟身边所有的人争辩似的。她声音颤抖,倔强好强地说着,似乎要把自己的孤独像抛掷石子一样投向他人。

"岐阜的人下贱,都是下贱货。"她痛骂养父母家,还有所在的街镇。让她弄土和泥还算是好的,明明是插花的学友接到了中学生的来信,可人们偏说是她接的。她家里根本就没有三弦琴,可人们却说澄愿寺那姑娘弹着三弦琴唱着小曲,像个艺伎似的。本来她是头痛休息,可人们却说她是装睡偷懒,让她起来。她起来了拼命干活,他们又笑话她逞强找死。

"每天都在打架。我有十天没说话,一直在哭给他们看。"

"要是那样的话——"时雄心情开朗,欢喜雀跃。能够和弓子结婚了!在此之前,他一直以为弓子在养父母家过得很幸福,以为根本不可能让弓子离开岐阜,所以他已经彻底死心了。

可是,在汽车里,水泽大胆地搂住弓子的肩头。弓子缩紧肩头,承受着水泽手臂的沉重,脸上微微泛红,神情显得孤寂。时雄觉得她就像是被人抛向远处的小石子。他把包着钱的纸包悄悄放在被朋友搂着的弓子膝上。

"拿这个买张日本地图吧。"

就这样,一个月后,他就让水泽陪他来到岐阜,向她求婚。那一天,弓子也在帮助和尚抹墙。

这是个乡下的小镇,制作当地特产的雨伞、岐阜灯笼的人家很多。这座小镇的真宗庙寺,就是弓子养父母家。澄愿寺没有大门。水泽站在道路上,透过寺院内稀疏的树木看了看里面。

"弓子在呢,在呢。穿过梅树枝,能看到的。她在帮着和尚抹墙呢。"

手臂颤抖的时雄,连哪儿是梅树都分不清楚。明明没有看到弓子把和好的墙泥放在小板上递给站在踏板上的和尚,他却感到感情的水滴滴落在了心底。

他们从正殿的正面,登上新的木阶梯,打开新的拉门。九月来的那次,他一直在车站前的旅馆,等着水泽把弓子叫来。所以,这次他第一次看到这座寺院。

正殿还在建,屋顶刚刚铺上瓦,显得空空荡荡,宽大无比。一眼就可以看到高高的顶棚,给人的感觉就像是座无人主持的废寺,冷落萧条。墙壁基底的竹编、板条裸露在外,从竹编的网眼零零星星可以看到仅仅抹完外侧的墙壁,抹在墙壁上的灰泥黑乎乎的,还没有干,使殿里冷冰冰的。地上铺上了没有包边的榻榻米,仿佛是柔道的练习场。低矮的白原木做的临时台子上摆放着佛像,时雄他们面朝佛像坐了下来。从东京带来的弓子的梳妆台立在角落里,格外显眼,十分光艳,反倒让人有种惨不忍睹的感觉。弓子光着脚,踩在居所地上铺着的草席走了出来。这难道就是弓子吗?时雄稍稍有些惊讶,眼前的弓子打破了他这一个月来如痴如狂的想象。在东京，他焦躁不安，急不可待，竭力在心里描绘着弓子的形象，试图比人力所及还要清晰地、真真切切地看到弓子。空想弄得他筋疲力尽，现在终于摆脱了这种空想，按说时雄应该气静心怡、甘美舒心。但是，他面前坐着的弓子，穿着破旧的单衣和服，与他在东京想象中的弓子怎么也联系不上。而且，他甚至都搞不清楚这个小姑娘是否漂亮。他最初的一眼，一下放大了弓子的缺点。原来她的脸长成这个样子！她还只是个小孩子嘛。细细的腰部，使她跪坐的膝盖显得很长，就像是摆放在一起的两棵土当归①。将结婚和这个小孩子联系在一起，简直太可笑了——他想起去年见到的弓子的裸体。

  在弓子所在的东京小咖啡馆，时雄感到一阵眩晕，便被送到一间有梳妆台的房间里休息。洗澡回来的弓子在他旁边化妆。化妆过程中，她用化妆圆刷击打着台子，孩子般地笑得前仰后合。过了一会儿，他觉得房间的色彩发生了变化，定睛一看，发现旁边的房间里，身体赤裸的弓子立在那里，瘦瘦的一个人。她轻巧地脱掉身上的衣服，正在把新的色彩缠绕在腰部。那色彩一下使室内气氛发生了改变。浅蓝色的和服单衣从斜着抬起的她的右臂滑落，遮住了她的背部。原来她还是个孩子呀！此时，他感到惊讶，自己竟然把十五岁的弓子想象成了二十岁的女人。

  养母进来，弓子走了出去。半幅衣带②的结扣打得很小，细腰部分像嫩芽一般几乎要折断。有气无力的结扣好像为上半身与下半身的某个部分含羞，使得她既不像小姑娘，也不像个成熟女人，只是使她的身体显得高挑而柔软无力。时雄的视线全部集中在了她那双

---

① 又称"独活"。多年生草本植物。
② 幅宽为普通衣带的一半，用于和服内衣，夏天穿的和式浴衣。

与身姿极不相称的光脚上,那双走在家里草席上的、不得不去和泥的脚。

养母左边下眼睑有一颗黑痣子。那眼睛的轮廓让他有一种不悦的感觉。养父的样子,使他马上想起两句话,"院政时代的山法师狭叶四照花""耸入云天的大入道"。这位身材魁梧的和尚,耳朵很背。这两个人还有这里的住所,对待弓子如对那梳妆台一般,简陋粗糙。时雄感受到了弓子的这种切肤之痛。

晚秋小雨在空中飘洒,好似白色的蚊帐。邻居做伞的人家,传来急匆匆揉搓纸的声响,听声响好像是在收起晾晒在院子里的张开的新伞。

"小小,把棋盘拿来!哎,小小。"

"哎呀,太重了,真重,真重。"

使用未晾干的生材制作的、五寸长短的围棋盘,压得弓子摇摇晃晃,几乎要弄折她纤细的腰。时雄在火车上没有睡觉,此时心不在焉,眼前棋盘上的棋子顿时变得模模糊糊。而耳聋的围棋对手,也是一副满不在乎的样子。无论是他看错一着不由得高喊一声,还是他明知道自己棋子不够还要随意放子,他的这位对手都故作不知,继续投子下棋。他不时往挂在墙上的弓子的单和服瞟上一眼,时时忘记投子走棋。

柜子旁边的墙上,挂着件被汗水弄得皱皱巴巴的藏青地碎花纹的单和服。大大的井字形纹配上暗青色,十分醒目。看到它,那深深的暗青色顿时沁入时雄的内心。暗青色的井字纹就好似思念已久的少女气息,散发到他整个心胸。他的视线,与这暗青色融为一体,孩子般稚嫩的泪水几乎要大滴大滴地落下来。一种甘美哀婉般的恋情浮上他的心头。

他下棋的时候,弓子和水泽立在正殿后面的窗边。阵雨过后,这年秋天少有的阳光折射在院子里日本山茶树的叶子上,鲜明地衬托出两个人的身影。尽管如此,紧紧捕捉他内心的,还是挂在旁边的那件单和服的暗青色,而并不是弓子。这是为什么呢?他不知道到底是什么原因。突然间,他察觉到"啊,原来是因为我的心变得病弱了啊"。他的棋越来越不堪一击,就像是每日似睡非睡、沉溺在思念弓子的空想之中所积累下的疲劳,在顷刻之间激发出来了似的。

此时,酒菜准备好了。在这乡下,酒菜好像都是头一天就做好了准备。弓子给他斟酒,那模样就如同被这寺院娇生惯养的小女孩一般,这让时雄觉得不可思议。或许是头昏脑涨的缘故,时雄几乎是吃上一口菜就要吐出来。饭后,养父母离去了,只剩下了弓子。乘此机会,他一下就横躺在了佛像前面,一两杯酒就弄得他满脸通红。仅仅五个月前,那个还给他看《女学世界》的弓子,此时却完全一副此处寺院女孩的模样。弓子把和尚拉到佛像的后面,跟和尚说要陪着他们去看柳濑的菊花偶人,参观公园的名和昆虫馆。以此为借口,请和尚让她出去。水泽低声对时雄说。

"你给弓子的信让人家看到了。"

"你说什么?"

"她正在看信,被和尚拿走了。和尚特别生气。听说这次我们来,他只让在家里玩,不让我们出去。"

"这么说,他根本就不会让我们出去了。"

"话虽这么说,可这和尚好脾气,真看到了我们,不让出去这话,他决不会说出口。"

"不过,也幸亏我们不知道,不然,我们怎么能满不在乎地吃完中午这顿好饭呢?现在想起来,我们就不该来这寺院。"

在那封信里,时雄是这样写的:

我们要去名古屋一带修学旅行,十月八号我们准备顺便去一趟岐阜。到时见面后,我特别想和你谈谈你的情况。在此之前,你一定要忍耐,不管遇到什么事情。也不要吵架,老老实实待在家里。要是到了必须逃离家,到东京来的时候,一定来电报。我去岐阜接你。另外,如果是你一个人来的话,一定不要去其他人那里,首先要到水泽或者我这里来。切记这件事情!切记!看完这封信,或者撕掉,或者马上烧掉。

这封信被和尚看到了。可今天,弓子还能神情开朗、满怀喜悦地迎接他们,并且还能在她的家人面前做出满不在乎的样子。思量弓子的心情,时雄感触良多。

柜子上的扣环像木琴似的叮叮作响,弓子从中取出衣带。加棉的深绿色斜纹哔叽上还留有夏天的污渍。胭脂红的衣领使得少许发黑的衣领上部的颜色显得更为稳重。养父母把他们送出门,不住地说今天晚上要是在岐阜住的话,就不要住旅店了,直接来家里。他们如此亲切的话语,让时雄心里很不好受。就连弓子都在院子里抬起头,望着正在修建的正殿昏暗的顶棚,以一副寺院女孩儿的模样对他们说:

"请到我们家住宿吧。我们家虽然窄小,但能睡得开。"

在同一院子的伞店，水泽买了把伞。也不知道为什么，走到伞店里面的收银台，弓子红着脸就从做伞处的工人前面小跑过去，然后蹲在路上等着他们。等他们注意到时，发现道路对面的一排伞店工作间的格子窗前，都站着做伞的工人，他们都在看着自己。走了一会儿，弓子拐到近路向天满宫院内走去。樱树的落叶突然被风卷起，围着鸟居飞转。她探头望了望布满青苔的小河，说这里的水很好看，非常有名。从院内后面的田埂一直走，就来到了开阔的道路。正面可以看到稻叶山圆圆的峰峦。右手是一大片金黄色稻田。步履飞快的水泽大步前行，穿着高齿木屐的弓子在铺着小石子的路上好像有些步履维艰。时雄走在后面，和弓子一起走。他觉得今天这女孩儿显得非常普通，毫无特点。肌肤如铅色一般，灰蒙蒙的。秋日照到她的身上，使她显得苍白，失去了美色。快乐活泼从她身上隐去，显露的似乎总是她内心的孤独。

"能不能走得更快点儿？这就是使足了劲儿？"

"嗯。"

"唉，走慢点儿！她好像走不快了。"

"是吗？"

水泽听到时雄的招呼，放慢了脚步。不过，一会儿他又加快了脚步向前走去，把两个人抛在后面。他十分清楚水泽这是在暗示什么。但是，他还是决定在到达旅馆之前什么也不和弓子说。

弓子突然冒出一句。

"矢野先生多大年纪？"

"嗯——二十三了。"

"是嘛。"弓子漠然地应了一声，又不说话了。水泽在东海道铁路的高架桥等着他们。弓子从高架桥手指远处让他们看。

"那边能看到道口吧？我经常过那个道口，给家里办事情。我在那儿看去东京的火车，要看很久。"

他们在岐阜火车站前，乘电车去长良川。九月份他们游玩时，住过的南岸上的那家旅馆，前一阵子暴风雨把他们的防雨板门打坏了，不再营业了。四五个赤身裸体的男人弓着身子，在为逆激流而上的船拉纤。他们一行走过长良桥，来到北岸的钟秀馆。阵雨又无声无息地从天而降。他们被引入二层的一间八叠大小的房间，河流就在窗下，一览无余。来到外面的走廊，令人心情开朗，每个人都会不由自主地从上游到下游极目远望。郁郁葱葱的金华山，在雨中显得朦朦胧胧。山顶上可见模拟城楼的天守阁[①]。他们打着扑克，渐渐地弓子的手似乎有些酸懒，时时发出的笑声也听不到了。看到这些，时雄也不再作声，身体发虚，想回东京了。傍晚时分，外面喊洗澡水烧好了。水泽听到后，轻松地站起身准备出屋。此时，时雄头昏昏沉沉，慌忙追了出去，在走廊拦住了他，声音显得兴奋地说。

"你先跟弓子好好说说。"

"我已经跟弓子说了。"

"什么？几时？"

"在寺院的时候就说了。弓子告诉我说，你的那封信被看到了。所以，我觉得要是不让她出寺院的话，你从东京到这里不就白来了。所以，就在你和和尚下围棋时，我把弓子叫到一边跟她说了。"

"这我做梦也想不到。那，弓子是怎么说的？"

[①] 建在城内中央位置的高楼，是城主的指挥所，位居中枢。兼有接见来客、瞭望、贮藏等功能。

147

"简单地说，弓子的心情是这样的。她对你有意思，但还不能马上给你回话。"

这本是很正常的回答，却使时雄觉得有些意外，他显得不太满足。

"她还在考虑呢。"

"所以，弓子从刚才就一直面色苍白，情绪不高，跟得了病似的。是不是？"

"是啊！行了，待会儿，洗澡的时候咱们慢慢聊。"

"那，你是怎么跟弓子说的呢？"

"我跟她说，矢野很想和你在一起，我觉得对你来讲，再也没有比这还好的事情了，而且最重要的是你们非常般配。"

般配，这个很普通的词汇，弄得时雄涨红了脸。这个词汇，让他明显感觉到水泽眼中的自己是什么样子。他突然有一种惆怅的感觉。弓子性格刚烈，他性格软弱；弓子开朗，他却阴沉；她热闹阳光，他孤寂消沉。

"我跟她说得明明白白，她反正在这寺院里待不下去了，去伊豆呢，她这种女人又不可能一直住在乡下。可去东京呢，又不会有什么好事情。她打算去大连投靠她的姨妈，这绝对是个错误。我跟她说，按照你的性格，你是不可能嫁到有兄弟的人家里的。弓子本人对这些也很清楚。"

"那就不管她的回话了，我把自己要说的说给她听。"

时雄连四分钟都没泡完，就三下两下擦了擦身子。

"你再多泡一会儿，这么快就出去，那哪儿成啊。"

他顺着阶梯往二楼走，突然发现弓子手里攥着手绢站在那儿正往下看。那姿势,看上去好像是要悄悄逃走了之,也好像在屋子里一个人待不住了。

"喂!你怎么了?"

"哎呀!真是快澡啊!你这就洗好了吗?"

她脸上有意露出微笑,但显得有些不够自然。弓子跟在他后面从走廊走去。

"洗得真是快!"

"我这是乌鸦洗澡,一洗了事。"时雄简短地说了一句,头也没有回。他把毛巾搭在了衣架上,此时弓子轻手轻脚地坐在了棋盘对面。她一动不动盯着自己的膝盖,两眼模模糊糊什么也看不清。他走了过去,坐在她的前面,但她连头也没抬。她双眼眨也不眨,心情紧张地等待着。

"水泽跟你说了吧?"

弓子的脸一下子没有了颜色。就在她大吃一惊的瞬间,眼看着脸上又恢复了血色,甚至脖子都泛起红来。

"嗯。"

他想叼起烟嘴,烟嘴碰得牙齿咔咔作响。

"那你觉得我怎么样?"

"我什么也说不出来。"

"什么?"

"我没有什么可说的。你能要我,我就很幸福了。"

幸福这个词汇,让他的良心不忍。

"幸福不幸福,这——"他刚要说下去,弓子尖亢的声音响在他的耳旁。从刚才,弓子的声音不住地颤抖,好似亮晶晶的细铁丝抖动一般。

"不,我是幸福的。"时雄被截住了话头,沉默不语了。什么是幸福?什么是不幸,除了神仙还有谁知道呢?

我们不知道今天的结婚到明天是喜悦还是忧伤,我们只是在预祝明天迎来喜悦,在梦想明天获得喜悦。虽说如此,明天的喜悦这个语汇未必就能买到今天的结婚。无形的幸福,无法预料的明天,它们只有作为希望才是真实的,如果用于约定则是虚假的。可是,这种道理又有什么作用呢?这个姑娘坦白地说自己幸福,我们只要能够感受到她那令人怜爱的心底之情就足矣了。

"所以,你得先把我的户籍转到澄愿寺,然后再迎娶我,只要这样,我就很高兴了。"

弓子马上就提到了户籍,这让时雄感到十分惊讶。他怎么也没有想到,这种时候她脑子里居然会想到这件事情。听弓子的口吻,她似乎是将自己的身体作为了物品。听到弓子的话,他也很轻松地放弃了自己富有感情味的话语。

"大连的姨妈说,你要是有想嫁的人,你就嫁给他。我爹(和尚)也没事的,我跟他说了,既然要嫁人,我自己嫁,你把户籍给我就行。他说,你只要走,就给你。"说着,弓子双肩垂落下来,身体变得柔软。

"你也知道,我既没有父母,也没有兄弟姐妹。你虽然有父亲,但是——"

"我十分清楚。"

"另外,你可不要觉得我是趁人之危,利用你现在无处存身这种状态。"

"怎么会呢？我根本不会这么想的。"

"从今以后，我写小说。"

"嗯，我知道。这件事我没有什么好说的。"

弓子轻而易举就把他想问的说了出来，时雄闭上嘴不再说话了。一旦沉默下来，他放松的心情就好似清澈的水一般，向远方涌去。他似乎想要睡去。

"就是这个女孩，和自己订了婚。"他看了看弓子，"难道就是这个女孩？"他像个孩子，瞠目结舌望着令自己难以置信的东西，感到非常惊讶。他觉得不可思议，觉得做出此事的这个鲁莽的弓子很是可怜。不知为什么，在他眼里，这世上的一切都好似是无声的遥远景色。

"水开了。"女佣来招呼他们。下面走廊传来水泽吹口哨的声音。他是在向时雄报信"我洗完了"。

"进来不就得了。"

时雄从衣架上取下他自己的湿毛巾，递给弓子。弓子很自然地接了过去，走出房间。当她洗澡回来时，水泽已经不在屋里了。她没有看时雄，径直走到壁龛处，在手提包里摸索了一阵以后，打开隔扇门走到走廊里。他觉得是弓子不好意思在屋子里化妆，就没有向她的方向看。过了一会儿，电灯亮了，他转过头看了看走廊。这才发现弓子面对水流湍急的浅滩蹲着，脸贴在栏杆上，两手按在眼睛上。

"啊，原来如此。是这样啊。"

弓子躲起来哭泣，她的心情感染到时雄。弓子看到他，便站起身进了屋。她微笑着，眼睑红红的，显得十分柔弱，需要有人依靠。

果然不出他所料。

就在这个时候,水泽回来了。晚饭也送了过来,长良川的香鱼美味无比。弓子一副新的面容。洗澡室里既没有胭脂,也没有香粉,她也没有在走廊里化妆,让人感觉不可思议。早晨那苍白糙黄的肌肤,此时变得如清爽的凝脂一般,面颊开始泛红,犹如附上了蔷薇花瓣。病人变成了娇娃。她那时脸色阴沉,也许是因为从在寺院起她就一直在想着水泽告诉她的话。临出寺院,她也没有时间整理的头发,此时,经过洗澡时重新梳理,额头显得有些突出。同时,她的眉、目、口都变得清晰起来,越发显得幼小可人怜。也许是洗澡水温暖了身心,她显得有些晕乎乎的。

晚饭吃完,弓子和水泽走到走廊,望着夕阳染红的激流浅滩,语速很快地交谈着。时雄横躺在榻榻米上,心潮起伏。白色低矮的浅滩对面,隐约可见街外的灯火。

"出去走走?"水泽招呼他。弓子从藤椅上站起,靠近时雄身边,在他的肩头低声说道。

"是'午'在搞鬼吧。"

弓子想起来自己出生的时辰是丙午时。

"丙为阳炎,午为南火。"《本朝俚谚》里这样写着。时雄很喜欢这个词。这是因为火上加火,更为激烈。弓子就是火的女儿。"丙午二八少女",这个犹如日本古老传说一般的修辞,就好似焰火一般,使他梦中的弓子显得更加美丽。弓子的命星是四绿,四绿是浮气之星。想到四绿丙午,更激起他这幼稚的小说家的感伤之情。

美丽,好胜,倔强,好斗,聪敏,浮躁,无常性,敏感,敏锐,活泼,自由,清新,在与弓子同年龄丙午时出生的人中,这种女孩多得让人不可思议。六七年之后的今天，时雄仍然相信这一点。而且，丙午时出生的女孩自杀比例增高，成为了报纸刊物报道的热点。和他同样认同这一不可思议事情的人，也随之出现了许多。不过，他倒不觉得这有什么不可思议，也不认为这就是迷信。在他看来，这是有真凭实据的。因为丙午出生的女孩子是战争的女孩。她们同为明治三十九年生人，可以说她们就是日俄战争的女孩。三十九年出生的多数女孩在三十八年至三十九年之间就已经在母亲胎内孕育。她们所接受的胎教，就是整个国家都在为那场战斗、那次胜利付出牺牲的激烈情感。而且，那些凯旋归来的士兵的孩子，多数出生在三十九年。而他们曾经在满洲、西伯利亚的原野疯狂战斗，成为了有今天无明天的杀人魔鬼。这些凯旋的士兵和在本土焦急等待的女人通过疯狂交欢而孕育出的，就是这些丙午年出生的女孩。想到这些，让人感到一种难以言喻的凄惨。她们杀害男人也就是很自然的了。

丙午出生必然一生不幸。对于这一点，弓子她们好像是深信不疑。九月份他们见面时，她就认命似的对他说过。

"就算是去了东京，我也只适合干那种酒水生意。谁叫我是丙午年生的呢！"

所以，她嘴里埋怨"是'午'在捣鬼吧"，其实是一种喜悦的呼声。因为她和时雄订婚，可以使她从纠缠她的不幸中彻底摆脱出来。同时，那也是惊讶的体现，因为回顾过去使她看到了自己未来新的光明。随后，她滔滔不绝地聊起自己过往的痛苦、悲伤，任凭思绪飞扬。她像孩子一样急切地、语速飞快地讲述着。时雄面露平和的笑容，贴近她那微白的脸颊倾听。他突然望着河面，高声喊了一声：

"那儿有篝火,是鱼鹰捕鱼船!"

"真的。是鱼鹰捕鱼。"

"会到咱们这儿吧?"

"会的。会从咱们下面过的。"

在金华山山脚的黑暗中,灯火星星点点在闪烁。

"有六条船?也许是七条。"

篝火沿着浅滩向他们抵近,能够看到黑黑的船影,能够看到摇曳的火焰,能够看到喂养鱼鹰的人、使鱼鹰的人,还有划船的人。用划桨敲击船帮、扯着嗓子高喊的船夫,将他们的声音由远而近送了过来。篝火熊熊燃烧的声响也被送入他们的耳中。船随着激流,向他们旅店所在的河岸驶来。船速飞快。弓子已经站立在灯火之中。黑色的鱼鹰在船舷骄傲地拍打着翅膀。有潜入水中的,有探出水面的,有被喂养鱼鹰人右手撬开喙、吐出香鱼的,水面上好似是这些黑色小精灵的一场节日盛典。一船十六只鱼鹰,弄得他们也不知究竟看哪一只才好。

"看啊,那儿能看到香鱼!"

"在哪儿?在哪儿?"

"你看!就在那儿游着呢。"

喂养鱼鹰的人站立在船头,灵巧地操控着缚在十二只鱼鹰身上的绳索,此时,时雄拨动着篝火,篝火的火苗红彤彤的,映在弓子的面颊。他的眼里不时映照出她一生之中难以再见的美丽面容。

他们的旅馆就在鱼鹰喂养处的上面。三人目送顺长良川而下的篝火逐渐消失在视野之外,而后便离开旅馆,将弓子送回寺院。时雄连帽子也没有戴。在柳濑,水泽突然从只坐着他们几人的电车走下,那意思似乎在说:"你们两个走吧。"

　　与弓子告别回到旅馆,时雄躺在床上,脑海里也接连浮现出自己过去的日子,就像刚才弓子那样。看来都是因为他们像乞丐一般,同样经历了渴望爱情的孤零零的日子。他没有见过自己的父母,与他自幼分别的姐姐十五岁就死去了。所以,他此时能够想起的只有祖父一个人。陪伴时雄、活到时雄十六岁的唯有祖父。他眼前清晰地展现出故乡繁密竹林的景象,还有祖父半盲的眼白、光秃秃脑袋上的褐色斑点、藏红花飘香的花圃、使用了二十年的樱木拐杖等等。他想把弓子带给祖父看看,告诉他这是他的孙媳。可是,祖父看不见了。他一定会用衰老的、病恹恹、颤巍巍的双手抚摸弓子的脸和肩头。时雄想到这里,感觉怪怪的,不由独自笑了起来。不过,就算是这样,也没有关系。祖父对于他所做的一切肯定都会毫无保留地接受的。除此之外,他再也没有可以商量婚事的人了。此时,时雄幻想的结婚,并不是什么为妻为夫的事情。他和弓子两个人都要成为孩子,以幼童之心游戏玩耍。他和弓子两人幼时都失去了家庭,他们从来就没有以幼童的感觉生存过。所以,他们要两人齐心合力挖掘出曾被埋葬的幼童之心。他心中所想只有一点,这就是将弓子带到东京,想方设法和她如幼童般地戏耍。他平时总为自己没有享受到幼童般的时光而懊恼,感觉自己因此心灵遭到扭曲。现在他十分喜悦,第一次发现光明的人生之路就在自己眼前,结婚可以疗治自己的心灵创伤。他的爱将使弓子天真烂漫,弓子的爱也会让他童心再启。二十三岁的他和十六岁的弓子,也许太过年轻,还无法成为丈夫、妻子。可是,要成为幼童,这个年纪又过于大。他一直向往自己未曾有过的幼童之心,所以在此之前他心里的爱恋对象尽是十五六岁的少女。然而,弓子正是十六岁。能够与十六岁的少女生活在一起,仅此一点就如同奇迹一般,美丽梦幻。

刚才,他把自己的这种心情以非常粗鲁的词语讲给了弓子听。

"弓子也要早点儿到东京来,像孩子一样,痛痛快快自由自在地玩玩。"

"那哪儿成啊,我可不敢,我做不来。我要找个地方去打工。"

听到弓子的这番话,他感到弓子太可怜了,觉得弓子更应该回到孩童的时代。

过了两个小时,水泽回到旅店。摘掉帽子后,他额头显现出疲惫的神色。

"哎呀,你们已经先回来了!"

"你去哪儿了?"

"你干什么来的?弓子呢?"

"我们在车站叫了车送她回去了。"

"就干了这点事?"

听到这突如其来的话语,时雄不由自主顶了水泽一句。

"就是这点!"

水泽不以为然,沉默不语,钻进了被窝。

"这么说,我倒是做了件坏事。"过了一会儿,水泽说道。原来他突然下了电车之后,便去了柳濑里面的花街柳巷。女人挺好看,可就是让他没有情绪。后来,他闭上眼睛,把这女人想象成自己的恋人,这才了事。

"我要是不做点什么——"

水泽的自言自语,刺痛了时雄的心。他说的是他在故乡的恋人。

水泽去花街柳巷时，一定是在想象着留在电车里的订婚者下面即将发展的情形。时雄突然体察到水泽当时的心情。

"我还觉得你们和我不一样，事情看样子是要进展的。可是——"

"嗯。"时雄明白水泽欲言又止没有说完的话——接吻的时机并没有像庭院里的踏脚石一般连续不断地出现。女人打算听凭男人摆布的时刻，就像焰火一般，只是转瞬之间。

第二天早晨醒来，时雄看了看枕边的表，叫醒水泽。

"喂！正好十点。"

"嗯。"

弓子约定十点来。可是，或许是安眠药还在起作用的缘故，两个人都一动不动，一直睡到十二点。弓子没有来。昨天说好今天来，她竟然不守信用，这叫时雄难以置信。他来到走廊，望着长良桥上走来的人，一个也没有放过。远处桥上走来的女人，个个看上去都像是弓子。河面刮来的风吹得面颊冰冷。他最终没有等到她，两点才吃午饭。

"肯定出了什么事情。一定是寺院那家不让她出来——那我就把她领出来！"水泽穿上和服裙裤，走出旅店。时雄为了排遣心中的焦躁，和来打扫房间的中年女佣下起五子棋。他觉得自己从未有过地清醒。

女佣毫不遮掩地讲着自己的隐私，说她患妇科病疼痛难忍，十天就要自己给自己注射一次吗啡。

"我去撒泡尿，稍等啊。"说着，她磕了磕烟袋锅里的烟灰，放下手中的棋子，小跑着离开了房间。时雄笑着走到走廊。水泽在桥上向他用力挥动着雨伞。弓子也在向他挥着手。她独自一人走进房间。凌乱的头发缠绕在汗淋淋的脸上,她既不坐,也不打招呼,愣愣地站着。时雄走近她,几乎贴在她身上。

"谢谢。你可来了。"

"昨天谢谢您了。"

"你说什么?家里不让你出来吗?还是又让你刷墙?"

"墙昨天就刷完了。"她生气似的说。

"给冬天的棉被絮棉花来着。"

时雄觉得弓子这样令人不解。弓子太不可思议了,家里人不让她出来,她就没有办法了。

待了一会儿,他们离开旅店,向法院前的照相馆走去,在柳濑吃了晚饭。要出饭馆时,弓子从看鞋人那里接过时雄的雨伞,拿起就走。他内心喜悦,感到一种相互依偎的温暖。将他的东西视作己物的感觉莫非已经渗入弓子的内心,演变为了这种动作?在柳濑散步后,他们便去看菊花偶人。在那间棚子里看魔术时,他故意把包袱放在栏杆上,弓子马上拿了起来抱在怀里。他去了厕所独自微笑。

在回东京的夜车上,时雄吃了两片安眠药。结果,他从三等车的座席跌倒在地上也毫不知觉,继续睡。到了东京站,他又踩偏石阶跌倒在地上。来到本乡朋友家,他步履蹒跚,爬着才上了二层楼。和往常不同,他性情大变,滔滔不绝快乐地讲个没完没了,就像疯了一般。弄得朋友不知所措,盯着他看。昨天晚上的烈性药的作用,使得他走路晃晃悠悠,但他仍然一家一家地走完三个挚友的家,挨家通报了自己和弓子的订婚消息。每天早晨醒来,他喜悦的泪水就会濡湿枕头。

然而，还不到一个月，十一月七日那天，他收到了弓子一封奇怪的信。

非常想念的时雄先生

谢谢您的来信。未能及时回复，十分抱歉。

今去信是因有事需要告知。我和你虽有约定，但我事出有因，难以守约。可其中原由却难以向您讲述。如此表述，您一定感到难以理解。想必您很想知道我这事出有因究竟为何。但是，如让我启口说出原因，我还不如去死，那样我还要幸福些。请您忘记我吧，就当作我已不在人世。

当您读到这封信时，我已经不在岐阜了。您就当作我生活在其它地方吧。我一生都不会忘记和您的〇！至此失礼了，这是我最后的一封信。您不要再给这个寺院去信了，去信我也收不到了。别了，祝您一生幸福！谁知我会在哪里生活？告辞了，再见。

就在那天，在秋冈的家里，时雄被介绍与叫做伊藤的新晋小说家相识。时雄感受到秋冈先生给予他的温暖，秋冈先生这是在帮助富有才华的年轻人相互交往。他们三个人走出汤岛的餐馆时，已是满街灯光了。秋冈站在大街中央，从大钱包里取出纸币递给时雄。这是给他明天搬家用的。为了迎娶弓子，他租借了二楼的两间房。

然后，他们三人走下通路的坡道，向上野的方向走去。个子不高的秋冈先生身穿防寒和服长袍，长袍圆肩紧贴时雄，边走边讲他新创作的小说内容。能和这位文坛大家在路上并肩行走，仅此一点就足以让时雄这个学生欣喜若狂。更何况，秋冈先生对他格外亲切，让他好似在梦中。

这是在伊豆见到弓子父亲后四五天的事情。时雄在秋冈的书房里刚坐下，便开口道。

"是这样的，我有件事情想求您。"

"嗯。"

"我必须要收留一位女孩，她在岐阜。"

"你要结婚？"

"不是立刻结婚。她才十六岁。"

"就算十六，你们在一起的话，你也不会只是看着吧——不过，十六还是太年轻了。只会成为你的负担。等两三年吧，对你们双方都好。"

时雄简单地讲了讲弓子的境遇，说如果让她在岐阜多待一天，她的性情就会多扭曲一分。

"既然你这么想，那也行。只要你这么辛苦不会埋没你的才能，那就好。关键是，生活有着落了吗？"

"所以，我来求您，要是有我能做的事情，还麻烦您给介绍介绍。"

"嗯。"秋冈用力点了点头，随即便说结婚所需的费用他来出，时雄的小说写好后，他马上就给杂志介绍。明年春天他去国外，妻子孩儿都回老家，他们的房子让给时雄住，让时雄帮他们看家。这段时间时雄的生活费，每个月由他的妻子寄。秋冈还说，他在国外期间，稿件的事情交给高桥（秋冈的挚友、文坛大家）来办。另外，时雄不用做其它事情，只要到图书馆抄写秋冈工作所必需的历史文献，办理他出国期间的一些事情，就足够了。

听到秋冈的这些话，他感到十分意外，默默不语，尽力不让泪水流下来。走出秋冈的家门，他觉得恍若梦中。他有什么理由接受秋冈先生这么大的恩惠呢？他一直觉得能请秋冈先生给出版社写封介绍翻译的信也就了不得了。他只不过是屡屡烦扰著名作家的一个文学青年，只不过拜访过秋冈先生五六次而已。而且，此次又是厚着脸皮，时隔四五个月突然登门。他只不过给秋冈先生看过一个短篇小说，而且是登载在朋友们的同仁杂志上的。第一个夸赞这个短篇的老一辈作家正是秋冈先生。这使时雄看到了光明的未来。时雄坚信，秋冈先生此次的关怀正是出自一种爱才之心，通过一个短篇先生就认可了他的才华。他心头燃起奋进艺术的雄心。恋情升华了他的内心世界。他的眼前一片光明，耀人眼目。

在上野广小路与秋冈分别后，时雄叫上在团子坂借宿的水泽，买了五个便宜的厚坐垫。他们顺便来到明天准备搬家去的人家，在门口递给房主，请他们拿去放在房间里。结果，房东拽住他们的胳膊，就把他们拉进屋里。面色红润的女孩枕着女主人的膝盖，正在睡觉。此时，她慢慢睁开眼睛望着时雄。她眼中浮现的血丝很是漂亮。

"这个孩子每天都在问。姐姐什么时候来？什么时候来？刚才还在说，姐姐要是来了，就能带她去洗澡了。"

结果，时雄回到浅草借宿的家，就看到了弓子的这封信。邮局的邮戳标明得一清二楚：岐阜，大正十年十一月七日，午后六点到八点之间。

"昨天晚上，昨天，弓子在哪里睡的？和谁睡的？事出有因，事出有因,这个因到底是什么?"

时雄飞快地跑离借宿地,连膝盖上的包袱掉在地上都没发觉。他等不及电车到来,沿着轨道从小岛町一直跑到上野广小路。他一边跑一边看弓子的来信。他的头脑就像糨糊似的,糊里糊涂,唯一清楚的只有一件事情,就是马上给岐阜寺院去电报,向东京警察报警,坐今夜末班车赶往岐阜,只有这样才能在弓子养父母前豁出一切,齐心合力留住弓子。上了去团子坂的电车,他抓着吊环把弓子的来信又看了一遍。在团子坂的夜店里的燃气灯下,他再次看了一遍弓子的信。在登上去水泽借宿房间的梯子时,他才发现自己的腿在颤抖。水泽读着来信,露出大吃一惊的神色,脸色变得惨白,显得很紧张。时雄问:

"是男人吧?"

"我也这样觉得。女人要是说难言,也只有失去贞洁了。"

女性身体的残疾、恶劣的遗传、无法面对世间的父母阴暗的身世,两个人想到了许多原因,但是怀疑最终还是集中在"男人"这点之上。

"不过,现在弓子会被其他男人吸引住,这真是难以想象。她那么聪明、有心眼,根本就不像十六岁。不过,女人的力量只有玫瑰花刺那么丁点儿,很难护住自己的身体。"

"总而言之,她会不会还在寺院?"

"也许还在。也许还在那儿犹豫不决。"

说完后,水泽又自言自语道:

"上次,她说要逃走的时候,你要是让她来东京就好了。就怨你错过机会了。"

他说的是，他们从岐阜回来十天后弓子写来了信。信里说，她准备十一月一号逃离岐阜，让时雄给她寄车票钱。这倒没有问题。可弓子说她要和长她五岁的邻居家的女孩一起来。据说那女孩要来东京的咖啡馆打工。时雄不喜欢弓子这种浮躁不安的情绪，自己跑路居然还找个不清不楚的同伴。他很想把弓子引导到自己身边，不愿意她逃亡时的情感被别人夺去，哪怕是一点点。恋爱使得时雄内心清纯单一，他只想热情地迎接弓子，却不打算同样对待弓子的同伴，可他又觉得自己实在做不出这种冷酷的事情。所以，可以肯定，他们三个人要在一起生活一段时间，即使那个女孩在咖啡馆工作后，他也会对女孩的未来承担道德责任。况且，那个女孩也有父母，所以就算她离家出走了，她的父母也不会置之不理。原本弓子一个人还可能逃脱，可有这女孩连累，也许半路就会被带回岐阜。再者，时雄也舍不得让弓子一个人来。他打算不论发生什么事情，他都要去岐阜接弓子来。所以，他反对弓子和邻居女孩两个人一起来东京，因此也就没有给弓子寄钱。他刚说给水泽听，水泽就满不在乎地大笑。

"我还以为什么事呢。一两个女人，太简单了，不在话下。"

可是，还没过一个星期，弓子就来信说，那个女孩和一个学生结婚了。时雄心想果不其然，不由心生怜悯弓子之情，弓子怎么会依靠这种女人，还跟她商量自己的什么前途。不过，现在想起来，当时要是给弓子寄去钱的话，那么一个星期前她就该到东京了。

时雄和水泽一起走出借宿处。夜晚寒风袭人。水泽张开学生斗篷遮住时雄，搂着他的肩膀走着。到了邮局前，水泽从斗篷中抽出身来，将斗篷披在时雄肩上。

"这斗篷你穿走吧!"

水泽一阵小跑,到借宿在附近的朋友那里为时雄借来了钱。

时雄给澄愿寺拍了加急电报:"弓子离家出走勿让其走"。原本要弓子离家出走的他,现在却要她家留住她。他没有在电报上留下自己的名字。在电车里,水泽碰见了另外学校的朋友,便张口借钱:"哎!借点钱,我出门旅行。"

时雄从车窗探出头,自信且果断地说:

"弓子的身子要是干净的话,我就带她回东京。不成的话,我就把她送到伊豆她的亲生父亲那里。"

"好,就这么办。"水泽跟着开动起来的列车走着,拍了拍时雄的肩膀。

在东京站时,时雄觉得弓子似乎就在东京。上了火车,他感觉弓子又好像在车上。过新桥、品川时,时雄死死盯着明亮站台上的女人,生怕错过一个。与上东京的列车错车的时候,他不错眼珠地看着迎面驶过的车窗,心想如果看到弓子坐在上面,他一定跳上对面的火车。他打算,不管是哪里的站台,只要上面有弓子在,他就跳下车去。他眼前甚至浮现出与别的男子相拥、被自己坐的这辆火车撞死的弓子的样子。他眼前还浮现出因养父母报警而被捕、关在警察局拘留所的弓子的样子。如果昨天晚上弓子在火车上,那么今天晚上她说不定就会和其他男人睡在一起。心里想着这些,时雄感觉人的精神力量太脆弱了。无可奈何。在梦中,他竭尽全力控制住那个男人,使之一动不动。

到了旅店,他恶心不已,一口饭也吃不下去。他借来油纸伞,坐上人力车出了门。先到了杂货店,弓子在这里学裁缝和插花。时雄的来信都是在这里转给弓子的。他向店里的人打听弓子的消息，人家冷冰冰地说道：

"她要是到这儿来了，我还能不说吗？"

他又去澄愿寺，在与内院相接的没有木隔扇的房间里，弓子的养母一个人在展开缝制的衣物。她简单地问候两句，便说：

"您从哪里来啊？"

"从东京来，今天早晨刚到。"

"特意来？"

"是的。我有事跟您说。"

"是为弓子？"

"是的。"

"最近，我们决不放弓子出门的。"

"是。这么说，她在家里了。"

"年纪虽然相仿，可这东京长大的女孩和乡下人，完全不一样。你要是觉得弓子和这里的姑娘一个样子，那就大错特错了。她已经长大成人了。我们是不会让她独来独往的。"

养母似乎是在嘲弄他，可他顾不上这些。

"这一段时间，没有发生什么事情吗？"

"没有。就是出门做事，我们也不让她一个去。盯得紧着呢。"

"弓子什么事情也没有？"

"弓子跟您说什么了？"

"是的，所以今天早晨我才上这里来的。"

"是吗？那请您上来坐。"

他坐在坐垫上，低头正式致礼。

"首先，我还是得向您致歉。事情是这样的，昨天晚上我收到一封怪信，很是担心，便马上赶来了。弓子没有发生离家出走的事情吗？"

"我一点儿也不知情。她是这么说的吗？"

"是吗？昨天晚上的电报是我发的。"

"是吗？我觉得是有点奇怪。弓子在这个房间睡，电报是弓子收的。我要看看，她拿着不给，我让她念念，她只是说看不懂，不知写的是什么，最后给撕了。"

原来那封信说的都是假的。时雄晕晕乎乎瘫坐在那里。

"真是的，让你担心了。谢谢你了。我也不知道这弓子究竟是怎么想的。你好好问问她，听听她的心里话。"

说着，养母喊弓子。

"弓子，弓子！"

没有人应声，养母走进旁边的房间。隔扇门打了开来。

"您来了。"

随着一声尖细的声音，弓子出现在门槛旁，两手伏地对时雄施礼。看到这一切，时雄心里一下子空荡荡的。这个女孩哪儿还有一个月前弓子的样子啊。她这样哪儿还像年轻的姑娘啊！她简直就是一团痛苦。肤色没有光泽，脸上白花花的，皮肤粗糙得好似干鱼身上的鳞，眼睛倔强地盯视自己的头部。丝光棉的棉衣白乎乎的，已经褪了色。身上没有一点光鲜的地方。

看她这样子，怎么也不像是只痛苦了一两天。这一个月，弓子给时雄来了十封信，诉说自己每天都在和养父母争吵、流泪。肯定是她忍受不了这种痛苦才写的那种信。想到这些，时雄无话可说。

而且,她的养母仍然在旁边缝制东西。弓子说话的口气似乎不容时雄靠近自己。

"你们四个到伊豆去了?"

她说话的语气好像在埋怨时雄,埋怨他不该带着朋友去,让自己贫穷寒酸的父亲丢脸。他无可奈何,于是站起身来。弓子在身后为他披上斗篷。他踩到斗篷下摆,险些摔倒。弓子递给他忘记戴的帽子。到了门口,他才想起自己让人力车等在外面。到了车站前的旅馆,他给水泽去了电报,要求他马上来。他陷入空虚之中,无所依附,不是一句失望便可形容的。他感到浑身瘫软无力,吃完午饭随即就躺下睡了。晚饭时,他知道有人叫他,但身子酸痛起不来。第二天早晨八点左右,他被水泽推醒。

"喂!你是怎么了?"

"那个事出有因,是在撒谎。什么事情也没有。"

"你说什么?那又是为什么?"水泽怒不可遏。时雄有气无力地躺着,抬头望着他。

"总而言之,你再让我睡一会儿。待会儿跟你慢慢说。"

说完,时雄又昏昏沉沉地入睡了。到了十一点,他才好不容易起身。此时,时雄整整昏睡了二十一个小时。吃完午饭,他开始给弓子写信,一直写到傍晚。写了二十张信纸。他这才放下心来。他觉得这封信一定能够打动弓子的心。水泽拿着这封信和弓子的车票钱,去了澄愿寺。水泽回来说,昨天见到时雄后,弓子的心又回到了从前。

"大年初一所有寺院都忙得乱哄哄的,我让她到时趁机逃出来。"

"大年初一?"

"另外,大年初一的话,也不会被抓住。"

可是,没过两个星期,弓子把车票钱给寄了回来。

我看了您的信后,感觉不能再相信您了。您并不爱我。您只是想借用金钱的力量随心所欲地待我。我恨您。我不想穿什么漂亮的衣服。您心里是不是这么想的?只要我去了东京,您是不管我的死活的。

您看到这封信,不要来岐阜,即使来了,我也不会见您的。您来信,我也不会看的。无论您说什么,我也不会去东京的。我要忘掉自己,忘掉您,认真地生活。我永远恨您的那颗心。再见。

时雄又拿着这封信到水泽借宿的地方给水泽看。半路上,他顺便去了邮局,把弓子返还的车票钱兑换成现金。他要叫上水泽去热闹的街镇走走。

"没见过这种人!这哪儿像个十六七岁的小姑娘说的话。简直就是半老婆娘闹别扭时的话嘛。我看你就算了吧。"

水泽说得这么干脆,他只好有气无力地点头认同。

"嗯。那就这么办。"

时雄从她的来信中感觉到,弓子就像个撒娇的孩子,毫无缘由就把他赶到一旁。他已经没有气力管她了。他只想安安静静地睡上一觉,只想让弓子激昂的情绪能够放松。就算现在再去岐阜让她回心转意,过不了半个月她又得寄来第三次的绝交信。一想到她倾尽全力、绞尽脑汁才写出这种信,一想到自己和她的婚约只不过让她背负如此痛苦,时雄甚至有种凄惨的感觉。

这天是星期六。他和水泽两人上了电车,下学回家的女学生们服装的肩部、袖兜,触碰到时雄的手指。这些学生都是和弓子年纪相仿的少女们。晚秋服装的平纹粗绸接触到手上,显得有些冰冷。他险些流出泪水,一直低着头,竭力不去看她们。

冬天一直这样寒冷。寒风从他的心头掠过。他无法在街头游逛。坐在房间里,背上好像背负着感情的冰块。他躲到了伊豆的温泉,盼望着寒假的到来。弓子父亲的村子就在这里。虽然弓子那么讲,但是他知道弓子在岐阜待不下去。

"或许她新年会回父亲那里?"

他心里暗暗期待着。他就算见到弓子的父亲源吉,也不知该跟他怎么说自己和弓子的事情。他也不会求弓子父亲给弓子去信让弓子回心转意。他感到孤单时,一天会五六次泡在洗澡水里闭目养神。

"就算是硬撑着,你也要把考试考了。"

他黯然回到东京后,水泽一直不离其左右,此时用此话为他鼓劲儿。

"嗯。再看看。"他虽然应声回答,也不过是随口一说。

女孩子脱掉一只脚的袜子,光着脚踢皮球。时雄站在向阳处看着眼前的景象,突然发现春天来到了眼前。就在这一天,有人告诉他说,弓子突然现身咖啡馆。这个咖啡馆居然是他的学校所在的本乡大街的咖啡馆。当天晚上,他难以入眠。第二天早晨,他还是去见了弓子。她正在和五六个女侍在刷洗店里的地面。她听他说话,一脸木然无趣的样子。他最后对她讲:

"你到我这儿来吧。就算是认命。你死了这条心,就当作出生时老天就是如此规定的——"

"可是，我都这样了。"

"什么叫'这样了'？！你根本就没有怎么样。"

"已经这样了！"

"没有怎么样！你现在不是好端端地坐在这儿吗？"

听他的语气，下面就要说出"不缺胳膊不缺腿"。

"都怨我。我就不该到你看得到的地方来。我找个你看不到的地方，消失掉就成吧。我走，找个地方。"

也不知弓子是不愿见到时雄，还是害怕被时雄看到，她反反复复地说着同样的话，一副威胁他的腔调。

"我走，到你看不到的地方，这就行了吧？"

这话等于是说，不让时雄到她工作的咖啡馆来。所以，他求弓子到外面好好谈谈。

"不必再谈了吧。"

弓子把他推到了门外面。以后的两三天，时雄即使路过那家咖啡馆，也没能到里面看看。因为就算进去看看，弓子也已经不在了。被时雄发现的第二天早晨，她就拿着个包袱逃离了咖啡馆。她去了一个年仅二十一岁的大学生借宿的地方。

听到这消息，时雄无法相信弓子。无法相信弓子会打心眼里爱那个大学生。他只是觉得，弓子是故意做给他看的，是自暴自弃的心理在作祟。听说，她到了借宿地还不到两个小时，就觉得孤单，便打电话把做女侍者的朋友叫了去。人家下午刚回去，她紧接着就给这位朋友发了封信。这还不算，她马上又给咖啡馆去了电话，让人家第二天一大早就去她那里。就算是个小姑娘，和恋人在一起，也不至于这么孤单,简直让人不可思议。

时雄听着女侍者讲述弓子这孤零零的样子,感到十分心痛,连忙跑了出去。外面下着大雨,他没有带伞。他胳膊缩在袖子里,举着宽大的袖子、前倾着身子在黑暗的街道上疾跑。弓子所在的借宿地距离咖啡馆不远,六百多米。大门已经紧闭。他从门缝往里看了看,玄关正面可见一个四五尺高的挂钟。只能看到巨大的铜钟摆有规律地在摆动,感觉像个怪物。钟后面是柜台的白色隔扇。

他擦了根火柴,就着火光走了上去。他抬起头想看看住宿人的名牌,就在这当儿,软呢帽帽檐上的积水哗哗洒落在他的肩上。听到这声响,他不由一惊往后一跳。他躲到路对面烟铺的檐下,看着这半西式的高大建筑。三层有一间屋子玻璃窗上挂着崭新的白色窗帘。他仰头盯视上面,觉得弓子就在这白色窗帘后面。此时,大门轻轻打开。时雄顿时愣住了。原来是弓子。她手里提着木屐。他一动不动,弓子赤着脚走过路,来到他跟前放下木屐,满脚是泥地穿上木屐。

"刚才我就看到你了。"

他没有说话。

"咱们走吧!"

"嗯。"

"去你的宿舍吧。"

上了电车,他倾倒帽子,雨水发出响声滑落下来。他都不知道自己是怎么样回到了宿舍。

他脱下自己的衣物,给弓子擦掉脚上的泥。弓子红着脸穿上他的夹和服,刚穿上身,突然就倒在地上嚎啕大哭。

不过，第六天，她又从时雄的住宿处跑走了。后来，那个学生要回家接受入伍体检，于是她和那个学生去了四国。这是七年前的事情。至今时雄也弄不明白弓子这个女人。他经常去伊豆的温泉，看一看她是否回到父亲的身边，期待有机会见到她。

香树

一天，德国诗人屈格尔根吹着口哨，正在不见一个人影的深夜的街市里行走。突然从天上嘭的一声掉下一个美丽少女。借着路灯的光亮，他发现少女昏倒在地上。原来这少女是个梦游患者，刚才正在睡梦中行走在屋顶。结果，诗人的口哨将她惊醒，随之便从屋顶掉了下来。时雄突然讲起在屈格尔根的《年轻时的回忆》中读到的这段故事。这是在"须弥灯会"的集会上。须弥灯会出自《维摩诘经》。文殊师利奉释尊之命去看望病中的维摩诘时，问哪个佛国的座席最好，维摩诘如此回答道：

"居士啊，在遥远的东方，走过许多国家，有个须弥灯的世界。那里有一位形象高贵的佛叫做须弥灯王，他至今仍然端坐雄伟壮丽的御座之上。"

于是，维摩诘呈现其神通力，求助须弥灯王送来美丽的佛的座椅三万两千。

须弥灯会的人们并没有准备把这些美丽座椅放在一流饭店、一流餐厅，在那里举办盛会，也没有给它们取个时髦的名字。他们觉得随便摆在哪里都行。维摩诘得知文殊要和大众一同来，便借助神通力将屋内所有器具搬走，让侍者远去，让室内空空荡荡。只留下一张床,他躺在了上面。

"来者见者皆为绝对真理,文殊师利啊,欢迎您。"接着便开始议论佛法。他向文殊提出一问。

"舍利佛啊,你来此是为了寻求真理?还是为了得到座椅?"

所以,参加须弥灯会的人们都觉得在维摩诘的房间那种简朴的地方集会也是无所谓的。而且,听说维摩诘还打算如品尝众香国香积佛那里送来的名为"无尽慈悲香饭"一般,一边吃着盐脆饼一边论法。他们的名字有些孤芳自赏的味道,意思是最普通的会员皆为大乘之佛身。维摩诘的小房间能够轻松放入三万二千把座椅,比毗耶离城还要开阔,这使众人为之一惊。更让人吃惊的是,初心的圣者、小乘的弟子,就连文殊师利一开始都登不上须弥灯佛的座椅。

"那些家伙们,根本就坐不上去。"

须弥灯会的人们喜欢用这样的词语评判人。参加这次集会的只有月子一个是女人。

不过,关于屈格尔根的故事,仅仅让大家哄然大笑而已。因诗人的口哨而惊醒、梦游的少女从屋顶坠落——这一如蓝花般夜晚的美丽,除了时雄没有任何人能够感触到。所以,他若无其事地说道:

"不过,我们才不会在街上边走边吹口哨的。"

"那要是美丽的姑娘坠落在眼前呢?"月子问道。

"嗯……那我的心情恐怕会变得和里博书里讲到的'葬礼傻瓜'一样吧。"

"你说的是什么啊?"

"里博有个报告,说的是一个不可思议的白痴。那家伙,在三十五年之间,将埋葬在某个墓地的几百个死者下葬的时间全部记了下来。不光如此,他还能一个不差地背诵出死者、葬主姓名和年龄。至于葬礼以外的事情,他则一无所知,就是个白痴。是不是挺奇怪的?"

"是吗?不过,矢野先生关注的尽是些人生阴暗面。"

"这不算阴暗面。"

"您是不是感觉孤独啊?"

月子后面是一片枝叶低垂的竹林。竹林如胡枝子一般高,低垂在二层楼的走廊。竹叶在房间灯光的映照之下,显得湿漉漉的。她肌肤白皙,犹如竹叶之间的浮绘画一般,隐约在竹林之中。

"正儿八经被人问起孤独吗,我还——"

"我还什么?"

"问者要是女人,我觉得是不是可以不回答呢?"

"不是女人的话,根本就没人问你。"

时雄猛然抬起头,看了看月子。可是,她神情平静,就像她若无其事地说出的话一样。

"我根本没有心情被女人问孤独不孤独。女人的孤独都脱离不了俗世的味道。"

"那您就是说活着就不应该呗。你们在须弥灯会讨论身后的世界,希望即使死去,灵魂也不会死亡。您既然这么想,那么你们不是比那些放高利贷的尼姑还要俗不可耐吗?"

"你这么说的话,我问问你,你是为了什么参加这个会的?"

"我,我来听故事的——"

"故事?"

"嗯。我这么说,您可不要动怒。我小的时候,就在妈妈的膝盖上听故事，这故事培育了我的内心世界。佛教经典在我成人之后，就是我阅读的故事。矢野先生从刚才就一直在观赏这院子的竹林。您最好闲居于这竹林中，以追求真理。"

"我可不追求什么真理。"

"是吗？那您是不是打算静静地思考什么呢？我思考的是，秋天来了，这竹叶敲打遮雨窗的声音是什么样子，冬天的话，竹子的落叶是什么味道，除此之外，我什么也不想。"

"那说明你是个诗人嘛。"

"嗯。是啊，可我不是诗人，所以我说自己是在听故事。《维摩诘经》对我来讲，有趣的部分就是众香国香树的故事。那种故事最有趣。故事里讲，圣人们坐在散发各种香气的树下，通过嗅香来领悟真理。通过一种香可以知道一种真理，通过另一种香又能知道另一种真理，我喜欢这种故事。"

"原来如此，欧里佛·洛兹的《雷蒙德，或是生与死》里也有相同的记载，不过那是一个关于色彩的故事。人们在死后的世界里，以各种色彩的光线作为心灵的食粮。"

欧里佛·洛兹爵士的《雷蒙德，或是生与死》也是须弥灯会的教科书之一。洛兹、詹姆士、尤勃罗梭、柏格森、梅特林克、弗拉马利翁、希斯洛普、巴雷特、柯南道尔、克鲁克斯等等心灵学家的名字常常出现在他们的话语之中。也许可以说，这个会的目的就是讨论下面这些事情：

1. 肉体死后，人以灵魂的方式继续生存。
2. 采用适当的方法，人死后的灵体既能看到，也能拍成照片。

177

3. 肉体死后,灵魂居住的世界的状态。

4. 使用各种方法,可以在死者灵魂与人类之间进行通讯交流。

5. 人的灵魂活着时也能够在一定程度上脱离肉体,到灵界探险。

6. 物质与灵魂并不像过去人们想象的那样,并非根本不同。

7. 心灵能够以惊人的力量作用于人的肉体、物质,还能够透视时间与空间。

"浮士德的格雷琴在牢狱里唱的歌,那歌讲的就是这些吧?"

"对,对。那歌是不是来自希腊的传说?"一个会员接着月子的话茬,插嘴说道。

"说不准。我虽然不知道歌德是根据什么这么写的。但是,听说苏格兰、匈牙利、南法兰斯也有同样的传说。"

当晚,在须弥灯会上,人们议论轮回转生时,月子为他们大讲特讲相关的西方传说,让会员颇感惊讶。印度自《吠陀经》时期起,就有轮回转生的信仰,佛教使这种思想日益壮大成熟。所以,这种思想无疑是东方式思维的结果。种种传说犹如古老墓地的碑石,要多少有多少。但是,基督教的《圣经》里就没有讲到这些。那么西方又是如何呢?

"在很久以前,毕达哥拉斯以及他那一派好像也有这种认识。他们讲,恶人的灵魂到了来世,就会被塞进野兽、鸟类的体内,承受痛苦折磨。"一个会员这样说。

"施本格勒有本书,叫《西方的没落》,最近在西方思想界影响巨大。其中有句话非常有意思,他说'植物的命运和人类的命运很为相似,深切感知这一点是所有抒情诗永远的题目'。虽说这和轮回转生没有任何关系,但我还是联想到了这句话。"另一个会员这样说。

"轮回转生也许犹如佛教的念珠,可是释迦要众生'脱离轮回羁绊,定居涅槃不退转',尚在迷途中的灵魂必须反复转生,可悲可怜。"第三个会员如此说。

"摆脱轮回羁绊,立地成佛。我可不想立地成佛。不过,编织了许多丰富梦想的轮回转生的教诲,也就是个童话故事而已,这个世界上并不存在。我觉得那就是人类创造的最美的爱的诗篇。说什么做了好事的麻雀到了来世就能变成人,做了坏事的女人就会变成蛇,这些都是劝善惩恶的工具,骗小孩子的。"

接着,月子先讲了格雷琴歌中唱到的民间故事,然后又讲了西方的各种传说。

一个小女孩在杂货铺买了一包蜡烛。继母吩咐她买的。可是,回家上台阶时她把蜡烛丢了。狗叼着女孩丢失的蜡烛跑走了。女孩返回店铺又买了一包。结果,在同样的地方又丢失了蜡烛。丢失的蜡烛又被狗叼走了。她又返回店铺去买,不可思议的是,这次同样被狗叼走了。这时,女孩既没有了蜡烛,也没有了钱。女孩遭到继母的痛斥,痛哭不已。过了一会儿,继母说:

"到这儿来,把头放在我的膝盖上,我给你梳梳头。"

女孩乖乖地按照继母所说做了。

"你的头发用梳子梳不了,去拿斧子来。"

女孩很听话,拿来了斧子。

"好,我给你梳头,你把头放在台子上。"

女孩天真地把美丽幼小的脖子伸在台子上,继母落下了斧子。女孩的头飞进出去。继母紧接着把女孩的心脏和肝脏剜了出来,当天就放在了晚饭的汤里。父亲觉得有种怪味,但是还是吃了。继母强迫女孩同父异母的弟弟吃,弟弟跑出家门来到院里。在那里,他发现了姐姐的尸体。弟弟把姐姐放入箱子,然后埋葬在蔷薇树下。弟弟每天都去蔷薇树下,痛哭姐姐。

春天来了,蔷薇开了花。白色的小鸟来到花前,张开美丽的歌喉歌唱。它在鞋店店前和蔷薇树之间飞来飞去,唱着自己的身世,诉说自己被母亲杀害、被父亲吃掉、被可爱的弟弟埋葬、如今变成了小鸟在天空歌唱的故事。鞋店老板对小鸟说:

"你再唱一遍这好听的歌吧。"

"可以,不过你得把那小红鞋给我。"

得到红鞋的小鸟唱着同样的歌,飞到了钟表店前的树上。

"喂!真好听的歌!你再唱一遍吧。"

"可以,不过你得给我你手中的金表和表链。"

后来,白色小鸟一只脚上穿着鞋,一只脚上缠着表链,又飞到了有三个人在制作石臼的地方。在那里,它又唱起了歌,人们请它再唱一曲后,送给了它石臼。于是它把石臼系在了脖子上。

最后,它向继母的家飞去。到了那里,它用石臼猛烈撞击房檐。

继母高呼:"打雷了!"弟弟跑了出来,红鞋落在弟弟脚下。接着父亲跑了出来,表链落在他的脖子上。最后,石臼落在飞奔出来的继母头上,继母无声无息地死掉了。

"我还知道两个卢森堡的古城传说,不过这两个都是老一套的结婚悲剧。"月子继续讲道。

卢森堡的街镇周围都是城墙,城墙由卫兵守卫。一名士官喜欢上一位姑娘。但姑娘的父亲不同意,便悄悄地把姑娘藏在了修道院里。可是,修道院的窗户与城墙对着,士官很快就发现了姑娘的身影。于是他和姑娘暗中商量,准备第二天值夜班的午夜时,他帮助姑娘从窗户逃走。于是,士官把这个秘密告诉给值班的哨兵,请哨兵帮忙。

可是,当天夜里,突然刮起狂风。平时哨兵两个小时换一次班,这天一小时就要换一次。姑娘根本就不知道这些,当班的哨兵也不知道士官的这个秘密。哨兵发现午夜的黑暗之中出现一个运动的白色东西后,高喊一声:"站住!谁?"

可是没有人回答。于是他开了枪。从此以后,每天晚上都会有白色兔子在那里跑过。据说是姑娘变的。

还有一个故事。发生在十三世纪初。

一位卢森堡瓦莱兰公爵麾下的知名年轻贵族,将要与拜尔罗德城骑兵的女儿结婚。瓦莱兰公爵命令他们的婚礼在自己的宅邸举行。结果,当姑娘到达时,公爵的内心燃烧起怪异的火焰。公爵觉得她太美了,任何人都不配娶她。于是,公爵耍了一个花招,让新郎、姑娘的父亲、自己的夫人都离开了这位姑娘。然后,他利用堆积如山的宝石、美丽的服饰引诱姑娘。单纯的姑娘被轻易俘虏。姑娘的父亲知道后,愤然自尽。新郎也死去。那个夜晚,姑娘也不见踪影。

一两天以后,获悉姑娘的尸体被发现,公爵急忙赶去。不可思议的是,他刚到现场,尸体就消失不见了。然后,一只山羊突然就出现在同一地方。山羊身上嵌满珍珠,闪闪发光。无论是谁,无论怎么追赶,也捕捉不到这只山羊。

据说,现在还有人见过这只山羊。只要抓住它的尾巴不撒手,它就会带你去宝石山。

"卢森堡不仅有遭遇枪杀的姑娘,还有死后变成兔子的故事。这类故事多得很。西方许多国家经常讲的,还有巫女转生时变为兔子的故事。据说,在曼岛等地,至今还不吃兔子。每个地方不吃的动物不同,有牛、白马、黑马,还有猴子、猫狗等等。譬如说猪,有很多地方就禁止吃猪。因为传说猪是人转生的。贝林格·古尔德这个人的故事里,有些就很有意思。"月子说。

贝林格·古尔德第二代或者第三代前的老祖母死后变成了幽灵,经常出现在果园、田地,驱赶偷水果的盗贼。遗属们为了安定这一亡灵,便请了七个人。在生长了几百年的枝繁叶茂的高大栎树下,这一队人与他们寻找的目标相遇了。可是,他们中的一个人因为醉酒念错了咒语。结果,亡灵化作了猫头鹰。自此以后,这只猫头鹰每天晚上就会摇摇摆摆出现在古尔德的家里,宛如白色的钟摆一般。古尔德的哥哥用枪击中了它,自此以后亡灵不再出现。

还有一个故事。

一天,贝林格·古尔德去看望一位生病的老婆婆。老婆婆对他说了句让人感觉奇怪的话。

"昨天晚上,我看到了死去的哥哥。哥哥用翅膀咚咚敲打了窗户,就走了。"

"你说什么?"

"哥哥变成了乌黑的大鸟,像乌鸦似的鸟。比乌鸦大得多,大得很。那只鸟不住地用翅膀碰撞窗户。肯定是来迎接我的。"

"怎么可能有这种怪事呢?老奶奶。肯定是你的心理作用。"

"不是的。听那声音语调,确确实实就是我哥哥。哥哥活着的时候,不是个好人,所以才没有变成天鹅。"老婆婆好像十分坚信那黑鸟就是自己的哥哥。

"英国的乡村,农民经常会唱一首歌,叫作《日落时分》。这歌唱的就是姑娘变成了天鹅。虽然每个地方歌词都略有不同,但是故事情节每个地方的歌却是完全相同。我记得,肯特地区的歌是这样的:村落避雨紧靠大树下,恋人急切赶路忙,日落时分天色昏暗,头顶白色围裙的她,被我错认为白天鹅,开枪便击中了她。年轻人啊,手拿枪又逢日暮,要小心加小心。"

"这肯特地区的歌大概是最古老的。德文地区的歌里,姑娘变成了真正的天鹅。'美丽的姑娘夜晚变成天鹅过来说,啊,我的恋人,赶快擦干你的眼泪。我不会责备你,因为日落之时我被恋人击中,才有幸进入了天国。'可这要是到了萨默塞特地区,他们的歌就更具戏剧性。有个年轻人叫吉米,他以枪杀姑娘的罪名被巡回法院的法庭问罪。就在他将被判处死刑时,一只天鹅飞到法庭为吉米辩护。据说这天鹅是一个叫波里的被害女孩转生的。天鹅真诚的话语打动了法官的心,因此吉米被判无罪。具体的歌词我记不清楚了,那首歌大概就是这个意思。"

"那么,有没有不是动物的呢?"一个会员问道。

"植物,人死后变成百合花、杉树这类的草木,这种传说在西方也有很多。"

"您是说转生为植物的故事吗?譬如虞美人的坟头长着虞美人草,诗里'香血化生草一根',就是那类传说吧?西方都有哪些?我只知道希腊神话。"

"是的。希腊神话有很多花的故事。"

"很多。比较起人变成白鼠、凤蝶,我更喜欢人转生为虞美人草、睡莲的童话故事。我觉得希腊神话中的银莲花的故事,真是太好了。银莲花是森林女神的名字。她是一个高雅美丽的妙龄女神。风神为这位女神所吸引。这件事情不知怎么被花神所知。花神是风神的恋人。这点燃了花神卑劣的嫉妒心。于是她把毫不知情的清纯少女银莲花赶出了宫殿。银莲花在原野哭得天昏地暗,后来她突然领悟到,与其这样哭天抹泪,倒不如干脆就转生为花。只要这个世界存在,就作为美丽的花草生存下去,就永远以花草率直的心接受自然的恩惠。能够如此绽放的正是这虞美人草。她表示要成为花草忘却自身的悲伤，不再做可怜的女神，要成为美丽的花草，能够如此该是何等快乐。一想到这些，女神的心就深感温馨明朗。我觉得这世上再也没有比这更美的故事了。我想，自己死后不必成为莲花台上的那尊佛，只要变成原野上的一束野菊就成。想到这些，我的内心也变得温馨轻松。"

"希腊神话真的是让人心情开朗，心胸开阔。我觉得就好像是赤足在晴天草地上奔跑。因为在他们看来，月亮、星星、动物、植物都是神仙，而且这些神仙在感情上和人一模一样，会哭会笑。"

"你这不就是自然崇拜吗？原始民族、野蛮人种不都有吗？这也就是泛神论嘛。"一名会员说。月子猛然瞪起美丽的大眼睛。

"您这是在歧视他们吗？不过，我的民间故事就是这样。过去的圣人，最近的心灵学者，所有思考人类灵魂的人们，大致都是只尊重人的灵魂，歧视其它的动物、植物。我不喜欢这种做法。人类花费了几千年，试图从各种意义上明确区分人类与自然界万物之间的差别。正是这种孤芳自赏的态度，时至今日将我们的人生变得如此空虚。难道不是吗？西方的心灵学家也是这样，他们思考的仅仅是人的灵魂不灭，他们在讲，死去的人在那个世界里仍然保有人的形体，建立的仍然是与这个世界相似的人类社会。这样的话，我感到十分孤寂。我死后，决不做那个世界的幽灵，我想成为一只红雀，一朵百合花。只有这样，活着的人的心灵世界，也就是爱，才有可能无限伸延，舒展。我才不要成为白色幽灵世界的一员呢。"

"不过，基督有时候也会变为幽灵出现的。"

"你说的是《路加福音》吧？不对的。那是复活。你好好读一读《路加福音》。"

"十字架上的热血还没有干,第三天基督就升天了。十字架上不见了主的尸体。《路加福音》第二十四章记载:身着光彩夺目服装的两个人,站在身旁,妇女们面露惧色匍匐在地。两个人对她们说,汝等为何在死者之中找寻生者,祂不在这里,祂已复活。你们想一想祂在加利利时曾与你等说过的话,人之子必将交付有罪之人手中,被钉在十字架上,第三天祂将复活。"

时雄想起的正是这一章。

"不是说嘛,你等为何在死者之中找寻生者?"

"上面是写着复活,可你看看《约翰福音》还有《马可福音》,基督被杀后都曾现身地上,那不是多少有些幽灵的感觉?"

"矢野先生,矢野先生!"月子微笑着,用紫藤花敲了敲时雄的肩头。

"刚才矢野先生说到《路加福音》的记载,如果那穿着光彩夺目服装的人出现在须弥灯会,诸位也许要受到斥责的。他会说,汝等为何在死者之中找寻生者?"

"这话,其实孔子已经说过。未知生,焉知死。"

"不过,也有些人会因不解生而自杀。如此的话,我想问问,他们知道死吗?"

"诸位是在做自杀的准备吗?诸位讨论死后的世界,看起来就好比旅行出发前阅读旅行指南嘛。"

"事实完全相反,只要死,也就没有了所谓的自己。正因为能够逃脱痛苦的生存,所以才要自杀的。不过,灵魂不灭。要是知道了那个世界也有自己的生活,反而难以自杀。欧里佛·洛兹也曾说过,自杀是罪过。据说,洛兹认识的一位年轻科学家自杀了。他的灵魂对洛兹说，自己死后被关在了那个世界类似感化院的地方。"

"真的吗？你说是感化院吗？那个世界还有感化院？"

"听上去简直匪夷所思。"

"自杀的人，都是想得到上帝的关怀的。就算这种想法不过是个梦，为什么还要说自杀是罪过呢？"

"我也说不好，也许是因为比起死，生更加难吧。"时雄看了看月子。她的面容好似竹林夜晚浮现在涟漪上的美丽贝壳。她肩头到胸部丰满隆起，好似柔软的羽绒枕，丝毫看不出她内心的孤寂。看到这一切，时雄毫无缘由地感到温暖安然。

"但是，今天有些地方非但不认为自杀是罪过，反而认为自杀是道德性的义务。斐济人坚信在丈夫的葬礼上妻子必须殉死。按他们的讲法，这是因为妻子是丈夫的附属物。据说，中非的巴雅族也视不为丈夫殉死的女人为不贞，这样的女人受到世间的排斥。听说，楚科奇人是公开自杀的，在许多人的注视之下进行。亲戚朋友集聚一堂，一边看着自杀殉死的场面，一边大肆赞扬这种行为。听说楚科奇人就是赞赏这种自杀。"

"那要是妻子先死了，该怎么办？"

"当然，男的不会去死。"

"那多没意思啊。丈夫死了妻子殉死，妻子死了丈夫殉死。要是能够郑重其事地遵守这一规定，这个世界的婚姻也许才是最为美丽的。"

"不过，这样的话，也许就没有人要结婚了。不对，也不一定是这样。因为也有许多殉情而死的。"

"行倒是行，不过结婚就太可怕了。就不该活着去殉死。其实我们和野蛮人差不多。一结婚，女人虽然活着，但就好似死在了丈夫的手里。"

"那你就不结婚了吗？"

"不，结婚。"月子突然脸涨得通红。

"我这个人死后情愿变成一株野菊，所以从来不惧怕舍弃自己。"

她满不在乎地说道，在时雄眼里，她太美了，不可思议的美。

"也就是说，你打算在还没有沾染世上的污秽之前，消失不见了？"

"我也许像小姑娘一样，说不出缘由地害怕结婚。"

"连死都不怕，你会怕——"

"矢野先生不是说过吗？比起死，生更难。"

"你这是在转移话题。也就是说你是那喀索斯了，那个看到森林中泉水的那喀索斯。是不是？"

"怎么会呢？那喀索斯是男的。是个幸福的自我欣赏者。"

这一来，话题又转到了希腊神话中花的故事。

水仙花——此前，有一个美少年被称作"那喀索斯"。他散发着清纯的芬芳，凡是见到他的少女，没有不为他动心的。但是，他的心像水晶一般冰冷。他从来不曾将他美丽的目光投向那些倾慕他为他而来的少女们。有一位预言家看到少年后这样说：

"他在看到自己的容颜之前，能够尽享生的快乐。"

一个盛夏的日子，那喀索斯出去打猎，喉咙干渴似火。在森林的深处，他找到一眼清水充溢的泉。他饮用泉水，面露不曾让少女们看到过的微笑。他突然看了一眼水底，发现一位绝世美人嘴唇湿润，正在看着自己。几百上千的少女，都不曾让他动心，这泉水之中的人第一次拨动了他的心弦。

他用炽热的语言向泉水中人倾诉。可是，对方只是模仿他的动作，一言不发，并不作答。他苦苦思恋这位美人，不肯离开泉水旁边。两三天后，那喀索斯精神恍惚起来。他伸手去抱美人，美人也从水中抱他。结果落水，溺水而亡。他根本就不知道那水中的美人就是自己，为思恋自己而最终丧命。后来，泉水边上，绽放出如美丽少年一般好看的白色花朵。这就是那喀索斯的魂灵。所以，人们将这种花称作那喀索斯，也就是水仙。

白蔷薇——在很久以前，伯利恒的一个街镇上，有一位美丽的女人因犯罪被执行火刑。她被捆绑在木柱上，周围堆满如山一般的木柴，可是点燃了火，火焰却点不着木柴。非但如此，而且火种屡屡熄灭。就在众多围观者为这件不可思议的事件震惊之时，被绑的女人化作了一朵白色蔷薇。她以此向上帝申诉，表明自己清白无瑕。

雏菊——有一个美丽的森林精灵，叫做维利吉斯。一天，她在森林中和丈夫跳舞。观看的人们都看呆了，如梦如痴。其中有个年轻人，叫别尔特姆纳斯。从那一天起，他魂不守舍，每天紧紧地尾随在精灵的身后。精灵是个和善温厚的女人。她不忍断然拒绝年轻人的执着追求。但是她已有丈夫，令其苦恼不已。最后，她觉得如果自己变成花草的话，那么也许会逃出年轻人的视线。于是，雏菊就成了这位精灵的新形象。

福寿草——那是在寂静的森林里。美的女神维纳斯正在水塘旁边转悠，突然发现了一位打猎装束的少年。这少年腰别弓箭，威风凛凛，肌肉强健，鼻梁高挺，眉清目秀。维纳斯毫无顾忌，大步走到他的近旁，突然就与之尽情接吻。少年叫做阿多尼斯。这对他来讲是初恋。维纳斯非常爱这位少年,尽管自己不善打猎,但是还是手挽弓箭、时常随少年去打猎。

可是,一天,维纳斯随诸神一起上天上去了。她不在家时,阿多尼斯去森林狩猎。他看到一头野猪正在吃草,便将弓弦拉成满月形,接着放出去了箭。箭没有射准,射到了野猪的背上。这头大野猪不仅没有畏缩逃避,反而向他径直扑来。阿多尼斯大吃一惊,急忙放出第二箭,但已经晚了。野猪的雪白牙齿戳透了美丽少年的身体。

维纳斯在天上听到了恋人的痛苦叫声,便马上赶了下来。然而,少年已经气绝命亡,惨不忍睹。女神俯在少年身上,哭得死去活来。过了许久,她突然抬起满含泪水的眼睛,发现淌落在周围的阿多尼斯的鲜血,已经化作一片绽放的美丽黄花。阿多尼斯的魂灵成了福寿草。

月桂树——河神珀纽斯有个美丽的女儿叫达芙妮。凡是见到这位妙龄少女的人,都会为她勾魂摄魄。阿波罗神自然也不会放过她。但是,纯洁的达芙妮厌烦阿波罗神天天向她示爱,于是便请求诸神将自己变成了月桂树。后来,当森林里一个处女也没有的时候,唯有达芙妮保持了自己的清纯。阿波罗抱着月桂树,亲吻树叶,头顶树枝,叹息悲哀,但也奈何不了变成树的女孩。

风信子——雅辛托斯是一位英俊的年轻人。深受太阳神阿波罗的宠爱。可是,风神仄费罗斯也暗恋这位年轻人,而且内心妒火升腾。一个晴空万里的日子,阿波罗和雅辛托斯来到院子里,亲密无间地玩起抛铁环的游戏。仄费罗斯在一旁的树荫下看着他们,心怀恨意。就在阿波罗把铁环高高抛向空中时,风神猛然刮起一阵大风。

铁环被刮走击打在雅辛托斯的头部。阿波罗赶上前去，抱起了他。但他已经气绝身亡。阿波罗紧紧抱着没有血色的苍白尸体，不忍就这样离去。于是，他把可怜的美少年变成了花的样子，作为永久的纪念。这就是今天的风信子花。

"不过，我觉得，同样是转生，希腊神话的花故事，和佛教的因果故事感觉完全不同。"时雄说道。

"非常明朗，就那么轻松地变成了花草。"

"你是说，直接就死了？"

"你又要说自杀的故事吗？您看起来很有要死的样子。"

月子太美了，美到让人担心她真的会死去。她并不阴暗，也不苍白。可她的双眼过于明亮，流露出智慧的悲伤。而她那女性的温柔试图遮掩这一切，令人怜爱心痛。男人看上月子一眼，顿时就会手足无措，不知该怎样对待如此美丽之人。过了一会儿，他们会觉得与其向她倾诉爱恋，倒不如同她讲讲死，这样或许更为适合。说到底，人有一个可怜的习惯，往往会将自己难以接近的高雅之人与死联想在一起。时雄怎么想也想象不出她恋爱的模样。这或许说明他在爱恋月子。但是，她不会让他表白自己的爱恋之情，甚至就连让他感觉自己爱恋她的机会都不会给他。不，也许她不经意间给过他许多这样的机会。而她太美了，自己没有看到这种机会。

"如果你自杀的话，世间大概会觉得你像那喀索斯一样，是因为爱恋自己的美丽而死。"时雄压抑住险些脱口而出的故作姿态的话，说出的话更为恶毒。

"接着刚才我的故事讲。要自杀的话日本也是一个不错的国家。因为在日本，就像我刚才提到的，和野蛮人一样也有个毛病，就是会对自杀的人表扬抚慰。印度是佛教的正宗,可亚拉巴马的印第安人,只要是自杀者的尸体,他们就不掩埋,直接扔到河里。有的人干脆就把尸体抛在野地里,让野兽吃掉。自杀者的亡灵永远无路可寻,四处游荡。也就是说难以成佛。哥伦比亚的汤姆孙印第安人,就是这样认为的。秘鲁岛也不会把自杀者葬在祖先的墓地,而是埋在他们自杀的地方。据说柬埔寨的某些地方的人是把自杀者运到遥远的森林里埋掉。这一切都来自他们的信仰,他们认为自杀者的魂灵是极为不祥的,所以不该让他们在那个世界里与普通的死者的魂灵交往。"

"这还算是好的。大概是四五百年的事了。据说在苏格兰的爱丁堡,女人要是投水自杀的话,就要把她的尸体背朝上揪拽着游街,之后再吊在绞首架上。在法国也是,一直到十八世纪为止,自杀者都会被游街示众,然后倒吊起来扔进水里。在苏格兰海岸的一些村落,不容许自杀者的尸体葬在能够看到海与田地的地方。据说,自杀者的亡灵作祟,将会把饥荒带到大海、田地。同样是在苏格兰的海岸,自杀者会被埋在寺院的院外,凡是经过那里的人都要向他们扔石头。另外,决不允许女人走在上面。因为走到上面的女人,她们的孩子也会自杀。"

"不要再说了,已经够了。您这种说法,好像我马上就要自杀似的。不过,在日本,对那些'无缘佛'还是要施食供奉的。"

"谁知道呢?那也是说不准的。盂兰盆节的迎魂,也是在真宗佛教进入盛期之后。更何况还有柳田国男先生的学说,据他说,盂兰盆节可能是为了驱赶亡灵。点燃火把,撞钟敲锣,跳舞游行,都是要烦扰亡灵让其无处可待。有时还会打枪吓走他们。这都是因为他们觉得死灵的阴影会蔓延村落街镇，会使疾病流行、作物遭灾。听说西方的万灵节就相当于日本的盂兰盆节。"

"伊奘诺尊扔扗子，立手杖，划出一条与黄泉之间的界限。这好像就是日本人原本对死者的认识。"

有的村落破壁扩大窗户，由此处抬出死者的灵柩。有的地方则在客厅的榻榻米上滚动竹筐、石臼，借此确认眼睛看不见的死者灵魂是否躲藏在家里。有的地区在送葬的归途，要特意绕远涉河水而归。从墓地归来时，将草鞋的细绳带剪去扔掉，这些也并不鲜见。无论是什么地方，人们都要在送葬归来的人身上撒盐，然后才让进入家门。这些习俗都是表示要与死者的亡灵切断关系。这与伊奘诺尊扔扗子，立手杖，设立与黄泉国之间的边界的传说，是同样的道理。另外，东京举行葬礼时使用的被叫作"玉串"的杨桐木杖，在内乡村举行河内号军舰殉难者葬礼时，柳田国男先生看到过叫作金刚杖的竹扗，这些东西都是咒语，以此阻碍死者亡灵再次返回生前的家庭之中。时雄说完后，又道：

"日本自古以来就有这种嫌恶死者亡灵的观念。它以各种形式流传下来。是不是？"

"那倒是啊。"有个人笑话时雄，"无论是哪个国家，大概都没有哪个人种喜欢死人。"

"不过，也不见得。确实如此，看到死尸，没有哪个人会心情舒畅的。可是，是不是可以把死人的魂灵和令人嫌恶的死尸分开看呢？"

"那是当然了。否则就没有宗教和心灵学了。"

"所以说嘛，日本这个国家，首先从神话就尊重死者的亡灵。住在高天原的所谓百万神其实就是先祖的幽灵。尽管这个国家崇拜先祖，但自古以来嫌恶亲属亡灵的观念也是有的。这和刚才提到的没有两样。"

"这就像有地狱和极乐世界，是一回事。合邦辻的净瑠璃里面不是有句词嘛，说越是血亲越可怕。譬如说，恋人去世不在了，我们盼望他的魂灵上天堂活在那里，希望他重生复活，这都是人之常情。不过，要是他成了幽灵出现在我们眼前，一般而言，我们都会吓得逃掉。怎么可能抱着他睡觉呢，除非是《雨月物语》那种怪谈。"

时雄看着月子的眼神慌忙躲闪开来。她试图掩饰自己的羞涩，故意装作不在意"抱着他睡觉"这句话。但是，她意识到自己在有意掩饰羞涩，突然感觉很难为情，所以便轻言细语地说：

"那么诸位特意到这么僻静的旅舍来，就是为了讲怪谈喽。各位起了个'须弥灯会'这么艰涩的名字，实际上就是怪谈会嘛。"

"当然是怪谈了。可对你来说，这就是民间故事会。是不是啊？"

"欺负人。"

"总而言之，我们这就是个可怜的知识分子的聚会。我们是'看到幽灵原形枯芒草[①]'了，疑心生暗鬼。你看啊——"说话的男人把酒盅伸到月子眼前，然后环顾摆在和式客厅的小餐桌，大笑道：

"我们这些家伙，吃着刺身，喝着大酒，探索的是死后的魂灵。真是不能脱俗。"

"喂！别笑了，笑得那么假。"

"人生本就空空如也，就像一队激情满怀的士兵在生与死之间

[①] 日文原文为"幽霊の正体見たり枯尾花"。意思是原以为是幽灵，没想到不过是枯萎的芒草。与中文的"疑心生暗鬼"意思相近。

架桥似的。就算你相信这话，在马克思的无神论面前也不过是螳臂当车罢了。马克思主义者青野季吉就说过嘛，西方很流行神秘主义，可那不过是知识分子胆小鬼喜欢的逃避场所。但是，这点就连天主教的和尚们都知道的。好比是牵牛花——"

"您说的是牵牛花吗？"

"什么？我说过牵牛花吗？我可没打算把唯物论比作牵牛花。"那个男人吞吞吐吐地说。

"但是，无论是唯物论还是唯心论，都会碰壁，也会开辟新路，这就和牵牛花一样，一会儿开放，一会儿凋谢。对吧？说到底，毫无疑问，我就是一个迷茫的知识分子。我既阅读社会主义的书，也来这里听须弥灯会的故事。"

"所以呢？"

"你要问所以呢，我还就说不出来了。也就是说，我就是那朵牵牛花。"

"那样的话，您就做您的牵牛花吧！"

"可是，我和你不一样。我可是不会做那一株野菊花的。"

"您说什么呢。那可是童话故事呦。"

"那我这就是怪谈了。就说这灵魂不灭的学说吧，我觉得还是那种吃血淋淋牛排的洋鬼子，他们的心灵学家的研究有意思。人家说，即使死了，在那个世界自己仍然是原来的样子。那叫做人格不灭。"

"不过，你这灵魂的解释也太狭隘了。我觉得，在灵魂世界里，会更为广阔，会更为自由。"

"如果从佛教涅槃的教诲来看，确实如此。不过，最近的心灵现象研究，不再是宗教、哲学，而是一门科学。西方的心灵学家相信，它不是心灵之花，而是科学。这门科学所确认的死后的灵魂，好像具有灵体，这灵体与活着时的形态非常相似。他们认为，在彼世，不仅早死的孩子，就连流产的婴儿都会成长发育。至于你所喜欢的轮回转生的说法，现在的心灵学还没有得出结论。"

"那么，矢野先生。"月子对正在观看竹林的时雄又叫了一声。

"灵魂是个体的人格，即使死了，它也摆脱不了活着时的形态？刚才，您说过，人嫌恶尸体，但热爱死者的魂灵，身体和魂魄完全不同。"

"但是，爱死者的灵魂，这就等于承认了灵魂是个体的人格。所谓的灵魂不灭，就是你可以确认在彼世活着的依然是你。不论怎么讲，灵魂仍然带有我们这个世界的尾巴。佛教把此世的生活叫做'业'。他们认为这个世界的爱、憎都附着在灵魂上，相随到死后的世界。虽然相隔着死，但父母儿女仍然是父母儿女，即使到了彼世，兄弟仍然还是兄弟。你可能觉得这种想法浅薄。不过，活着的人的人情就是如此。西方的死者魂灵所汇报的彼世状态，大致都是这样。这也许是活着的人的幻觉。反正我搞不懂。"

"要是那样的话，就真的太没意思了。"月子脸色发白，低下头。

"不过，亡灵热爱留在此世的孩子、恋人的故事，还有怨灵作祟的故事，真的是多如树叶。说起树叶，我想起一个故事。你看，我又要讲怪谈了。"刚才的那个男的说道。

"有个怪谈，说的是一件发生在连接此世与彼世的桥上的事情。这桥叫'长柄'，大概就是大阪的长柄桥了。有个叫福来秀次郎的人，他开了家卖糖的店铺，店名'大将饴'——"

这"大将饴"每天营业到深夜，就是为了在其它铺子关门休息后,能够多做几笔买卖。这一天,十一点半左右,周围安静下来,不见人影,来了一个三十岁上下、十分优雅的夫人模样的女人。她每次走出店门,一点声响也没有。就像一缕烟似的飘走了。对此,秀次郎感觉很奇怪,可后来每天晚上快关门的时候,这个女人都会来。走路不出声响,就令人感到奇怪。更让人觉得奇怪的是,秀次郎每次睡觉前清点当天销售所得现金时,都会发现钱箱里有一片大茴香叶子。如果是偶尔一个晚上,那也许是给风刮进来的,可是每天晚上都是如此。店老板把一个名叫市松的看店小学徒叫来问了问。市松说他什么也不清楚。接着店主又问,有没有你觉得奇怪的顾客呢?市松说,确实是有个如此这般的女人。这一来,店主认定了就是这个女人干的。

"可是,哪会有人傻到会把大茴香叶子当钱收呢?"

"是啊,老爷。要是知道是树叶的话,谁会收呢?"

"那你从这个怪女人那儿收的是什么钱?"

"每次都是一张十钱①的纸币。"

这就更奇怪了。于是,他们做好准备,打算在当天晚上扒开这妖怪披的皮。那女人仍然按时来了。她给了钱,买了一包竹叶包的糖。那钱,怎么看也是十钱纸币。不过,这天,他们没有直接放到钱箱里,而是放在了柜台桌子旁边。女人走后,这钱果不其然就变成了大茴香叶子。糖果店的老板浑身发抖,觉得这一定是幽灵现身。老板娘听了事情的来龙去脉,满不在乎地说道:

---

① 货币单位,为一日元的百分之一。

"这个世界哪有什么幽灵！明天晚上，我去看看。"

可是到了第二天晚上，人家递上确信无疑的十钱纸币时，明明知道这钱会变成大茴香叶子，老板娘还是不得不收下，对人家说谢谢。不过，这个叫市松的小伙计，可是个傻大胆。到了第二天晚上，他怀揣短刀，紧跟在女人后面。绕过平冈医院的拐角，再从杂货店向左拐，然后一直向前走，便是一片荒凉的原野。我不熟悉大阪，可人家是这么写的。再往前，就是长柄墓地烧死人的烟囱，恶魔般地矗立在那里。墓地的后门就在附近，女人一阵风似的走了进去。然后，在墓地南面的角落，像烟似的消失不见了。市松认定就是这里，便过去一看，原来是一个埋葬死人不过十天的墓。这从挖掘出的土的颜色就可以知道。另外，新墓碑上写着的"山本政子"的墨迹还是新的。

可是，也不知道是从哪里传来了婴儿的哭声。就像有人在地狱里生产了似的。市松竖起耳朵仔细一听，原来哭声是从这谜一般的墓地下传来的。于是，市松第二天到管理这墓地的寺院去，把买糖的事情，还有婴儿哭声的事情说给了寺院的和尚，并且求和尚挖开那坟墓看看。寺院的和尚也心有疑惑，埋葬那女人的第二天，他们就隐隐约约听到了婴儿的哭声，一直不解。这墓主是一位住在北梅田的女人，死在临产的日子里。去年夏天，她的丈夫撒手人寰，身边一个亲人也没有。和尚觉得她可怜，便将她葬在了墓地的角落。她是个无主的亡者。

后来，他们马上报了警，挖开墓。结果发现，棺柩里满是血，果然是有个浑身是血、活生生的婴儿在哭。原来是母亲死后生出来的。那母亲和来买糖的女人长得一模一样。听说，那婴儿后来被人收养，长得很结实。

"把树叶伪装成十钱纸币，用来买糖，这和经常听到的狐狸化身所用的手法如出一辙，让人难以置信。可是这故事写得就跟真的似的，很容易让人相信。我还记得有这么一段。埋葬在坟墓里的死尸居然生出了小孩。而且，母亲即使变成了幽灵，也必须养育生下的孩子。如果这是真的，生命出生在这个世界上，该是多么了得啊！我反而要憎恶生命了。因为糖果店的故事虽然很可疑，可烧死了的母亲腹中生出仍然活着的婴孩，我实际上是看到过的。是东京大地震那天在隅田川岸边看到的。一想到我们也是在那个时刻被那么强大的力量生出来的，不知为什么，心里就觉得别扭。干什么要生孩子呢！"

"是啊，真是的。"月子的目光好似燃气的火苗，颤抖游移。

"不过，这出生又该是谁的责任呢？"

"释迦牟尼不是有很多说法吗？"

"是的。可我觉得比起亲子关系，这兄弟姐妹的因缘才最不可思议。"

"'你这家伙到底是从哪儿来的？'，'为什么你要和我一样来自同一个母亲！'话说，你有兄弟姐妹吗？"

"我有妹妹。"

"比如说，你憎恨你妹妹——"

"不，不是你想的那样。"

"对不起。我讲讲我的事情。我的弟弟是个白痴。一辈子都是我的负担。我抚养一个白痴，本来是小菜一碟，轻松至极。当然，这个白痴得是个与我毫不相干的人。说老实话,我照料他大概正是因为他是自己的弟弟。可他如果不是我弟弟,那就是施舍他人,那该让我多么舒心畅快啊。可是,我们没有能力改变现实,兄弟姐妹这种连带关系就好像自己手上的指纹,就算你厌恶它把手指的皮剥掉了,新长出的皮上还会出现同样的指纹。自己是难以将其消除掉的。"

"那您就断指切掉嘛。"

"你说杀了我弟弟?"

"怎么能呢?那太吓人了。"

"没事的。其实我一直在这么想。我也想过干脆自己先死掉算了。"

"可是,要是原本是兄弟姐妹,可有一方却不知道,那会怎么样呢?"

"原来如此。这我还真没想过。毕竟我弟弟的脑袋瓜不是普通人嘛。"

"我可不是这个意思啊。"

"不,不。我说的是真的。我弟弟称呼我时,总是'阿安、阿安'的。我一直以为这个发音是哥哥的意思。现在看来,这也许是一种含糊不清的词语,譬如'喂,那个人'。他可能并不知道我是他哥哥。我是不是要问问我弟弟,这个阿安到底是什么?可就是问他,他也未必知道。"

"不过——"时雄打算用这种男人式满不在乎的话语给月子一个台阶下。

"这种情况,父母的幽灵也许就会出现了。经过过世父母的引见，兄弟姐妹相逢的故事，不也是多如牛毛嘛。"

月子低下头，拢了拢两鬓的毛发，不敢往上看。如果鸟子父亲的魂灵知道了鸟子是月子的妹妹，该怎么办呢？自己对两个人的父亲的魂灵犯下了可怕的罪过。

"我要讲的，跟你讲的故事差不多，不是什么怪谈。这是小说家小寺菊子写的，好像是根据确实无误的事实所写。故事讲的是，在女儿的梦中，父亲站在她的枕边，告知了自己的坟墓在哪里。"

月子大惊失色，望着时雄。

小寺菊子写的故事是这样的：

阿秋的母亲嫁到了横须贺，但丈夫品行恶劣，道德败坏，阿秋的母亲忍受不下去，便在第二年回到了娘家。在娘家生下阿秋之后，母亲就再婚了。阿秋在母亲娘家长大成人。她一直很想知道自己的生父是谁，女校毕业结婚以后，这个念想也没有放弃。她去问外祖父母，他们总是说她父亲年轻时生病死了。但她并不相信。就这样，她念念不忘自己的父亲，于是便经常在梦中见到父亲。但是，梦中父亲每次都不同，她也弄不清楚究竟哪个是真的。但是有一个梦里，她和父亲明显有过交谈。这个梦是今年她和丈夫商量去哪里避暑那一天睡觉时做的梦。

梦中，阿秋一个人在海边的街镇漫步。她知道那里是三浦三崎，虽然她从来就没有去过那里，但她知道那儿就是三崎。她心想找到了一个好地方，要赶快回去告诉丈夫，便拔步返回。就在此时，一个脏乎乎的老头儿从对面走近她，面对阿秋鞠躬施礼。阿秋打算走过离去,可老头儿抓住了她的衣袖。

"不要跑。我是你的父亲。我虽然衣衫褴褛,但是决不会给你添麻烦。我年轻的时候任性妄为,不管不顾,让你的母亲遭了罪,老天惩罚我,让我曾经堕落成乞丐。"

老头儿说着说着,流下了眼泪,阿秋也随着哭了起来。

"那,您现在住在哪儿?"

于是,两个人漫无目的地走着,忽然老头儿在石阶前停下脚步。台阶两侧的石栏杆已经坍塌,他们上了台阶,走进门内。里面有一条石板路,胡枝子、八角金盘枝叶繁茂。往右拐,可见陈旧的铺板低台[①]。从这低台上去往左拐,便是八叠榻榻米大的和式客室,里面则是内间。檐廊铺着桔梗花纹的漂亮花席。在老头儿的引领下,她来到那间客室,一个五十岁左右的老太太端上了茶水。种植着枝繁叶茂的石榴、八角金盘的庭院正中间,有一池水,水中金鱼嬉游。在此阿秋与父亲闲谈之时,从梦中醒来。

这似乎是个应验之梦,于是阿秋和丈夫一起到三浦三崎一看究竟。就这样,他们最终找到了梦中的石阶。原来那里是一座古寺。石板路、胡枝子和八角金盘、铺板低台、桔梗花纹的花席、石榴和八角金盘、池水中的金鱼,所有的一切与梦中完全相同。正在他们目瞪口呆时,同样有一个五十岁左右的老太太给他们端上来茶水。仔细问了问寺院的和尚,这才知道阿秋的父亲沦落为乞丐后,来到这所寺院,后埋葬在这所寺院的墓地里。

[①] 和式房屋玄关入门处铺设的略低于房间地面的地板部分。迎送客人的地方。

"人家是跟这里的和尚详细了解之后才写的,不能说是撒谎骗人。"

"这故事太可怕了!"

月子自言自语道,心情放松下来。

妹妹菊子的生父要是把自己的坟墓告诉了菊子,该怎么办呢?不,那个人可能还活着呢。月子平时也并非没有想过,希望他干脆死掉。可他也许还活着。无论是活着,还是死了,只要那个人把自己这一存在告诉给了菊子,就意味着月子和菊子培育出来的柔弱花朵所在的温室玻璃将被敲碎打破。

旅馆前的白色道路不见行人,静得像是死去了似的。对面森林像是一块破烂的幕布,垂落在那里。月子自那以后,好似沉重的树叶,垂着头一声不语。沿着从红土丘开辟出来的道路,时雄和月子并肩走向鹤见车站。车只有三四辆,年轻人只好步行。月子突然说道:

"我很愿意把所有这些都看作故事。这大概是因为我太软弱。不过,我也是有真正的故事的,那就是我的妹妹。刚才讲到,《维摩诘经》中有云,香积佛国有香树。对于我来讲,妹妹就是那棵香树。坐在妹妹旁边,妹妹的香气会让我觉得身处于童话故事一般。如果是给你,那我愿意献上这香树。只有喜欢故事的人,才会真的爱我妹妹。"

海之火祭

返回伊豆女佣介绍所的女人多了起来。不管是白天还是黑夜，只要踏入介绍所的大门，她们立刻就像香肠似的倒卧在地，二话不说就睡着了。就是把她们摇晃起来，她们也懒得打开自己带回的包袱。打开的行李散发着忙碌的夏天的汗味。不，也许说是秋天的味道更为合适。这种味道会让她们想起药的气味。现在新的雇主已经很少来了。即使偶尔有，也是有病人的家庭。

某个保险公司租借的房子上，贴出了第一张出租告示。这房子矗立在三条小路交汇的一角。门前有一块三角形的空地。在那块空地上，经常可以看到身着游泳衣的男男女女在投掷草籽嬉闹。二层的栏杆处，也总有男男女女并排站着聊天交谈，俯看下面的道路，就像是晾衣架上晾着的洗好的衣物。看那样子，好像是公司的职员和女办事员轮流着来这里度假，在海边玩上一个星期就回去。这么多的年轻男女，像是被扔在如此狭窄房子里的花束，乱糟糟一团，该不会出什么事情吧？从下面路上走过的人们，抬头望着女办事员们好似娼妇的化妆盒般的脸，心里会突然生出这种怪怪的感觉。不过，这就是夏天的海边。二层楼上防雨护板不再明亮，上面贴的出租房屋的告示却崭新。摘下房前空地的草籽，放在手里搓搓，草籽的颜色就会沾到手上。

海滨的沙滩上扔着许多触网带来的海蜇。新一蹲在上面正要闻闻它的气味。弓子向前推了他肩膀一下。

"讨厌。"

"对秋天的东西，你都是这么厌恶吗？"

"你怎么会闻这种腐烂东西的味道呢？可不像你啊。"

"你这么说，那真谢谢了。"

"所以嘛。"弓子单脚站立转过身子，望着大海吹起口哨。近海处，伊豆时隐时现，三崎露出了头。暮霭从伊豆半岛飘来。

"所以嘛，回东京去吧。"

"回东京？"

"原因很多的。"

"首先是什么？"

"我想想。我要是再被日晒，到明年二月份也不会变白。"

"哼。既然如此，为什么要我和你一起回东京呢？"

"你怎么这么说啊。"她声音娇滴滴地扑到新一的怀里。他无法装作没有看到她的眼神。

"在逗子的酒店，我们必须住在不同的房间嘛。一个二楼一个一楼。另外，酒店的人都察觉到了我们的关系。"

"这种事情，你还在乎吗？"

"不回东京，去镰仓的酒店也行。"

"到那儿的话，我们就得住一个房间了，就像前段时间那样。——能让男人和女人在一个地方安安静静相处的，只有夫妻的坟墓了。能让他们不争不抢坐在一起的，只有在火车或者电车上了。

要让我说,夏天的海滨就好像是一辆特别快车。"

"你是不是想说,你和我下车的车站不同,只是碰巧坐在了一起。我太知道你了。"

说着,她眼眶湿润,显得有气无力,就像是被水打湿的一面旗子。

"另外还有,月子小姐从镰仓到了逗子嘛。"

酒店下沙滩的石阶上,肩并肩地蹲坐着游客还有酒店的服务生。看到他们,新一把弓子一个人扔在海边大步走去,那架势就好像是从一棵柳树边离去一般。院子里的人围着一个小桶,桶里大概是服务生钓来的小鱼。里面的小鱼有黑鲷、章鱼、乌贼等等,在浑浊的盐水中有气无力地游动。新一探过头看了看,便大步下了石阶。

弓子没有叫住新一,木然地握住草地上藤椅的靠背,身不由主地就坐在了上面。她脱掉草履,光着脚踩着草地,俯看海滨上的新一。草地还残留着白昼的余温,草叶上柔软的刺扎到脚底,暖暖的。她眼眶感到一阵发热,慌忙将草履穿在脚上,尾随新一赶了上去。

"我知道你为什么一到傍晚就要去海边走走。"

"你为什么要紧跟在我的后面,我也知道。"

"你是不是在想,月子小姐该不会又骑马出现在海滨吧?不过,你这也太胆小了,为什么不直接去月子小姐的家呢?别看你笑话我,说我像条流浪狗似的战战兢兢尾随您,可你的事情我也知道。朝子告诉我了。她说,前段时间你到月子小姐家给她看门来的。还说,那次朝子正好去玩,在二层和你打麻将了。"

"那大概是哪个小流氓假借我的名字去的吧?"

"刚才说的都是瞎话,不算数。可就连你都是这么爱虚荣,真是可悲。话虽这么说，月子小姐大概还是有短处被人捏在手里，就是那种假借你的名字的小流氓都能得手的短处。在海滨旅馆跳舞的那天晚上，你是怎么了？"

"你想听吗？"

"当然了。不过，那件事，朝子跟我说了，我知道了。"

"就那个长得像昆虫的小丫头——"

"你是不是要说，她能知道什么？行，那我问你，你知道当时她和谁在打麻将吗？"

"我也不是千里眼。我连门都没进，就被赶走了。"

"月子小姐和朝子，这你知道了。还有两个人，你想都想不到，矢野时雄还有——"

"你说有矢野？"

"当然。"弓子兴奋地睁大眼睛，死盯着新一。

"你是说矢野到月子小姐的家里了？"

"这么说来，你来这儿的酒店不是正好吗？"

"矢野和月子小姐在一起，正中你的下怀。对吧？"

"所以说，你真不要脸。"

"一听到矢野的名字，你的眼神就变得吓人，这太奇怪了。"

"而你呢？满脸都是得意洋洋的神情。明明是你自己抛弃的初恋情人。"

"另外，听说还有一个，就是月子小姐的妹妹。在镰仓的舞厅，你闲聊时不是说，月子小姐和朝子小姐两个人在日光吗？就是那个菊子小姐呀。朝子小姐当时说，菊子小姐也许要和矢野先生结婚。听说后来，在放灯笼那天，她和矢野先生一起从日光赶到了江之岛，因为她梦到了月子小姐要自杀。"

新一紧张地扭过头,好像挨了一击。

"你看你,真是大吃一惊啊!看你这神色。"弓子将脸凑近,恨不得把新一突然变得惨白的神情毫不遗漏地放入自己的眼里。

"听我说,你听我说。你让那位先生遭受了月子小姐必须死去的那种不幸。"

新一说完便扭头向御最后川的方向走去。他躲开散落在沙滩上的贝壳,穿过海滨浅滩的积水。傍晚风平浪静,轻缓的波浪冲刷着他的木屐,他没有躲避,毫不在意。

"被你爱着并感受到幸福的,也只有我了。你记得镰仓酒店的那间房间吗?我在那儿说过的,实在想象不出,如此明亮的房间中的我会遭遇黑暗的不幸。我至今还是这么认为。你只要使天生能够获得幸福的女人获得幸福,也就足够了。我觉得,最终也只能听天由命了。"

"你知道幸福是什么吗?所谓不幸,指的就是这个世界上寻求幸福的人。"

"是吗?矢野也跟我说过同样的话,在向我求婚的时候。"

"又是矢野?那家伙小说里写的词句,我或许还记得些。"

"你就是情感的强盗!你是不是认为,只要得到了男人的感情,女人就会幸福。看看鸟子。再也没有比她可怜的了。她和那些遭到闯进屋子的强盗整夜凌辱的人,是一样的。所以说嘛,月子小姐要是得到你的爱,也许会变得不得不去死。强盗是不会了解他闯入的人家的状况,也不会在乎的。譬如说,她爱慕着矢野——"

"你说什么?"

"你用不着跟我瞪眼。这不过是我的联想。刚才不是说了吗,矢野或许会和菊子小姐结婚。据说,月子好像打算促成这桩好事。我这是从朝子那儿听到的。听说,这个夏天矢野去了伊豆的山上。"

"又去了?"

"是啊。你知道为什么又去了?因为那是我的家乡。他去那儿,看看我回没回父亲那儿。他一年总要去那儿一两次的,都持续好几年了。他就是这种人。"

"这就像在蜕下的皮壳旁边空等蛇来一样嘛。"

"不要恶语伤人。无论是谁都不能说他坏话。"

"那你回家乡不就得了嘛。"

"可是,我已经抛弃了矢野。抛弃这词,说得口气太大,不合适。应该说,我是从他那里逃了出来。他是我舍弃的人,现在一个人孤孤单单。所以——"

"以后,你会总说自己被抛弃了吗?"

"另外,谁让他差点儿和菊子结婚呢!听说,是月子小姐特意把在伊豆的矢野叫去的。让他去她妹妹的地方,日光的鬼怒川温泉。可以肯定,月子小姐就是想让他们两人在一起。所以我觉得,说不定矢野和月子小姐俩人,其中一个已经喜欢上了对方,月子小姐因此担心害怕,才这么做的。"

"怎么可能呢?那么的话,她妹妹不就成了玩偶了。"新一愤愤地说。就在此时,一匹健壮的英国纯种马从松原方向飞奔而来,在他们两人眼前一跃而起。马上的女人像一片白帆从他们眼前一晃,飞掠而过。

栗色的马迈着赛马般气势汹汹的袭步,在沙滩上划出一字形。

其速度之快，让人无暇看到骑马的女人。她手持缰绳、俯卧身子，前胸隐藏在马背隆起的腰部。新一他们看到的是她的背影。如波浪般飘然飞奔的马上，白色骑马装束的身姿好似降落伞一般展开。

新一刚要飞跑出去，便被弓子挡住。

"我不让你去！你觉得你跑得比马还快吗？"

"躲开！"

"你弄疼了我！"

弓子被新一宽厚的胸脯顶到肩头，一个踉跄，一只手又抓住了新一的胳膊。

"那是鸟子，不是月子。"

听到弓子的话，他这才泄了气，停下脚步。此时，那马却轻松伸展四蹄，腾空跃起，然后突然用力缩起身体。紧接着，又踢起沙尘跃向空中，不时发出阵阵蹄声。这声响自远处激荡着新一的心胸。毫无疑问，这就是那匹一直践踏他内心的梦幻之马，还有它的蹄声。

"一定是鸟子。月子小姐根本不可能像她那样，跟个赛马骑手似的骑马。你不是已经和鸟子断了吗？难道只要鸟子骑上马出现在你面前，你又会喜欢上她？就像上次那样。"

"要是那样的话，你也去骑马俱乐部学学不就行了吗？"

"我去学。不过，骑马俱乐部可不成，太简单了，我得给著名骑手做养女。"

"行了，别嘲笑人了。"

"我可不是嘲笑。鸟子不就是骑手的女儿吗？所以才骑得那么好。"

"是吗？"

"嗨，您不知道啊？"

"不知道。她从来没说过自己的身世，一句也没有。"

"所以，她才让人讨厌。她这个人，太好胜，不可理喻。而且，总是摆出一副大家小姐的派头。人家是骑手的女儿嘛。她经常出入月子的家，骑她爸爸的马。听说，她爸爸在新潟赛马时落马死了。从此，鸟子就被月子家收留了下来，在她们家生活。所以，她不是管月子叫小姐吗？"

"所以，你是想让我看不起她？"

"你何止是看不起啊，你不是已经侮辱过她了吗？她父亲从马上掉下来死了。而且，她还被你误认为月子，让你这个强盗夺走了她自己最为重要的东西，完蛋了。就因为她在骑马。"

"鸟子小姐可没有你说的那种愚蠢想法。"

"那她为什么还要骑马呢？是中了马的邪吗？说不定还会出什么事情呢。"

"你是说从马上掉下来死掉？"

"怎么这么说？"弓子吃惊地望着新一。

"我没有这种意思。你也不可能憎恨鸟子的，对吧？"

马刚到沙滩西端，便放缓了脚步，回转过头。然后，它前脚高高抬起，弯成钩形，做出一个漂亮的敬礼姿势。转瞬之间，它又如闪电一般以袭步向新一他们的方向奔来。

"跑回来了。咱们走吧。一定是鸟子。"

但是，新一一动不动。自从海滨酒店跳舞那次以后，他再没有见过月子和鸟子。马飞奔到距离心惊肉跳站立着的新一五六间处，那马上的女人突然抬起头。与此同时，只看到白色骑马服一晃，她便像被击中的仙鹤一般,被抛向沙滩。两个人不由得惊叫一声,急忙赶了过去。

用时雄的话说,菊子就好似身穿彩虹般服饰的藏红花花茎。用她姐姐月子的话讲,她就是薄翅蜻蜓。用朝子的话比喻,她就是虞美人花瓣做成的人偶。这个少女觉得海过于强悍,便去了山上。她没有上女子学校,所以也没有朋友。月子之所以没让她去女子学校,其中的原因之一,是因为她性格过于软弱。还有一个原因大概是,月子打算像培育温室里的鲜花一样,自己亲手把这个妹妹养大成人。或许月子是想把她永远放在自己的童话故事里。

"我原本打算,看完了江之岛的灯笼漂流以后就回东京的。可是——"朝子在二层楼上望着大海,大海在松树林枝头上伸展的蓝色飘带。她的眼神似乎在说,如果不是下午太过闷热的话,她真想抱住菊子的肩头。

"怎么了!这就厌倦大海了?"

"我从还不太会走路的时候,凡是夏天,一次都没有离开过大海。你看,晒得这么黑。"

"真让人羡慕啊。"

"我妈老笑话我。说这孩子长大了,得给人鱼当媳妇。说我是天下最孝顺的孩子,嫁给了大海的话,连做夏季睡衣都用不着,直接光着身子去就成。"

"这就奇怪了。这人鱼不是都是女人吗?"

"我也是这么想的呀。"

两个人毫无缘由地笑了起来,差点儿流出了愉快的泪水。

"不过,还是那个。"

"什么那个?"

"我们这一见面,我觉得菊子小姐果然是我的好朋友。"

"真的。我们为什么没有更早见到呢?"

"就怨你。"

"不过,是啊。也许是我不好。要是去了女校,也许就有新的朋友了,也许每天学习就忙了起来,结果却——"

"什么'结果却'啊。你真该总来玩,那多好。"

"我这不是从日光来了吗?"

"嗯。所以嘛,我就推迟回去了。"

"为什么要是我不来,你就准备回去呢?"

"你问为什么?"朝子心情沉重地望着院子里温室的玻璃屋顶,难以启口。

"这不好说。"

"是啊。"菊子先红了脸。她十分敏感,脑海里一下浮现出时雄。不禁想到:难道朝子也……? 而且,她断定就是如此。可朝子无法讲出立川的事情。

"今天晚上跟你说。傍晚,你来喊我去海边。一个人哟。"

"好。我去。"

"一个人去,对姐姐不好吧?"

"我跟她打个招呼。"

"别啊。我不想你那样。"

"我就跟她说,去朝子那儿。你膝盖还疼吗?"

"嗯。也就是从秋千上摔下来,碰了一下。"说完,朝子脸上泛起红潮。她说不出口,那是立川紧紧拥抱她时,不小心摔的。

"我这个人就是太野了。"

"你都这样了,还去游泳吗?"

"嗯,是的。今天我就是来干这个的。我们要去漂流灯笼。说好了,做好灯笼,大家一起到近海游泳,再去漂流灯笼。我们找大家就是要一块去的。"

"真的啊?"菊子想起了姐姐月子,脸色变得苍白。月子原打算死在江之岛漂流灯会的。

菊子突然离开了面对大海的南面檐廊,走向北面的窗户,一副无精打采的模样,好似白鹭一般。

"哎呀,你是怎么了?"

"也没怎么。"

菊子面向圆窗,微微侧着头,远望松树林,阳光照射下松树林显得黑乎乎一片。从她身后看去,透过肩头,可以看到她清秀的下颌流露出的孤独寂寞。朝子心里一惊,走了过去,将手搭在她的肩上。她想起了上小学的时候,那时两个人都在曲町小学上学。明明是夏天,但路上泥泞不堪,仿佛是冬天下雪时。菊子走得很艰难,她搂着菊子的肩头助她行走。

"那件事情,就是漂流灯笼的事情,你也说给姐姐听了吗?"

"当然说。我请她也参加。还有矢野先生,菊子小姐。"

"可我不会游泳啊。"

"那你就在海边看。从江之岛回来,我不是突然想要回东京吗?我打算把妹妹留下来,我一个人回去。结果,也不知是谁想到的,说要漂流灯笼,和我告别。要是在片濑川,你白天也看到了,那儿水非常浅,就像个玩具河流,一点意思也没有。可宫岛的严岛就不一样了,那儿的灯笼漂流才叫漂亮。女孩也都游泳去,把灯笼顺流放到近海。多好啊。那才叫'海之火祭'。这么一说,大家都想去,说是谁能把灯笼顺流放到最远的海面上,而且灯火不灭,谁就最幸福。我也叫上了弓子小姐,还有高木先生。"

"可灯笼的灯火最先灭了的人,会怎么样呢?"

"管它呢。这就跟头顶红豆袋子赛跑是一样的。游戏而已。只要赢了的人高兴就成。"

"所以嘛,朝子就不要去了。我不喜欢算命。用纸灯笼的灯火算命——"

"你迷信。"朝子开朗地大笑,就好像个回弹起的皮球似的。随即又突然压低声音,伤感地说道:

"是我不好。对不起。你是在担心我姐姐吧?"

"嗯"

"不过,那也许是你想多了。一定是的。就算姐姐站在了江之岛的崖壁上,那也不一定就是要自杀啊,对不对?"

"可我当时就是这么觉得的。另外,我还做了那种梦。"

"梦,什么梦都会做的。就连自己被杀都会梦到的。"

"我就没有做过那种梦。"

"那倒是,我也没做过。那,我姐姐为什么一定要自杀呢,有原因吗?"

"我要是知道就好了。"

"说的是。我也觉得,谁知道女人什么时候会要死要活呢。"

"哎呀,连你也这么想!"

"真讨厌,你这个人。干吗这么大惊小怪啊?"

朝子不仅没有躲开菊子的视线，反倒故意盯着菊子看。菊子微笑着，不在乎地说道：

"我们这些人，我觉得和那时候一点变化也没有。"

"变了！"

朝子显得更为大胆。但是，她们两个都不敢说出自己在恋爱。窗边的鱼缸像一块包着蓝色锡纸的巧克力。男用人从温室旁边走过，将饲料运往马厩。

"漂流灯笼的事儿，那就别和你姐姐说了。"

"什么？你们说什么呢？江之岛的事情，菊子跟朝子也说了？"

月子声音明朗地问道，和时雄走上了二楼。

"哎呀，不是的。我们说的不是江之岛的事。菊子，是不是？"

朝子慌忙道。月子像往常一样，轻轻地微笑着望着窗边的两人，走近她们身旁。

"这事情，我一点也不在乎。菊子是瞎担心。你可要常说着她点儿。"

"刚才我就挨说了嘛。可这事又不能不和朝子小姐说。虽然这么做对不起姐姐。可这段时间，我见到朝子小姐，就恨不得什么都说给她听。"

"这样好！一个人默默地想，容易自以为是。朝子小姐，是不是啊？"

月子和蔼地靠近朝子，看着她的脸。菊子过于直率，所以朝子就想扯个小谎，敷衍过去。可她又觉得若有所失。

"你是我的朋友吧？我是绝不可能自杀的，从来就没有过这种想法。菊子说，那时候姐姐的脸色不好。其实，谁都一样。本来以为自己的妹妹去了日光,可却听到有人在喊她,能不吃惊吗?脸色当然会变。"

"嗯,我也是这么说的。不过,菊子小姐是个害怕算命的人嘛,不管大小算命都怕。"

"算了吧。就是问谁,也是搞不清楚的。"菊子合上双眼,不想再说此事的模样。

"以后只要没有那种事情——"

"什么是那种事情?"

"姐姐明明是知道的。"

于是,大家不再说话。菊子的声音饱含悲哀,明澄悠远。

"算了,要是姐姐还想那种事情,我又会做梦的。只要梦见了,不管是在哪儿,我都会飞奔而去的。"

月子黑若深渊的眼睛死盯着菊子的肩部。

"菊子真的这么相信吗?我要是想死,就会在你的梦里面出现。"

"相信。"

"说真的。"月子一只手轻轻抚摸妹妹的颈项。如果不是有人看着,她真想抱着妹妹痛哭一番。可是,她为什么这么喜欢这个妹妹呢?也许是因为她们同母异父的关系吧。突然,她感觉自己撞上了黑壁。她觉得不想再欺骗这个多愁善感的妹妹。所以,她说:

"不过啊,你要记住。Memento mori(想想死亡)这句话。"

"都怨矢野先生。"

"什么?我怎么了?"

时雄没有理会女人们的交谈,一直呆呆地望着大海,此时笑着扭过头来。

"就是你嘛。让我姐姐尽想这些事情。还去什么须弥灯会。"

"好厉害啊。菊子也敢骂男人了。"

"哎呀，姐姐。"菊子的脸涨得通红，呆呆地立在那里，也不能半开玩笑地去打月子。

"不过，Memento mori，朝子知道这句话吗？在镰仓跳舞时，有件事特别逗。"

"嗯，对的。有人问过我。弓子问过我 Memento mori 是什么？"

月子心头一惊，直视朝子的眼睛。时雄显得不解地问朝子。

"弓子是谁？"

朝子怯怯地看了看月子的脸，沉默不语了。她想起了弓子曾是时雄的恋人。想起了时雄现在还想见她，今年夏天他还去了弓子的故乡伊豆山。

另外，就算他问"弓子是谁"，自己又怎么可能说"是高木先生的恋人"呢？弓子遭受那种对待，却仍然对新一不离不弃，而新一那样对待弓子，却又不肯彻底放弃弓子。这一切让朝子怎么也搞不懂。要是结婚成家的夫妻，这倒也没有什么，可是——所以，看到弓子和新一在一起，朝子站在他们旁边就会感觉有些不好意思。相较而言，她更同情弓子。她喜欢独自一人时的弓子。有一次她去弓子房间的时候，弓子对她说："特别特别想跟你做朋友。"她忘不了那时的弓子。她以为，新一到月子家帮她家看门，结果还被赶走了，弓子听到这件事后一定会很痛快。所以，她就讲给了弓子听。可是，弓子听后非常生气，就好像是在气她自己似的。

"所以啊，我最讨厌他们这些人。不是胆小怕事，就是死不服输，从头到尾，他们就会这两招。"弓子明明不想让新一见到月子，却又有这种想法。朝子非常喜爱这样的弓子,她的形象深深印刻在朝子心中。

"来啊。"时雄从书架上取下装麻将的盒子。象牙麻将牌碰撞的响声将三个人引到桌子周围。时雄此时已将弓子的名字埋藏在了心里。月子笑着说:

"打麻将没问题啊。可我又像上一次那样,有一种感觉,觉得高木先生要来。"

"哎呀,连姐姐也和菊子小姐一样,这么迷信。"

"可不是那样啊。"时雄说。

"据说只要麻将牌发出响声,无论多么远,高木听到了就会赶过来的。所以她才这么说。因为高木才是打麻将的高手。"

"您和高木先生打过麻将吗?"

"没有。我们做朋友的时候很早了,那时麻将还没来日本呢。"

"是在种子岛枪① 传入日本之前吗?"

"也许是的。说起回忆,其实昨天的回忆和五十年前的回忆,都是相同的。"

菊子忽然看了看时雄的脸。

"都和火枪的烟差不多。我们还在看烟,可子弹早就飞到了我们看不见的地方。"

"弓子也就像这子弹一样。"也许他这是想帮菊子说上一句。

"是啊,是啊。朝子小姐。"月子抛起两个小色子,说道。

"我们在镰仓,不是说好了吗?"

---

① 火枪的别名。因火枪最早由种子岛的领主引入日本而得名。

"在镰仓?"

"就在那个观海景棚里。"

"哦。想起来了。"朝子想了起来。

"朝子小姐。我没有阻拦你,你可别瞎想啊。你就算走了,我也不会在背后搞小动作,让你丢人。我知道的,高木先生想跟我说什么。他就是想告白喜欢我。肯定是。不过,我要跟他说的和这毫无关系。"当时,月子面对心烦意乱的朝子是这样说的。

"我按照和你说好的做了。"

"嗯。"朝子只应了这么一声。

最终,朝子玩到了吃晚饭的时候。二楼上,只剩下了她和菊子,两人正要去聊一聊中午说好的话题,就在此时,马厩传来马的嘶鸣声。不久,又听到了在松林小路上奔跑的马蹄声。

"是我姐姐!一定是。"菊子跑下楼梯。就在此刻,那个女人掉下了马。

被抛到沙滩上、身着白色骑马服的人,像一面倒落的旗子一样,一动不动。马一直在疾奔,即使失去了骑手,不跑上十几米它也收不住脚。马像一道巨大的影子,从新一眼前闪过。新一看到了马的腹部。

"会不会死了?"

无论是新一还是弓子,最先闪现在他们脑海里的就是这句话。同时,二人不能不想到的就是"到底是月子还是鸟子"。听到踩着沙子疾奔而来的脚步声,穿骑马服的人肩膀动了动。新一和弓子突然交换了一下眼神。

"还活着!"

他们这样想，一股说不出的喜悦涌上心头，内心感到热乎乎的。落马的女人胳膊肘撑在沙地，想站起身来。但又跌倒在沙地上。

"哎呀！您受伤了没有？"

弓子跪在沙地上，想把她抱起来。可那女人却把脸扭向相反方向，也许她是想遮住自己的脸。她知道疾步赶来的是新一和弓子。因为她从马上就看到了他们。在路上她看到新一的脸后，便不由得"啊"了一声，急忙想用右手挡住自己的身体，好似用胳膊接住对方的利刃一般。而就在这一刻，她右脚悬空被甩了出去。

趴在地上的她虽然扭转脖子，竭力不想让他们看到自己，但鸟子犹如瓷器般苍白的面庞在新一眼下暴露无遗。就算看不到鸟子的脸，看看头上的波浪式发型，也会知道她是鸟子。帽子滚落在距离她三四米的地方。

"您没受伤吧？"

弓子不知该怎么下手帮忙，好似在触碰易碎物品一般。

"什么事情也没有。"鸟子好强地回了一句，又要挣扎着起来。

"是真的吗？太好了！"说着，弓子帮助紧咬嘴唇、手撑沙子的鸟子站了起来。鸟子一把就将弓子的手从自己胸前推开，显得颇为懊恼。

"怎么了？"弓子吃惊地抬头看看新一。

"我真的什么事也没有。别管我。我骑马回去。"

"你说的是骑马吗？"

"嗯。不用管我。"鸟子抬起头找她的马。但是，看上去，她的腰或是膝盖似乎很痛。即使腿没有大碍，好像也很难坐在马上。

"这不是很疼吗？就不要逞强了。"

223

弓子安慰鸟子道,可是鸟子根本不看她。

"初风,初风!"鸟子骄傲地喊道。那大概是马的名字。

"我给你叫个汽车或者人力车吧。要不就给你家里去个信。"

马静静地走到鸟子身旁。弓子一惊,急忙躲闪开来。鸟子抓住马镫想站立起来,但是膝盖一弯,身体又摇晃着倒下。弓子开始用开玩笑的口吻对她说:

"你看看,连站都站不起来了。"

"我抱着你,把你送回去吧。"新一弯下身子。

"我不愿意。"

鸟子神色大变,拼命晃动肩膀。

"初风!叼着我回去。叼着我,拖着我回家。"也许是听到了鸟子哀求的声音,马慢慢低垂下头,把嘴放在她的大腿上面。新一和弓子看着,都震惊了。

鸟子骄傲自豪,用欢喜的眼神看着马的眼睛。

"来,叼着我走!"新一和弓子默默无语地站立一旁,仿佛等待着奇迹发生。但是,枣红色的马只是静静地低垂着优雅漂亮的项颈,并没有把鸟子怎么样。

"叼着我回去!"鸟子的声音透露出其发自心底的痛苦。但是,马仅仅木然抬起头。

鸟子紧皱眉头,想拉着缰绳再站立起来。

"不成!"新一大步走近她,右手搭在鸟子的肩上,左手想去扶她的腰。

"别动!我让你别动。"

鸟子露出洁白的牙齿,一只手顶住新一的下颌,想把他推开。

但他只是稍稍扭开脸躲过她的手，轻松地将她抱起。

"你别乱动。我抱着你走。"

鸟子紧闭双眼，身体用力挣扎。好像是在强忍着被他抱着的腰部和腿部的疼痛。

"马，让我上马！"

"这样子你还疼，是吧？我可以给你叫车，不过没几步路，我还是送你回去吧。"新一像抱着小孩子似的摇晃了她两下，迈步走起来。

"哎呀，这马怎么办？"弓子喊住了他们。

"你在这儿看着。"

"不行，太可怕了。它要是跑起来，我怎么办？"

"那就跟着它走。"

"放下我。我骑马回去。"鸟子用膝盖顶他的肚子，又要把新一推开。

"干什么呢！别干傻事。要不，你拿着缰绳牵着马走。"

"你让我自己走。我宁肯爬着回去。"

"我说，这个人是不是疯了。给她扔在海边算了。找个小船让马拉着她，让她慢慢蹭着回去——"

弓子的语气突然变得很冷淡。她咬住唇上的痦子，嘲笑似的望着他们两人。

"别看她那么说，其实她可愿意让你抱着呢。你真够傻的。"

弓子的声音让新一突然想起似的看了看自己胸前鸟子的脸。也让他想起了曾有过的喜悦，那天晚上，他似火箭般飞速追赶骑在骏马上的她。骏马沿海岸袭步飞奔。当时，他也是这样抱起了她。鸟子嘴唇颤抖，面色苍白，面对弓子的羞辱说不出一句话。

"来。"新一拾起缰绳递给鸟子。她呆呆地接了过去。新一抱着她,显得得心应手。就算是送走不了路的女人回家,可抱着并非自己的女人,他怎么会这么得心应手?看到这种景象,弓子不禁身上感到阵阵发冷。

"这可不像你啊。我不是跟你说嘛,把她扔在海边!你抱着个刺猬,是要挨扎的。你别那么抱着了,有人看着呢。"

"我抱着你回去,你家里的人看到有问题吗?"

"不会的。不过——"鸟子说道,不再挣扎了。话音刚落,她突然落下了泪,脸贴靠在新一胸前。

朝子沿着松树林中狭窄的小路,与菊子并肩走着,心里多少有些不痛快。按照"今天晚上告诉你"这一与菊子的约定,她和菊子一起来到外面走走,准备告诉她自己为什么要早些回东京。可是,这要告诉她的事情,现在突然变得如不起眼的石屑一般,失去了意义。

"再走快点儿。天黑得让人害怕。"朝子提高了嗓门,为自己壮胆,快步走了起来。菊子紧靠她的身边,等待她开口,就好像一个沉重的影子压在朝子身上。

走出松林便是高高石崖的角落。石崖上面的路灯,明晃晃地映照在沙地之上。

"菊子小姐,你准备和矢野先生结婚吗?"朝子没有停住脚步,对跟在后面的菊子说。为了好说自己的事情,她反守为攻。

"嗯。"菊子爽快地答道,让朝子感到惊讶。

"我是这么想的,不过——"

"不过?又怎么了?"朝子扭过头,神情变得十分开朗。

"朝子也觉得我要和他结婚了吗？"

"就是这么觉得的。"

"你别跟其他人说啊。这事根本就没有定下来。矢野先生对我什么也没说。"

"他什么也没说？"

"嗯。他就是把我当小孩子。"

"不过，你知道吧？"

"知道什么？"

"你说呢？"

"好像知道，又好像不知道。说真的，我是什么也不知道。从日光和矢野先生一起回来后，姐姐就问我要不要和矢野先生结婚。"

"你答应了吗？"

"怎么可能呢？我可说不出口，不过和说了也差不多。所有的事情，姐姐都知道的。"

"那矢野先生呢？"

"我要是求她问，她会帮我问的。其实我对矢野先生也没有什么不能说的。不过，要是我主动说，如果事情不成了，就一点儿办法也没有了。所以，都交给姐姐办，我才放心。"

"这样行吗？"

"行！"

"你这个人真是不可思议。可是，你姐姐为什么要你和矢野先生结婚呢？"

"说的就是嘛。"菊子握住朝子的手，垂下头望着脚下。

"我姐姐啊，她想自杀。可又担心她死后我怎么办。所以，想把我托付给矢野先生。"

"这太奇怪了。"

"所以,我很担心,我和矢野先生结婚后,姐姐会不会自杀。"

"为什么?"

"我就是这么觉得的。"

"要是这样的话,矢野先生那儿不就不能去了吗?"

"可是,我得去。"

"你说什么?"朝子突然感到一股热流涌上心头。

"你就这么喜欢矢野先生?"

"怎么可能?不是的。你是说我宁肯让姐姐死也要和他结婚?不是这样的。"

"可是,总而言之——"

"可是,我最讨厌这个总而言之。"

"挺一本正经嘛。"朝子笑了起来,神色显得有些孤寂。

"不过,总而言之,你一定会幸福的。"

"为什么又是'不过,总而言之'呢?"

"你就是这种人。没有人比得过你,你必须获得幸福。我就是这样觉得的。"

"你是在说朝子你自己吧?"

"我可不成。我过的是再平凡不过的生活,都不值得用幸福、不幸这类词去形容。就算是结婚,也不过是和表哥生活在一起而已。"

朝子终于谈到了自己,但那语气就像在讲述别人。

"和表哥在一起就平凡吗?"

"平凡啊。在这广阔的世界里,这么说似乎有点儿小题大做,表哥从我出生以来就生活在我的身边嘛。做了不少的梦之后,最后还是落脚到自己表哥这样的人那儿,一想到这一点,心里就觉得很没劲儿。这就好比,从前门走出去时打算去西藏探险,结果哪儿都没去直接就从后门回来了。"

"这为什么就是不幸呢?"

"总而言之,就是平凡。如果他平凡,那就更平凡了。"

"他是谁?啊,我知道了。就是你现在住的别墅里的表哥。原来如此,已经定了吗?"

"还没定呢。不过,我觉得最终会是这样的。这件事都怨我。我和他在一起时,我的所作所为总是让事情向这方面发展。"

"这么说,还是你——"

"你的意思该不是因为我喜欢表哥吧?"

"嗯。"

"这我也说不清。所以,我要赶快回东京。我觉得我们的年龄已经不能再耽搁了。真让人觉得有些伤感。不过,看到你姐姐和矢野先生,我觉得自己和他们简直就是生活在不同的世界之中。我想,像我这种平凡的女孩,也只配平凡的生活。"

"平凡,平凡,你总这么说。可要是有不平凡的话,那无非就是悲剧或者喜剧了。"

"你这话说得好像格言似的。你在拿我开心吗?"

"怎么可能。"

"本来嘛,菊子你不就是喜剧吗?"

"我可是悲剧啊。"

"我不爱听。怎么能二话不说就给自己定了性。"

"可是我今天早晨就收到了一封怪信。"

"怪在哪里呀？"

"这信不能跟姐姐说。跟谁都不能说。我都不知道该怎么办才好。刚才不是和你说了吗？我要是结了婚，姐姐也许就要自杀。就算如此我还是要去矢野先生那儿。我就是看到这封信才下定决心的。"

看到菊子眼睛露出胆怯之色，就好像她是杀人罪犯，朝子大吃一惊。她觉得要是不牢牢抓住菊子，菊子就会犹如虚幻美丽的人偶一般，会毁灭消失的。

"可是，我听说，那个常常出现在矢野先生小说里的叫弓子的人，来逗子了。"菊子迟疑着说道，声音微微颤抖。

"那种事情，弓子啊——"朝子刚要接着说，突然"啊！"的一声。

"那是高木先生，还有弓子小姐！"

在她们眼前的拐角处，突然露出抱着鸟子的新一。跟在他们后面的是弓子和马。朝子的声音引得鸟子突然看到了菊子。

"哎呀！是小姐！"鸟子尖叫起来，随之从新一的胳膊中滚落了下来。

朝子和菊子大吃一惊，并列站起看向从新一胳膊中滚落的鸟子。新一扶起鸟子，马和弓子随后也跟了过来。菊子马上跑到鸟子身旁。

"你怎么了？"她话音还没有落，新一就轻轻抱起了鸟子。

"刚才她掉在了沙滩上，我碰上了，正要送她去你们家。"

"掉？是从马上？"菊子探头看了看鸟子。不由得伸出双手想要触摸一下鸟子的身体。但发现她被新一抱着，便抬头看了看他。新

一觉得仿佛白色夕颜花在眼前晃动,便开口说:

"朝子小姐,这位是?"

"嗯,她是月子小姐的妹妹。"

"果不其然。"新一说起话来劲头儿十足。菊子如月光一般照亮了他的心胸。

"你姐姐在家吗?"

"嗯,在家。"

"矢野也在?"

菊子没有回答,又把视线落在了鸟子脸上。

"受伤了没有?"

"摔到膝盖了,摔到了膝盖,站不起来,我——"鸟子只好这么说。她紧闭的嘴,犹如一枝细细的珊瑚,单眼皮的眼睛烁烁发亮。她想扭转脸,但是又不能躲到新一的怀里。虽说如此,她也不能挣扎着摆脱新一的胳膊。刚才被新一抱起,她感受到了他臂膀的温暖。这使她觉得仿佛失去了自己,去了远方,内心十分孤独,因为她感觉这种温暖沁入了自己的身体。她曾经被这样抱过。那时,过分强烈的幸福和过分强烈的不幸,曾猛然向她袭来。想起了这些,她不由得把头贴在新一胸前,大颗的泪水滚落了下来。一路上,她好像在怪梦之中。可是,被菊子她们看到后,她很为这样的自己生气。她感到后悔,觉得自己还不如吊在马腿上被拖回家。

"我帮你拿缰绳。"菊子说道。新一迈开步子走了起来,像是有人在催促他。

"总而言之,咱们快点回家吧。"

"菊子小姐,我在这儿就告辞了。多保重。"朝子微微低头施礼。

"哎呀！你这就回去吗？"

看起来，菊子不愿独自和弓子并肩走，似乎在邀朝子留下。

"这位就是菊子小姐？和矢野一起去日光的？"

突然被弓子这么一问，菊子点点头，没有明确表示。

"是吗？跟矢野做的梦一模一样。"弓子目不转睛地看着菊子。

"矢野在你家吗？"

"嗯。"菊子轻轻点了点头，像一只敏感的蝴蝶。

"朝子小姐一起来吧。我虽然不想见到矢野，但是很想见月子小姐。"

朝子也知道，弓子很怕新一见到月子。

"我不想碰到矢野，已经七年没见到他了。那个人总让人感觉害怕。他跟你说我什么了？"

"没有。"菊子含糊其词地说，声音小得听不清楚。

"不过——"

"不过什么？"弓子冷冷地回问道。

"不过——"菊子像被弓子穷追不舍的小鸟一样，只得开口。

"矢野先生想见到您，一直都在想。"

"一直？"弓子开朗地笑出声。

"你说的我也知道。我还知道，那个人时常去我父亲的村子。可是，我没去见过他。仅此而已。为什么你要对我说这些呢？"

"对菊子小姐这样的女士，你就不该这么问。"朝子庇护菊子道。

"对啊，正因为是菊子小姐这样的女士，所以我才要问。你真的觉得，矢野至今还想见我吗？和你去过日光之后的现在，还在想吗？"

"可是……"菊子第一次碰到这么讲话的女人，吓得心惊肉跳，脸涨得通红。

"那好，我去见他。只要你说的不是谎话。"

"绝不是谎话。"

"不是谎话，那就奇怪了。你是不是有些问题啊，自己的情人竟然想见过去的女人，你当真是这么看？你就不在乎吗？"

"可我没有撒谎。"

"那我去见他好了。"

"弓子小姐！"朝子高声喊道，用力按住她的肩膀。

"没事的，用不着担心。我觉得这孩子太可爱了，所以才为她见见矢野。她觉得，矢野至今还在思恋我，不对，她是觉得，这种思恋至今还残留在那个人的心底。其实，和那个人在一起的并不是我。已经七年了。这七年间，我完全变了。我觉得，就算他七年间一直思恋我，也不是今天这个我。他思恋的不过是梦幻中的人偶。看到了今天的我，他肯定会大失所望，脱口而出，'原来是这么个女人啊'。我这可不是自卑，自暴自弃，并不觉得自己是个无聊的女人。我想说的是，我和他心里想的那个女人，根本就不是一回事。说真的，那个时候，就是和矢野分手的时候，我比现在的菊子还要小，才十七岁。朝子小姐，你明白了吗？我就是这么打算的，去帮菊子小姐见见矢野。就是为了菊子小姐，帮她把那个人心底残留的我的影子彻底抹掉。这才是女人之间的礼貌。"

马低垂着头踏着沙子，跟在她们的后面，发出踢踏的声响。菊子忘记了拿缰绳。朝子说：

"不过，我还是不明白。你见到后，会不会——"

"你是说,我会喜欢上他?"

"我说的是矢野。"

"你是说,他也许会抓住我不放手?如今,这根本就不可能发生。我说的是如今。朝子小姐。"

"是因为你有了他?"

"你说的是高木先生吗?"弓子抬起下颌,看了看新一。新一已经站在了月子的别墅后门,正扭头看着后面。

"来个人,打开门!"

菊子刚要跑上前,马的缰绳一下把她拽了回去。就在这当儿,马顺势向前快走几步,将头伸到了弓子的肩上。弓子"啊"地尖叫一声,躲开身子,要往松树林跑。朝子紧紧抓住她的手,说:

"弓子小姐,你别走。菊子小姐太可怜了。"

温室传来剪东西的声音。月子走上二楼,带来一阵紫茉莉的清香。

"我刚才听到了剪东西的声音,是在修剪花吗?"时雄呆呆地坐着,抬起头看着她。

"我想想,是温室吗?温室里不该有花的。就连竹芋的叶子都没——更不可能剪竹芋叶子了。"

月子走到圆窗旁,向院子望去。时雄摆弄着刚才扔在桌子上的乱糟糟的麻将牌,望着她美丽得不可思议的背影。至于为什么不可思议,他也说不好。只是觉得它具有强烈的魅力,这美丽让他无法抗拒。也就是说,一种神秘的高雅打动了他的内心。这种美丽总让他脑海里浮现一句话:

"月子该不会死吧?"

所以,他和月子两个人独处时,总是找不着话,只得和她两眼对视。

"我还以为是看别墅的老头儿呢,谁知道原来是女佣,就是那个朝鲜人。"

月子坐在桌子对面,开口说道:

"矢野先生。"

她神情虽然和蔼,明亮的大眼睛却从来不含一丝笑意。

"你是不是和菊子的想法一样啊。你也相信我打算在江之岛自杀,对吧?"

"这点事情,我是知道的。"

"那你说,我是为什么要去死?"

"我不知道你是为什么。但我能感觉到的,就只有死。当死不掺杂其它任何杂质、涌入我的感觉时,就不再有什么'为什么'了。"

"既然如此,就不说这个了。你和菊子,是不是在一起监视我,觉得我还有可能想死?不过,这就和梅特林克的《丁达奇尔之死》是一样的。如果确实是死亡在召唤我,那么就算姐姐、妹妹把指甲都给挠掉了,也打不开我被拖进去的那扇死亡大门。"

"我在你们家里,可不是为了监视你。这点请你相信。"

"我这么说,可没有这种意思。你可别一生气,就要回东京。您要是回去的话,就把菊子一起带走。"

"是马上吗?"

"你是不是想说菊子太小了?可是你和弓子在一起的时候,她不是才十七吗?"

时雄目不转睛地注视着月子的眼睛。

"然后你就要去死是吗？"

"你又要说死的事情吗？你不知道菊子从今天早晨就一直提心吊胆吗？"

"我想，那大概是因为弓子在逗子的缘故。可我要是这么说，显得有些太看得起自己了。"

"不会的。菊子那孩子特别老实。她不会这么想的。我和菊子都不会说这种话的。也许她一辈子也不会向你提起弓子。不过，不管什么人说了菊子什么事情，你都要完全否定，告诉他们不是这么回事儿，没有这回事儿。否则，我妹妹的内心世界就会遭受毁灭性打击。我就这一个请求。"

"我明白了。"时雄点点头，明确答复了她。外面传来了新一、弓子、鸟子、菊子一窝蜂走进大门的脚步声。

弓子反对给带穗灯笼上颜色。可是，秋子和澄子还是在自己做的灯笼上用小字写上了各自的名字。

"涂掉！"弓子说。

"这种东西要是漂到了海边，多闹心啊！"

"可是，要是弄错了，不就麻烦了。"

"是啊，弓子小姐有可能把漂到最远处的灯笼说成她自己的。"

"你们是说我？"说着，弓子看了看朝子。

"你是说，我会抢夺别人的命运吗？根本就不可能。放心吧，你们就当最快坏掉的灯笼是我的好了。占卜算命，我就没有一次得到过好处。像我这样的，对命运之神就不会再祈求非分的愿望。"

新一一边穿着游泳衣，一边从檐廊回转头说：

"不过，菊子小姐的命运，不好意思，我还真想把它抢走。"

"什么？你在说什么呢？"

"你看看，脸色都变了。一见了面，你就知道了吧，还是矢野好，很有柠檬的味道。让你有点儿回到故乡的感觉。"

"哼。我看你才是要抢夺矢野先生的命运。你拿不下月子，就糟践她妹妹，出一口气。"

"我可是最最讨厌嫉妒和报复的。"

"那是因为你自己承受不起。"

"女人都免不了嫉妒和报复。"

手持白色灯笼的他们，一边斗着嘴，走出了立川的家。走进昏暗的松树林，立川笑着说：

"喂，这真像是个参加葬礼的队列啊。"

"说什么呢！讨厌。讨厌死了。真的，我有点害怕。"澄子害怕地往哥哥身上靠。

"看，棺材从后面跟上来了。"

澄子抓住立川的肩头，大家都不由得回过头看了看后面。

"不过，眼睛是看不到的。"像往常一样，立川高声大笑。朝子惊吓得全身一紧，好似被冷水浇在了身上。

"朝子小姐，你去叫月子小姐来。只有你去叫，她才会来。"

来到月子家的后门之前，新一反反复复以命令的口吻对朝子这样说，可是朝子就是不看新一，绷着脸绝不开口。因为她想起了菊子的请求："不要邀请我姐姐去漂流灯笼"。月子的命运死棺，虽然眼见不着，但是可能就跟在自己这些人后面。新一的声音显得急躁尖锐。

"朝子！"

"不行。我前几天已经邀过她了。"

"你不说,我去。"

不过,此时竹编门轻轻打开了。

"不出所料,真是你们啊。我听到了朝子的声音了。今天是为你送别的灯笼漂流吧?我也去。"她神情开朗地说道。然后看也不看新一,就和朝子并肩走了起来。他们走到沙滩时,菊子跑到朝子身边揽住她,气喘吁吁地在朝子耳边低语道。

"姐姐要是说下海,你要跟紧她,别离开她。求求你了。"

"嗯,没问题,我一定。"

他们选了一条通向近海的近路,沿着石礁向鸣鹤崎进发。月子独自一人,摆动赤裸的身体,从海岬顶端的岩石下面向大海缓缓游去。大概是因为她身上一丝不挂,所以才躲开其他人独自前游。朝子大吃一惊,左手擎着点亮的灯笼,往月子的方向追赶上去。在不见月光的暗黑波浪之中,月子和朝子你追我赶向近海游去。新一尾随其后。菊子站在岩石边沿,心惊胆颤地望着在海水中孤孤单单漂浮着的五六个小灯笼。她从怀里掏出用歪歪扭扭的男人字体书写的信,划着火柴点燃它。这就是今天早晨贴身藏起的那封信。

没有风,没有月光,大海发出涨潮的微微声响。虽然声响微弱,但蕴含着孤寂的力量,好似能够吹到远方的风。燃烧的信的火焰,呼呼闪闪,映照在拍打岩石的波浪上。菊子怎么也不相信这封信上的话。不过,假如是谎言的话,那就等于是说,某个人寄信过来,编造了一个不可思议的故事。

"这个世界上,难道会有人敢编造这么恐怖的谎言。他是为了什么呢?"

她死死地盯着快要燃尽的卷纸，心里觉得即便是用脚踩踏这燃尽的灰，都会令人恶心。犹如黑暗大海一般深不可测的秘密在伸延，似乎要吞噬自己。

"可是，他为了什么呢？"

这是她今天早晨起一直感到不解的问题。他给自己寄信来，究竟为了什么呢？上面没有写寄信人的名字。男人的字体，字迹歪歪扭扭。

你不是你父亲的孩子,是另外一个男人的孩子。对你来讲,这好似晴天霹雳。这就像说你手上只有三个手指头一样,你不会相信这是真的。但是,这是你的母亲和那个男人一直藏在心里的一个事实。你的母亲死了。你了解这一事实的机会——不,你的母亲就算遭到严刑拷打也不会坦白的。所以,你永远失去了确认这一事实的机会。你没有人可以问,这是真的吗？我也不知道是否该告诉你这一事实,扰乱你的内心。也不知道你真正的父亲是否想让你知道这一切。

但是，你不想知道你真正的父亲吗？不想见到他吗？

信的意思大体如此。

菊子当然不想知道也不想见。但是，要是这封信不是恶作剧的话，写这封信的人肯定是自己真正的父亲。真正的父亲，她难以相信。仅仅想象一下，她都觉得毛骨悚然，恐怖至极。她觉得就像有人在以白刃相逼，用这封信直接威胁自己。而且，她还觉得自己毫无保护自己的气力。她真想和姐姐月子说说这件事。

"哪会有这种傻事。"她真希望姐姐听到后会一笑了之。可是,事情如果是真的,自己该怎么办呢?要是玷污了姐姐的爱,该怎么办?就算是假话,那她也不愿意让姐姐心里留下这种疑问。更何况这事也不能和时雄说个一清二楚。所以她只能紧闭双眼等待,等待敌人用枪刺向自己的胸膛。

传来一阵脚步声,她回头一看,原来是时雄。菊子慌忙要踩掉还发红的灰。

"你怎么了?"

"你也来了。大家都去近海了。最前面的灯笼,是我姐和朝子的。"

"你怎么浑身颤抖,跟晃动的蜘蛛网丝似的。"时雄大步走近她,搂住她瘦小的肩头。

"因为我特别担心姐姐。虽然我已经求朝子小姐帮忙看着她了。"

"看你的脸色,要跳海的不像是你姐姐,倒像是你。"

"我,我这是担心姐姐嘛。"

"那我也去看看,你放心吧。没事的。"时雄猛地吻了菊子一下,紧接着就跳入海水中,用爬泳姿势游走了。

在近海中,朝子神情紧张地说道:

"我们就游到这儿吧,可以放灯笼了。我们已经游出很远了。"

她回头一看,新一已经追赶了上来。他声音紧张、充满杀气地笑着对朝子说:

"朝子小姐,你只会给我添麻烦,我干脆把你和月子一起沉到海底吧!"

化装舞会

FANCY DRESS BALL 31 ST，AUG；WED

（TEH LAST DANCE OF TEH SEASON）

S.S. PRES. OF TAFT'S ORCHESTRA

镰仓海滨酒店，正面大门旁的墙壁上的告示多少染上了些秋色。也许这张白纸上曾有蟋蟀在夜晚停留过。

塔夫脱总统号的乐队将要在此举行特别演出。美国新爵士乐队将点燃盛装的人们的热情。酒店老板派出了汽车，去刚刚入港横滨的外国船上迎接客人。舞会结束后，他还要派汽车再把这些人送回横滨。

"今天一定能够看到踩泥舞，横滨来的老外肯定要跳的。我得抓住一个，跟他学学。"弓子高兴地说。她轻轻攥着拳头，咚咚地从台阶跑了下来。听到汽车不断来到酒店大门前停下的声音，她在二楼房间里怎么也坐不住了。

"立川先生，今天晚上朝子肯定会来吗？"

"她信里是这么说的。还说秋子也来。"

"今天你也要让秋子小姐跳啊。"

"可是,她还这么小就在夜晚舞会上露面,不太好吧。多少有点儿——"

"在夜晚的舞会露面多好啊!我现在都高兴得不得了。"

"今天是假面舞会,也行吧。"

"我这张脸要是戴假面的话——人活着总有时候不得不戴面具的嘛。"

他们说着,走进了舞厅入口旁的茶室。酒店的人们忙着把藤椅、桌子摆到舞厅靠窗的地方。挂钟敲响了,好像是火灾警报。服务生在走廊摇晃着铃铛,发出悦耳的声响。这是餐厅开门的信号。西洋人和盛装的日本人混杂在一起,从走廊穿过。

"既然朝子要来,我们就再稍微等会儿吧。"新一说道。弓子和澄子被这热闹的气氛吸引住,已经坐不住了。

朝子和妹妹,以及秋子轻轻牵着手,径直走入茶室。她们面色红润,跟大家点头打招呼。

"各位,好久没见了。"

"欢迎!你们没化装吗?"

"哎哟,还得化装吗?算了,我不跳舞了。"

"东京怎么样?"立川稍显紧张。

"也没怎么样。我每天就是打网球。"

朝子若无其事地应答道,澄子从她手里夺走一张黄颜色的纸。

"The last dance of summer。"她小声读着。

"是舞会的邀请函吧?寄到你们家的?"

"哪是啊。在门口给的。"

"是吗?意思是夏天最后的舞会,是吧?"

"翻得不怎么样。"立川说。

"惜别逝去夏日的舞会。"

"告别夏天的舞会。"秋子说。

"好了。别了,夏天。咱们跳起来,和它告别。"

自从那天从马上坠落,四五天间,鸟子一直躺卧在床。医生提醒,腰部以上虽然可起可卧,但腿部不能动作。她叫住给她送来明信片的菊子,说:

"小姐,听说新潟的赛马场种上草了。"

"是吗?明信片写的?"

"嗯,是那个护士说的。"

她说的护士曾经看护过死在新潟的鸟子父亲。她至今还在和那位护士通信。

"那时候真够厉害的,那里的沙尘。"鸟子又说道。

"嗯。"菊子不愿触及鸟子悲伤的回忆。

"所以才造草坪?"

"她说,今年秋天赛马就不会再起沙尘了。"

"这么说,过去沙尘很大了?"

两人想起了四五年前的新潟赛马场。当地的艺伎都戴着面纱。沙尘好似浓雾迎面扑来,弄得每个人眉毛和睫毛雪白雪白的。身上穿的服装积满了沙尘,就好像埋在石灰里面似的。急救车急匆匆开来,由于沙尘的原因,鸟子她们分辨不清到底是哪个骑手落马了。

"父亲死在医院的时候,也不知那个护士是怎么想的,她对我说'哎呀,看你这衣服',说着就把我拽到了走廊上。我记得清清楚楚。接着,她就哭了起来,为了不让我看出,还装作被我衣服从上到下的沙尘迷了眼睛。也许她把我拉到了外面,是看我太可怜了,我一直站在死去的父亲前面。每当想起这件事,我就越发喜欢这位护士——"

"她还在那所医院吗?"

"我要是跟她说,我也从马上掉了下来,她该多惊讶啊。"

"可你也没有受伤,什么事情也没有啊。"

"可是,我竟然发生了和父亲一模一样的事故。我脚悬空坠落的时候,心里就想'哎,我死得也是这么惨'。当时,父亲死去的样子立时就浮现在了我眼前。"

"别说了,这件事。你还是不要骑马了。一骑马,就会想起你爸爸。是不是啊?"

"你要是这么说的话,如果父亲死在了榻榻米上,那别人就不能躺在上面睡觉了。"

"这不是一码事。"

"不过,我就是骑马也很少想起我父亲。我觉得死去的人让人嫌恶。因为他们的眼神看上去都好像非常恨活着的人。"

"根本就没有那么回事。"

"那倒是,小姐的父亲就不是这样的。可我父亲死的时候,他恨恨地看着我,吓得我出了一身冷汗。看到他那眼神,我都觉得自己不该哭。小姐的父亲去世的时候,我就哭得十分安心。所以,我现在不想回忆我父亲的事情。"

"是吗?"菊子说完后,便盯着鸟子看。她觉得自己的嘴唇都要颤抖起来。

"父亲死去的时候用那种眼神看我,我想大概是因为父亲活着的时候太不幸了。他那眼神,似乎是在后悔活着时疼爱我。"

鸟子为什么突然跟自己——鸟子肯定认为自己还是个孩子,不了解人情之复杂——跟这样的自己说起她父亲死时的事情呢?想到这儿,菊子心里一惊,偷偷看了看鸟子的脸。可就连这样,她都感觉痛苦,不由得垂下了头。鸟子也许知道了,她在鸣鹤崎烧掉了那封信。也许就是因为她知道了,所以才讲出如此可怕的话来。

"可是,父母怎么可能会后悔疼爱孩子呢?怎么可能临死之前会憎恨孩子呢?"

"从人之常情来讲,人都不希望有这种事情。由于某种原因生前憎恨孩子的父母,临终之前原谅了孩子,这种事情以前有很多。可是,完全相反的例子,却不能说一个也没有。肯定有人会在临死之际,觉得自己活着时对孩子的疼爱是一场骗局,感觉后悔莫及。"

菊子无法相信这种如恶魔附体般吐露出的话语。但是,明知菊子不是自己亲生的孩子却把自己当作亲生的孩子疼爱的父亲,会怎么样呢?菊子不由得想起了自己的父亲临死前,自己抓住他的手哭得昏天黑地的情景。如果那封信是真的,如果父亲知道了菊子不是自己亲生的孩子,当时的父亲又是何种心情呢?

"你对姐姐的话,一定要听,不要逆着来。"父亲经常对她这样说。

"你和鸟子,要像姐妹一样相处。害死她父亲的是我的马。而且,她和你不同,性格刚烈、有主心骨。可以肯定,到时候她一定会帮到你。"

月子和菊子都是双眼皮,可她们的父亲却是单眼皮。鸟子是单眼皮,而且有许多人都说,鸟子嘴唇到面颊的部分很像菊子的父亲。

"是吗？也就是说，鸟子是巾帼不让须眉了，天生一张男人的嘴唇。"父亲每当听到这种议论，总是淡然一笑。

但是，现在一种想法突然从菊子心头掠过，鸟子该不是自己父亲的孩子吧？菊子为自己过分唐突，准确地讲应该是过分龌龊的想象，感到内心一惊。同时为自己因那封信变得浅薄混乱而惊讶不已。既然如此，鸟子是不是和自己一样，也持有相同的疑问，也玷污了自己的父亲。

"可是，你有什么理由这么说呢？就因为他死时的眼神？"

"不是。"鸟子只说了这么一句，就不再回答了。她倔强的目光变得冷冰冰的。接着，她变换了话题说道：

"明天镰仓有化装舞会。"

"嗯。我想去。我跟姐姐央求过了，可她就是不去。"

"那我陪你去，怎么样？矢野先生也一起去。"

"可是，你还起不了床啊。"

"没有的事儿。我已经能走了。"

"医生还没说行呢。"

"医生嘛——"鸟子吞吞吐吐地说，脸涨得通红。原来是医生发现了她一件可怕的事情，从马上跌落使她流产了。怀孕还不过一个月，但她根本就不知道自己已有身孕。她从心底感到恐惧，同时很想再一次见到新一，告知自己的怨恨。参加舞会说不定能够见到他。

"随医生说去吧。"

"是啊。你真能去吗？没事吗？"

菊子也从发来怪信的人那里接到了第二封信，在信里他说要在舞会晚上九点，在酒店的庭院见她。

在这封给菊子的信里，那个人指定菊子晚上八点半到海滨酒店松树林观海亭见面。当月子和法国人跳舞时，菊子悄悄离开了舞厅。鸟子也在月子离开桌子时，无所顾忌地走出舞厅，来到茶室。原来新一他们坐在这儿的桌子旁。

"是你啊！"弓子一眼就看到了她。

"你已经好了吗？"

"前些天谢谢你们了。"

"哪里，哪里，是我们失礼了。索性在海滨沙滩待到今天，真好啊！这一来，你就可以用自己的脚走路了。"

新一看到她冰冷高傲的眼神，就不由得讥讽她道。但是，他脑海里最先想到的还是，月子也一起来了。

"小姐呢？"

"来了。所以我来找你。"鸟子惟有眼睛露出笑意，邀请他道。

"哼，你笑什么？月子小姐找我，这肯定是瞎说。明知是瞎说，我还是会马上就去，这是不是挺搞笑的？"

"我在笑吗？"

"你是笑还是哭，都不关我的事情。不过，你要是能笑了，对你还是蛮好的。总而言之，你带我去找小姐吧。"

新一跟在鸟子的后面，从舞厅的角落穿过，下到草坪。

"要变天了吧？"

"快到立春二百一十天[①]了嘛。"

两个人谁也没有看谁，说着话就从草坪的一端，快步跑进了松

[①] 指立春以后第二百一十天，9月1日前后。此时多台风。过去农户特别关注防止台风造成的危害。

树林，

"日本的小姐，究竟有几条衣带呢？"法国青年边跳着舞，边眼睛向下偷看月子的衣带。

"怎么说呢，和你的领带的数量一样多吧。"

"这样啊，不过，领带可不浪漫。日本女性系衣带，所以很美丽。为了浪漫系衣带，那就更美了。"

"真会说！"月子爽朗地笑了笑。这位法国人好像以为日本的女性会送给恋人衣带。他是那位去美国的法国人的朋友。

"我送给你一件长襦袢①吧。"

"长襦袢，是什么？"

但是，此时狐步曲《徒步旅行之歌》已经结束。月子马上停住了脚步，微微点点头，就把法国人扔在那里，飞跑到草坪上。因为她瞥见了菊子的身影，菊子从舞厅窗户前走过，好似夕颜花一般。

"上一次，我们也是在这儿彻底分手的。"

"可是，真是难以分手啊。女人都会这么说。"

鸟子在昏暗中捕捉着新一的眼神，继续说道：

"可是，你知道女人为什么这么说吗？即使被男人看不起。"

"这你就用不着问男人了。你就是女人嘛。"

"可是——"

"那是因为女人没有生活能力。"

"还有呢？"

"还有？还有就算了。那就等于是侮辱妇女了。"

---

① 和式长衬衣。

"就算自己想分手,有时候,另外的东西也不允许你分手——"

"即使自己打算分手,可是有时内心深处的某个东西不让分手。所以,女人是弱者嘛。"

"哼,就你还有内心,真是笑死人了。女人的内心深处不还是女人吗?难道是蛇,是猫吗?"

"是你!"

"我?"新一无话可说,紧紧盯着鸟子的脸。突然,他哈哈大笑起来。

"原来如此,是我啊。"

鸟子得意洋洋。

"别笑了,笑得那么尴尬。这可不像你啊。"

"尴尬的不是你吗?"

"好了,就算咱们俩都尴尬吧。可是,我恨你。"

"所以,你就要把肚子里的我的孩子——"

"嗯。"

"你是要对我说,要我像用起钉器拔钉子那样把他弄没吗?"

"那谁知道呢?"鸟子孤寂地笑笑,有些嘲讽的味道。

"那你到底要怎么样呢?"

"我想和你分手。"

"上一次,我们不是说好分手了吗?"

"和我是说好了,但还需要和另一个人说好。"

"孩子由母亲代理不就行了吗?"

"我可不成。孩子又没有委托我。"

"那我就来做孩子的代理人。我当然有权利吧?"

"可笑。那就等于你跟你自己说分手好嘛。"

"可按照神的旨意,孩子不在男人的肚子里嘛。"

"真可怜啊!"

"你能说出真可怜,是不是你母爱已经苏醒了?要是那样的话,我就没啥可抱怨的了。"

"油头滑脑。孩子也会像我一样恨你的。"

"那好办,就送给死神吧,要不就送到孤儿院。太简单啦。"

"对自己的孩子下手,真够狠的。"

"你是不是觉得父亲就一定会爱自己的孩子?可就连你这个做母亲的,都在说憎恨孩子的话。"

这支箭又飞回射进鸟子的内心中。她不由得想起自己跟菊子说过的话,不由得想起自己父亲临死前说他恨自己,这噩梦一般的话语。

"被父亲憎恶,被母亲憎恶,这个孩子还是别生下来得好。你是不是觉得,为了你自己,这个孩子可以死掉?"

"总而言之,这事等孩子生下来再说。"

"说什么?你是不是觉得孩子生了下来,我就会哭着央求你啊?"

"你要能生,就生下来看看。"

"好。当然要生。不过,你要记着,你的孩子在你不知道的地方长大成人。你要记着,他尽管没有父亲,尽管被母亲憎恶,还是在长大成人。"

"哼。你说的就好像是送子地藏菩萨讲的话。见到你还不到一个月,能不能有孩子,只有神仙才知道。"

"嗬,你是不是觉得我在撒谎威胁你?怪不得这么不当回事儿。"

"我还不能断定你是在撒谎。"

"对不起,我这话说得有点乱。前几天,我从马上掉下时,给我看伤的医生跟我说的,说得清清楚楚。"

"你说是医生讲的?"新一明显感到吃惊。他紧紧握住右拳,连他自己都没有注意到。看到这一情景,鸟子差点儿发出冷笑,但她忍住了。

"哼。你的心真够冷酷的。"

"全托你的福。"

"看起来,你是宁愿这么糟蹋你自己,糟蹋还没有成形的孩子,也要折磨我。"

"嗨。我是决不会折磨人的。为什么呢?我这可是自愿生子,自愿养子啊。而且,我和你已经彻底分了手。尽管如此,您还是要为我痛苦,真是辛苦您了。"

"辛苦您了,这话该我说。你要把这孩子养大成人,得花费一生的时间。也就是说,按你的话来讲,为了憎恨我,要浪费一辈子。这也符合女人的命运,行啊。"

"抚育孩子是女人的责任嘛。孩子的事,您就不必操心了。"

"那就是说,你就是要我一个人感觉对这孩子有罪。这难道就是女人的报复吗?"

"是罪不是罪,这就看你是怎么想的了。"

"哪里,我的罪只存在于你的心里。就算孩子出生了,在我看来,这就是瓜熟蒂落的结果,可在你看呢?你就觉得这是我的罪过。也就是这点儿不同。"

"这是因为生孩子的是我。"

"这事可就怪了。我对你做了坏事,说实在的,这究竟是坏事还是好事,其实我也不知道。不过,上次我还是按照世间的惯例向你道了歉。因为在女人比男人弱的世界里,男人道歉好像是理所当然的。不过,说我对你做了坏事,是因为我让你不得不生育孩子。这么说来,只要没有孩子,男人抛弃女人,抛弃多少都不会算个事?那女人不就变成了生育孩子的工具?刚才我说了,现在这个世界女人比男人弱,所以男人要道歉。可听你话的意思是,在女人不再生孩子的时代到来之前,如果和女人分手,男人都得跟女人道歉。说到底,你也是女人中的一员。就连你这么好胜的人,竟然也不顾廉耻,拿孩子说事,你可真是女人的一面锦旗。"

"你究竟要说什么?"

"这倒是我要问你的。"

"我只不过是向您汇报一下,有孩子了。"

"为了什么?"

"什么也不为。"

"简直不知羞耻。"

新一激动得唾沫星子乱飞,而鸟子则平静地听着。

"的确如此。神的作为有时也会卑劣不堪。瞬间即逝的梦境之中,就会给你送个孩子来。"

"原来如此,这种事儿只有神才能知道啊。你就算了吧。你以为就连医生都不会那么早知道的事情,我就不知道吗?我要去问问神,说不定就能知道的。"

"嗬!你是专家啊,比医生还厉害。"

"你要是能生出个我的孩子,我就和你结婚,给你看看。"

"结婚?"鸟子没想到他会这么说,高声叫道。

"是啊。这是女人最喜欢的事儿嘛。"

"你真的要和我结婚吗?那我们就明天一起去看医生,让他做个证明。"

鸟子突然声音明快、暗含娇羞,兴冲冲地靠近他。

"你是让我也去医生那儿吧。你是想为了你的名誉,给医生看看孩子的父亲,是吧?你是想留下个证据,证明你生的孩子不是小偷、乞丐的孩子。荒唐可笑。你一个人去,要个诊断书不就成了吗?"

"你肯做出保证吗?保证要和一个被你污言秽语辱骂的女人结婚。"

"一说结婚,就变得小绵羊似的,你用不着这样嘛。"

"你说什么!"鸟子心中怒火腾升,觉得不能再继续说下去了,否则自己肯定要被气得嘴唇哆嗦。不过,刚才听到新一说出结婚二字,她心里不由得生出一种难以言喻的孤寂。这是因为从一开始,她自己的一切,都如狂风席卷般被新一粗暴地剥夺了。她就像暴风骤雨中摇摆不定的一株小草,突然受到男人热情的压迫,使她几乎喘不上气来,说不出这是喜悦还是痛苦。那是一场噩梦。可以说,当时她根本就没有时间去思考结婚的事情。而且,转瞬之间狂风暴雨就过去了,而她就好似被刮得七零八碎的一株花草。发现自己遭到摧残后,她只能依靠自己非同寻常的好胜心重新站立起来。她不愿做出恋恋不舍的样子,也不愿像弱女子一般憎恨新一。但是,新一这个人沁入自己身体的那种感觉,她却无法摆脱。况且,医生又告诉她说她有了身孕。一想到新一的孩子将要通过自己的身体,她感觉眼前黑暗一片。她觉得,一块自己无法搬动的巨石将会一辈子压在自己身上。就这样，她突然变得不再倔强，感觉柔弱无力的自己仅仅留有对新一的思恋。她觉得，自己几乎成了人世间普普通通的一个小女孩儿，既恨把自己像小狗一样抛弃的那个男人，又因思恋那个男人哭哭啼啼。她觉得，必须生出新一孩子的事情，不能藏着不说。可是，令人意外的是，那个男人说如果生下孩子，他就结婚。他是认真的吗？不管他嘴上怎么说，也许一听到孩子，他心就动了？也许他这只不过是拿她寻开心？与新一的一番争吵，使得鸟子心神不宁，她已分辨不出这些。可孩子怎么办呢？

"可是，你这是要杀了这孩子嘛。"

"嗬，你这次又要找什么碴儿啊？"

"你还是觉得孩子的事情是假的。所以，才许诺结什么婚。"

"你该不是来真的，现在就要和我结婚吧？我不懂了，你这是为了孩子？还是为了你自己？"

鸟子无法回答他。她知道自己是无法忍受和这种男人共度一生的。不过，她也明白，如果他表示要和自己结婚的话，自己从内心深处又无法拒绝他。

"从马上掉下来时，医生就跟我说了。幸亏是现在。要是再过上两个月，你就要失去另一条生命的。这条生命倒是得救了，不过被那么一摔，肯定受了大惊。我很担心，自己会不会生下一个残疾或者白痴的孩子。要是那样，我还是要恨你的。因为我是看到你才掉下马的。"

说到这里，新一也觉得不能不信了。鸟子也明白，新一内心一定张皇失措。这对她来讲，就足够了。她正要返回舞厅，月子高声喊道"鸟子"。

"菊子怎么了？菊子呢？去找找！"

月子看也没看新一，走近鸟子说道，她的鼻子几乎挨到了鸟子脸上。

"我找不见菊子了。你知道不知道她去哪儿了？"

"小姐到底怎么了啊？"

鸟子觉得月子有些心绪纷乱。她的内心似乎十分恐惧，好似瑟瑟发抖的鸽子。月子平时总是十分平静，犹如泛着粼粼波光、深不见底的湖水。现在竟然如此慌乱，显然事情非同小可。一种不祥的感觉从鸟子后背掠过，好似刀刃一般冰冷冰冷的。她不清楚这是什么，但是从近在咫尺的月子的眼神里，她感觉到一种揪心的不安。

"小姐呢？"

"没从这里走吗？"

"我想想。我没见到。不过——"鸟子言语含糊地说道，两颊顿时感到发烧。刚才她只顾和新一说话，根本没注意到有没有人从通向松树林的路走过。

"是吗？就在刚才，我从舞厅的窗户看见菊子往这儿下去了的。"

"那样的话，她是不是去了海边？"

"嗯。"

"我和你一起去找。"

"好，去找找。"

两个人一前一后正要急着走，此时新一叫住了她们。

"月子小姐。你没有看到我吗？"

"失礼了。待会儿再和你——"月子头也没回。

"我也一起去。要是去找你妹妹的话。"

"你也去?"

月子紧皱眉头,停下脚步,显得急躁不安。她知道,由于松树树影的遮掩,新一是看不出她这样子的。

"不过——"她找不出合适的语言。

"你跟我应该是有事情的吧?"

"什么?"

月子话音未落,鸟子便耸着肩怒视新一。新一突然大笑起来。

"刚才鸟子小姐说你找我,把我从茶室叫了出来。我当然知道这是她瞎编的。你不可能找我。不过,我倒是在一直找你。就算你派人骗我,让我去趟地狱,我也乐意去。"

"我找菊子是有急事。"

"明白,这从你的样子就能知道。所以我才要和你一起去找。就算找到了菊子,我也不会在旁边听你二位的交谈。"

"你说什么?"

月子大吃一惊,感觉自己被他钻了空子。

"总而言之,鸟子小姐把我领到这儿,和我毫无关系的她却告诉我说,她要生下我的孩子。"

"好啊。你这家伙——"

鸟子嘴唇抖动,停下了脚步。

"小姐,赶快走!这个撒谎骗人的家伙,简直就是恶魔!"

"撒谎,我确实撒谎了。"新一追赶上来时,她们已经从秋千旁边一阵小跑,来到了松树林尽头。

"啊!菊子!"月子高喊道。就在这一刹那,一名站在观海小棚边,似乎拥抱着个少女的年轻男子,鼠窜一般地飞速逃下沙滩。

沿着海滨酒店的石阶鼠窜一般飞跑下去的男子,一下就消失在苇帘围起的棚子后面。月子本来就没打算追赶这名年轻人。鸟子和新一都呆呆地伫立在一旁,望着男子消失不见的昏暗沙滩看了一会儿。谁也没有说话。三个人非但没有走近菊子身旁,那神情反倒像不敢看到菊子一般。他们全身紧张,默默不语,似乎担心一触碰到菊子,菊子就会发出惊叫,如被碰倒的玻璃工艺品一般破碎。就这样过了一分钟。最终,还是感情脆弱的菊子忍受不了这沉闷的苦痛,开口叫道:

"姐姐!"

美丽纯洁的她用尽全身的气力大声叫着,如手脚难以自主的电动人偶一般,一步接着一步跑向月子。刚到月子身边,她就僵直地倒在月子身上。

"菊子。"

就在这时,月子胸中迸发出感情的火花,深情地回应道。

"姐姐,对不起。"

在这种情况下,菊子不会逢场作戏,故作镇静。

"走,咱们回去吧。"月子搂着妹妹的肩头往回走。

"嗯。"

"好了。咱们走!"

月子不愿看到菊子痛哭不已的模样。鸟子在一旁看着呢,而且还有新一在场。

"我害怕。"

"怕姐姐?"

"不,不是的。"

新一和鸟子觉得，不能就这么默默地看着她们俩。于是，新一便若无其事地扭转身子，向松树林那边走去。

"可是——"月子说不去了，便温柔地催促菊子道。

"回房间吧！"

天色漆黑，如黑夜密密的杉树林一般，周围安静得出奇，难以莫测。看不到一丝灯火。叶山的灯火依稀可见，但三岐的灯塔却难寻踪影，沉重的黑暗笼罩其上。月子感觉无法再和菊子继续面对大海站立在那里。

"可是——"月子又开口道。

"那个人是谁？"

"刚才那个人？"

"是啊。"

"那人，我不认识。"

"我知道，可是——"

月子口吻温和地说，但是菊子反倒像吃了一惊。聪明的姐姐难道什么都知道了？她抬头望着姐姐，好像有些害怕。

"不是的，好久以前认识的，可我已经不记得了。"

"是吗？"

菊子越发显得害怕。

"我们是小学时的朋友，刚才在酒店的院子里碰到的。"

"所以就谈得那么亲切。"

"嗯。"

"那朝子也知道吧？你们不是在一起吗？"

"朝子小姐——"菊子有气无力地自语道。

"那他为什么要跑掉呢?他那不是跑吗?"

"这,这,我也不清楚。可能是害怕被怀疑吧。"

菊子像是主动掉进了月子设下的圈套。

"怀疑?怀疑什么?是因为你们在聊天,像一对恋人?"

"恋人?"菊子重复了一声,犹如低微的回音。接着,她轻轻叹了一口气。

"都怪我。"月子突然改变了口气道。

"对不起啊,都怨我瞎猜。不过,看到我就那么跑走了,给人的感觉就是,他要么是来恐吓你的小流氓,要么就是你的恋人嘛。如果就是个偷东西的小痞子,菊子也不可能和他聊得那么亲密,你说对吧?可话又说回来了,要是恋人的话,那也不可能一逃了之,像只野猫。"

月子轻松地笑了起来。菊子似乎被姐姐突然显出的明朗表情欺骗了。

"本来嘛——"她放松下来,似乎发现了自己的一条生路。

"本来嘛,菊子怎么可能有恋人呢。"

"本来嘛——"

"好了。那,那个人是不是菊子的恋人呢?"

"嗯。"菊子本想点头称是,但话卡在嗓子眼里没有说出。她战战兢兢地抬头看着姐姐。

"唉,你这可不行啊。"

月子又显出很轻松的样子,笑了起来。

"菊子有恋人了啊。"

菊子低下头,像折断茎的花似的。这也显得像是在点头,也显得有些不好意思。不过,很明显这不是在表示否定的意思。

"你别吓唬姐姐啊。"月子一直轻声柔语,调侃妹妹。

"什么时候开始的?"

"……"

"很久以前了?"

菊子好像微微点了点头。

"是吗?那你就不觉得对不住矢野先生?"

菊子被戳中了心事,几乎要哭了出来。虽然在松树林中的黑暗之中行走,但月子仍然能够感受到这一点。

"我可以不管这事儿。"

月子突然严肃地说道,菊子一惊,做出要逃跑的样子。看样子,她也要像那青年一样逃走。

"姐姐你就别管这个了。就当那个人是菊子的恋人,也许是件很好的事呢。"

菊子被一种显露无遗的悲伤所打动,喊叫起来。

"姐姐!"

"好了。今天就这样了。记着,现在什么都不要说。明天,不是明天也行。一个月后,一年以后也成,到时再慢慢说说。"

"对不起。"菊子哽咽着说,泪水从面颊滚落。面对自己难以支撑的重量,她毫无办法,无可奈何。

"好了。我十分理解菊子的心情。所以,你只要明白姐姐的这份心,也就成了。"

菊子不能自持,紧紧抓住月子。不过,她有一种不可思议的感觉。如同神一般、能够洞察一切的姐姐的内心,简直是难以捉摸。

她觉得，姐姐知晓自己的一切，甚至包括那个跑掉的青年是自己同父异母的哥哥这件事。但是，姐姐是怎样知道的，她感到十分不解。

菊子按照信里指示去观海亭时，她完全想象不出是什么人在等待着她。她只是感到恐惧，恐惧得面色惨白。但是，当一个高中学生一般的青年礼貌地称呼她名字时，她如在梦境里一般，感到非常意外。她一直以为是父亲或者一个和父亲年纪相仿的老人来。

身穿和服裙裤、头戴学校制式帽子——有规律的生活所养成的习惯渗透在青年的身上各处，让人相信这位青年即使赤裸身体也能十分优雅。他脸被海水、阳光弄得黑黑的，还残留着少年的稚幼，显得在微微颤抖。当然，菊子是一个从来不怀疑别人会对自己持有恶意的、毫无戒备之心的女孩。一眼看到这个青年，她也是如此。而且，她觉得，自己美好的预想，在这种情况下也不可能遭到背叛。只是，她有一点担心和不安，这么文静的青年为什么信里写的字那么歪歪扭扭？或许写信的人和这位青年根本就是两个人？

他首先表示道歉，说写信把菊子叫到这里很是失礼，然后告知自己的住所、姓名之后，从怀里取出两张照片问道："您记得这个吗？"一张是菊子三岁时的照片，庆贺七五三节[①]节日的装束，另一张是小学参加入学仪式回来路上的照片，都是菊子不可能忘记的幼时形象的照片。

"哎呀！"她不仅是惊讶，更多的是满腔怀念之情。就这样，她轻而易举就向这位青年敞开了心扉。

"其实是这么回事儿，我父亲一个月前去世了。"青年开口说道。

[①] 为了庆贺幼儿的成长，男孩三岁、五岁时，女孩三岁、七岁时举行的仪式。

"我翻了翻父亲屋子里的东西,结果在父亲的文件匣里找到了你的照片,有十五六张。从你刚出生时,大概到去年为止,都有。而且按照时间的顺序排列得清清楚楚。每一张,我们平日都没有见到过。它要是只有一两张,我们顶多心里打个问号也就算了。可是这十五张都是同一个人的,而且这个人是谁,家里没有人知道。也就是说,这是父亲私藏的。父亲不光是藏,肯定还要独自一人偷偷地看。按照岁月的顺序看一看这十五六张照片,一个女孩渐渐长大成人的情景就清晰地浮现在眼前。父亲在这十几年间,一直在心里描绘着这个女孩的幻影,我想,一开始并不是幻影,父亲可能会在家外面的地方经常和她见面。总而言之,父亲一直在思念这个女孩,以此为快,或者为此感到悲伤。这些都是背着家人的。"

"真的吗?"菊子很容易轻信他人。她觉得自己好像弄清了一切。青年说得更起劲了。

"究竟该如何解释父亲的这个秘密呢?我轻而易举就得出了答案。首先,这照片的女孩究竟是谁?其次,这照片为什么就到了父亲的手里?这两个问题,很容易就解决了。你看看这张小照片的背后。"

菊子看到,那里用女人的笔迹写着:渡濑菊子三岁秋七五三节日。

"你对这字有印象吗?"
"嗯。"
"是母亲的字吧?"
"嗯。"
"果不其然。"青年高兴得眼睛放光。

"渡濑菊子？我想起来了，怪不得呢。你和你姐姐的照片不是在杂志的封面照上刊载过吗？我找来那本妇女杂志一比，完全一样。何止一样啊，同样的照片，父亲那儿就有。这样，我马上就知道了照片就是你的。看到照片后面写的字，很自然就会联想到，是你母亲把这照片寄来的。令我惊讶的是，我竟然找到了一个这么美丽的妹妹。除此之外，我再没有别的想法。"

菊子满怀深情地看着这位年轻人，试图从他身上找寻到陌生父亲的面影。但是，这充满活力的年轻人身上的纯真稚幼，却无法让她勾勒出与其脸型相似的四五十岁的男人形象。菊子眼前浮现的，反倒是，准确地说，应该是"仍然是"，渡濑氏充满温情的"父亲面容"。自她懂事之后，直到今天，渡濑氏一直都是她的父亲。这是无法动摇的事实。

但是，青年仍然充满激情地继续说，几乎握住了菊子的手。

"就这样，我知道了你。一旦知道了，自然就产生了一个问题，既然如此，我们该怎么办呢？也就是说，按传统的说法，要不要兄妹相认？父亲一直保守着这个秘密，准确地说，你的母亲和我的父亲都知道这件事。对了，你是不是也知道了自己是我父亲的孩子呢？"

"不。做梦也想不到。"

菊子不仅不知道，而且她还想质疑对方的说法："我是我父亲的孩子。我怎么可能相信你所说的这种可怕的事情呢？就凭着这些照片吗？"

知道了这位年轻人不是坏人，菊子姑且放下了心。直到此时，她才发现自己险些失足坠下悬崖。同时，看到年轻人过于自得喜气洋洋的模样,她不由得心生反感。这么可怕的事情,有什么值得高兴的。可是,那青年仍然面露喜色,一个人滔滔不绝地说着。

"是吧。我推想你大概也是不知道。你母亲是不会说的。她一直瞒着你,直到去世。父亲去世后,足足一个月,我一直大伤脑筋,寻思我是不是也要像父辈那样,把这一事实瞒着你。可是,我也不知道守住这秘密,究竟是不是父辈们的本意。他们肯定是觉得,瞒住这一事实就是在瞒住自己的罪。他们害怕让你成为有罪的孩子。"

看到菊子黯淡下去的眼神,他像兄长一般把手搭在菊子肩上。

"对不起。我并不希望你因此心情抑郁。我苦恼了一个月,就是因为这事。不过,退一万步说,就算父辈有罪,这罪也算不到你这个孩子身上。你为什么不能挺起腰走路呢?这都是过分拘泥陈旧传统观念的结果。我只能这么认为。当然,你仍然和过去一样,不知道自己真正的父亲是谁,对你来说,也许是幸福的。但是,那不过是建筑在谎言上的彩虹而已。我想,我们的时代有新的事实,至少应该有不惧怕事实的幸福。我相信,我们的时代应该是明朗的,不会因这点儿事变得阴暗。更重要的是,我是独生子,一想到我还有妹妹,就怎么也坐不住了。我的这种心情,你能明白吗?"

"嗯。"菊子不得不点头示意。

"看照片就能知道你很美。不过,你不是世间一般意义的美,是非同一般的美。而且你竟然是我妹妹——"

但是,他看到了月子,便那么样逃走了。菊子被姐姐拥抱着穿过松树林,来到草坪的明亮处,此时她心里生出一种不可思议的感觉。

她仿佛从噩梦中苏醒。新一和鸟子站在那里等着她们俩。

"There is something nice about everyone..."狐步舞曲像欢快的舞女一般,迎接着从松树林走出的月子她们。草坪上到处都是跳累了的人们、微弱光线下低声私语的人们,好似片片花瓣一般。月子虽然不知道从沙滩逃走的男子到底是谁,但是她自认为她的感觉是无误的,就是这个男人为菊子带来了烦恼。她从未如此恐惧过。

四五天前,菊子收到了第一封信时,她就察觉菊子的内心变得柔弱动荡,好似在风中摇摆的芒穗。一直以来,她因为菊子而烦恼的事情,只有这一件。就像磁铁总是指向北面一样。所以,这次她当然也就联想到这件事情。不过,正因为她最害怕这件事情,所以也就最不想触碰它。"自己的父亲是不是和姐姐不同",对于心生疑问的菊子,她已经无话可说。她觉得需要缓解这种烦恼、需要得到安慰的人,并不是菊子,反倒是她自己。她们是那么相爱,现在她们能做的只有默默地相互体味这种感情。现在她们只能在内心深处相互感知对方。

"菊子,你是不是被化装吓坏了?"

"什么化装?"

菊子为姐姐突然讲出的话语,感到不解。

"今天是化装舞会呀。说是化装,其实并不一定是改变服装,或者在脸上涂颜色。也许来人中,有的人就是在心理或者其它方面化了装的。"

月子最终也没敢说出,来人中有人会化装成自己或他人的父亲。她不能告诉妹妹,自己一直在怀疑菊子的身世。如果菊子知道了自己掌握了她出身的秘密,也许菊子就会失去活下去的力量,无任何稻草可抓。月子望着舞厅明亮的窗户。窗户上色彩斑斓,好似被洪水冲走的百货公司华丽卖场。这令人痴醉的漩涡，诱惑着她昏沉沉的头脑。新一离开了鸟子，毫不犹豫地走近她的身旁。见她茫然若失的样子，他也找不出合适的言辞，便站立一旁，默默但大胆地望着她的眼睛。不觉之间，他的视线让月子难以忍受，月子开口说道："刚才失礼了。"另外，她想起一件事，想起新一自己以嘲讽的口吻说过，鸟子怀了他的孩子。这又让她心烦意乱。

"月子小姐。何止两三天了，已经有四五天了嘛。"

"是啊！"月子冷言道。

他们说的是在海里漂流灯笼那天晚上的事情。月子与朝子同玩一个灯笼，向近海游去。新一从后面追赶上来。

"月子小姐。有个词叫做'袋中之鼠'，再加上个'波上之女'，你看如何？"

"该是波上之男吧。高木先生。"

朝子踩着水轻柔地站立在新一面前，两眼直视新一，似乎要保护月子。

"退一步讲，就算我的力量比女人还要小，既然是在大海当中，我还是可以强迫你们和我一起殉情的。"

新一一直开玩笑似的说。但是，月子在这开玩笑的口吻后面感觉到了什么，让她不寒而栗。

"这比你一个人在江之岛自杀岂不是显得周全了很多？"

"在江之岛？"月子脸色刚要改变，随即便若无其事地笑笑。

"不过啊，你还要再等两三天。"

新一是想起这件事才说的。

"你当时说等两三天，是不是预料到今天晚上的事情了，想等事情完了，就自杀了事。"

"你说什么！"月子大吃一惊，如晴天霹雳一般。

"你这么惊讶，看来是我说中了。现在是不是到了你可以和我一同殉情的时刻了？"

鸟子和菊子都在听。也不知对新一的这番话，她们是怎么理解的。月子决不能听之任之。

"你这么自命不凡。真让人吃惊！"

"哪儿能呢，你若无其事的神色，洞察一切的智者模样，才让人惊讶。你的智慧也到了自毁其身的时候了。鸟子的好胜，不就毁了她自己吗？"

"鸟子什么时候毁掉自己了？"

"什么时候？大概从她出生的时候就开始了吧。"

新一随口说出的话，又给了月子一击。总有一天，鸟子也会像菊子一样，知道了自己的亲生父亲是谁。到那时候，和菊子不同，鸟子还不知会怎么愤怒呢！自己一直像用人一样支使鸟子，而鸟子却有可能是自己同父异母的妹妹。而且，这孩子或许还不得不承载着不幸福的"父运"①，成为没有父亲的孤儿。就像是机缘巧合，两代人都有这种事情，父亲一代的混乱仍然在延续。一想到这些，月子不禁毛骨悚然。

"你刚才说鸟子什么来的？"

"你是指我受到鸟子威胁的事吗？生孩子那件事吗？"

"小姐！"鸟子听不下去了，高声喊道。

---

① 意思为碰到何种父亲的运气。

"别理这家伙，咱们回房间吧。"

"这家伙？哼。这家伙还是要生出这家伙的孩子的。"

"小姐。那都是假的。我只不过是拿他开心而已，就是想看看这个人狼狈的样子。"

"你说是假话？你的的确确说了是假话。"新一看着鸟子，哈哈大笑起来。

"不过，我看不是假话吧。刚才，我再三说那是假话，可你却连医生都请了出来，坚持说那是真的。如果你生不出孩子，你就是杀人犯，就会遭到起诉。"

"遭到起诉的，不该是你吗？"

这是肯定无疑的。鸟子在沙滩上落马，就是因为那一瞬间看到了新一。而且，医生不是也说了吗？流产就是落马造成的。

"鸟子。"月子似乎想到了什么，干脆地说道。

"你和菊子一起回房间去吧。"

"可是——他说的是假话！"

"好了。"

在菊子的催促下，鸟子不得不和她一起沿着草坪向舞厅的石阶走去。月子转过身，面对新一说道：

"你还说到一件事情，是关于鸟子的。"

"啊，是结婚吗？"

"是的。"

"我是说了，生了孩子，我就和她结婚。那就和太阳如果从西边出来，我就结婚，是一个意思。"新一又从草坪走了下去，溜溜达达进了松树林。看样子，他坚信月子肯定要跟在他后面似的。

"那就是编出来的。就因为你火上浇油,她才说得更是有鼻子有眼。"

"我有件事情还求你帮忙——"月子咬着嘴唇,心有不甘,追赶上新一。

"我希望,你所求的只有一件事情。——我的愿望就是和你结婚。"

这不用问,月子就十分清楚。

"比起结婚这些事情,也许死亡对你更有诱惑力。如果我是死神的话,你一定会乐意和我结婚。但是,生的快乐,只有和我结婚之后,你才会品尝到。我坚信这一点,所以我才这么追你。"

"可是,我请求你的是,你和鸟子结婚。"

"你又说这种傻话。女人请求男人和自己以外的女人结婚,没有一回是真心实意的。"

"哎呀!你这么看不起女人啊。"

"可是,我为什么非得和鸟子结婚呢?"

"那我为什么要和你结婚呢?"

"你说什么?"新一摩拳擦掌,走近月子。

"你看看,还是生气了嘛。"

"这是因为我太爱你了。是因为要让你明白我多么爱你。"

"那,鸟子也爱你啊。"

"为了拒绝我,你总是拿鸟子做借口。"

"你不知道,你给鸟子带来的不幸有多大。"

"你要想让我知道,方法只有一个。那就是,你先和我结婚,然后马上抛弃我。这样,我就会知道鸟子同样的痛苦了。"

"你是在唆使我做这种事情吗？"

"我是在教给你报复的手段。为了得到你，我不择手段。"

昏暗中，月子感到新一近似疯狂的热情正向自己扑来。她又产生一种好似那次在观海小亭时的感觉，觉得他会突然扑向自己的嘴唇。这个男人，究竟用什么做武器击打他，他才会倒下呢？她不想让鸟子不幸。鸟子那么憎恨新一，但在月子看，这和那么爱新一就是一码事。

"以前我不是说了吗？你只要答应做我的恋人，我就和鸟子结婚，我只有这个条件。"

"我不再求你了。鸟子的孩子我来抚养。"

"你要是帮我抚养的话，我会祝福我的孩子出生。父亲求之不得的爱，如果孩子能够代替父亲获得的话……"

月子无话可说，站在那里死死地看着新一。

"抛弃鸟子的责任，你总想归罪于我。但是，令我如此的，却是你。我只不过是在更加美丽的事物面前，按捺不住自己罢了。"

"我不会再见你了。"

"请允许我代表由你养育的孩子，向你表示感谢。"话还没有说完，新一就向月子扑来，然后又像啄木鸟似的啄她的嘴唇。

"你要干什么！"

"让我代孩子谢谢你。"

月子不再动了，犹如一尊石像。她美丽的嘴唇，冰似的寒冷。冰冷得足以让新一感受到死亡的严寒正在流入自己的身体。

他们的去向

Shanghai dream man, everything made for love——草坪中有四五株雌松，大波斯菊一般细弱高挑。朝子坐在树荫下的长椅上，一动不动，漫不经心地听了好几首舞曲。她前面，舞厅的窗户像万花筒一般变化万端。也许这是因为她的内心空虚，如思念故乡时那般。狂舞的人们看上去就像是万花筒里的彩色碎片。她后面是黑暗的松树林。窗户的亮光微微照射到松树的底部，松林后面传来一片秋虫的鸣叫声。黑压压一片，难以分辨出松树林尽头的树梢和天空。

"快到二百一十天了。"她自语道，猛然想起似的。

"要来暴风雨了。"

暴风雨，顺口说出的这个词勾起了她的思绪，也毫无缘由地激荡起她胸中的青春热情。

"我为什么又到这海边来了呢？"

一回到东京安静的家中，她就有一种强烈的感觉，她逃来的这海边，就好似彩色玻璃的温室一般。她觉得，自己应该更早些撤到这儿来。她有了一种想法，就像该和表哥立川恋爱一样，她应该恋爱结婚。她觉得，自己之所以有了这种想法，就是因为海边这如红色温室般闷热的天气。可是，她还是又来到了这海边。她觉得，一直看着立川很痛苦，和他一起跳舞时，总是不由自主地低垂下头。与新一、弓子对视时也会感觉不好意思。她觉得所有的人似乎都看透了自己的内心深处。自己都弄不清楚的心底深处，别人却都看得一清二楚。这使得她如同少女一般战战兢兢。

或许是暴风雨的前奏，一阵凉爽且满含沉重感觉的风刮来，掀起了朝子犹如单瓣白蔷薇似的裙子。就在她试图按住裙子的下摆时，从松树林里，新一像一只受伤的豹子似的跑了出来，出现在她的眼前。朝子望着眼睛赤红的他，大吃一惊，跳起身来。

"啊！朝子小姐。"

新一险些撞到朝子胸前，张开了双手，似乎要支撑住自己的身体。然后，他停了下来，瞪着眼睛看着朝子。他嘴唇痉挛似的抖动，慌慌张张蹦出几句话：

"朝子。你不会像冰一样冰冷，你也不会如死一般，如石头般一动不动吧？既然你好似小树般活泼温柔，那你应该能理解我是多么悲伤。"

说着，他瘫倒在朝子身上，令她面颊如火般发热，嘴唇好似被浇上热水，湿漉漉的。

"啊！你要干什么？"

朝子用尽全身力气推开新一，新一踉跄一下，险些跌倒。他的前胸如遭到铁锤击打一般，疼痛不已。新一失神般地杵在那里，盯着朝子。也不知是因为朝子的力量惊吓到了他，还是他被自己的行为吓到了，他失去了力气般，慢慢低下了头。

"对不起。我做了件荒唐事。因为我太悲伤了。朝子，你别这样子看我。你别责备我。你一定很生气，可我是昏了头，否则是绝对不会靠近你这样清纯的人的。我不知该为自己的过失道歉,还是为自己的勇气欢喜。朝子,真的,我太荒唐……"

"并不荒唐。"朝子神情凛然地说道。

"这点事,无所谓的。"

"无所谓?"新一重复着朝子的话,望着朝子,一副不解的神情。美丽的少女突然遭到男子粗暴的接吻,却说这无所谓,真让人难以置信。朝子苍白的面颊已经恢复了往日的明朗。唯有眼睛闪闪发光。这或许是澎湃的激情造成的?难道是她一直在期待新一如此吻她?朝子的样子让他做出这样的想象。

"那你是原谅我了?"新一走近一步,打算如恋人一般握住她的手。

"没有什么原谅还是不原谅。无所谓的事情。"

"你说无所谓吗?"

"我不觉得有什么。本来嘛,你这就跟有病一样嘛。"

"病是什么?是我的恋爱吗?"

"不是。直说吧,你是得了接吻病。你就是这样,和弓子接吻,还有鸟子小姐、月子小姐。简直就是病嘛。想到你有病,也就无所谓了。"

新一这才明白了朝子刚才要说的意思。

"是吗?既然你这么聪明地侮辱我……"

"不是聪明。我是个孩子,是个对接吻不以为意的孩子。不过,把接吻什么的当作大事,才是女人不幸的开端。被人突袭亲一下,就和松子掉落在肩上差不多。不应该惊讶,一笑了之便可。"

"是吗?这新的想法很有你的风格。"

"有什么新的。我就是不想为刚才的事情烦恼,不想掉进男人的陷阱。女人总是因一点小事被拽进不幸之中,就像蝴蝶被蚂蚁拽走一样。"

"哼,你看得可真够透彻。"

"那就请你走远点。"

"你独自一人后,请不要想起我嘴唇的滋味。"新一丢下这么一句话,合着《随着你四处周游》的节拍吹着口哨,大步走向舞厅。但是,或许是因为心理作用,朝子感觉他的肩头透露出孤寂。目送离去的他,朝子的心里感到如火一般的炙热。也不知这是愤怒,还是伤悲?她强忍住喷涌欲出的泪水。新一"不要想起我嘴唇的滋味"这一话语深深印刻在她的脑海之中。实际上,她的嘴唇感受到的是针刺般的疼痛。新一说,他做了件无法挽救的事情。什么事情无可挽救呢?为什么就无可挽救呢?这就是一种陈旧思维。因为这种旧习,许多妇女入了这座门,就坠入到不幸之中。这就是男人们设置的陷阱。虽然她这么认为,但对朝子来说,这却是初吻。新一嘴唇的热度如火一般直入她的全身。

"朝子小姐。"

有人敲了敲瘫坐在长椅上的她的肩,原来是月子。

"你怎么了?我觉得你一向都很开朗幸福的啊,看到你这么悲伤,天都要黑暗下来了。来,到那边去。"

月子领着她来到茶室。看到立川在那里,朝子的内心顿时被一缕光线照亮了。

"哥哥。"朝子在他耳边轻轻叫了一声。立川为她充满感情的声音感到惊讶,默默地跟随着朝子来到松树林。朝子没有说话,突然就靠在他的身上猛地吻起来，似乎要拭去自己嘴唇上的污秽。

朝子把滚烫的面颊深埋在立川的手里，舍不得离他而去。她觉得小腿都麻木了，麻木得抬不起腿。

"对不起，让你受惊了吧。我，在东京想了很多。"

"结果就这样做了"，这好像也是在撒谎。因为点燃朝子内心火焰的，是新一的吻。因为这意料之外的事件，使朝子的内心完全倾向了表哥那边。与其说是懊恼悔恨，倒不如说是内心火焰带来的惊讶，使她忘却了自我，直奔立川的怀抱。她感觉，如果自己就此一动不动，那么就会燃尽，化为冰凉的灰烬。她觉得能够清洗掉自己嘴唇污浊的，只有表哥，别无他人。

"不过，这挺好的吧。哥哥。这蛮好吧。"

立川没有点头，用手掌轻轻拍拍朝子的后背。朝子忍不住说道。

"本来就该这样的。"

朝子实实在在感受到了立川强壮胸肌的体温。她觉得，即使没有新一的接吻，他们原本就该这样。

"拖到今天，我们才这样，确实都是我的责任。都怨我没有出息。我这个人就是不会谈恋爱。比不了高木。"

听到高木，朝子心头一惊。她突然抬头看了表哥一眼。他只是在开朗地笑着。她不好向他挑明，也许这就成了她小小的秘密。但是，这又有什么呢。刚才面对当事人新一，自己不是明确表达过了吗，不过是小事一桩。

"我原来是想求父亲帮忙的。请他跟你的父亲说说。另外，跟从小时就熟得不能再熟的人，说这种事情，真是很难张口。而且，我心里，老是觉得朝子还是个孩子。"

"说得是。我对哥哥也是熟得不能再熟了。从小就是。"

"可是,表兄妹结婚,多少还是有点过于普通了。不过,我本来就是普通人一个。"立川笑笑,直爽地说道。

"不过,月子小姐可是说了,'朝子小姐是幸福的代表'。我觉得,通往幸福只有平凡普通这一条路。蜿蜒曲折的路、危险艰难的路……"

"那种路留着给高木去走。那家伙在身边,总上演玩火的恋爱,让我心神不定,忐忑不安。要是那家伙不在了,有你这么好的人在身边,我也许就会心平气和,安稳度日。朝子费尽气力好不容易才逃脱出来,真是太危险了。"

"哥哥你真讨厌。"朝子涨红的脸蹭在表哥的肩头,像个小孩子似的。

"走,这事解决了,咱们早点儿回东京。"

"嗯。明天就回。"

"明天?好吧。"

就像他们相互了解各自的过去一样,他们大致也可以预测到他们两个的未来。不用像恋人那样去谈论对未来的期望,他们很清楚,没有任何东西能够阻挡他们的爱。从松树的树荫下站起身来,朝子开口说:

"我把这件事情去和菊子说说。前几天,我跟她说了哥哥的事情。要是不说清楚,有点不合适。"

菊子和鸟子两个人都在房间。朝子刚一进屋,菊子就含着泪水跑到门前。

阳台的电灯和屋顶垂挂下的大吊灯都已关闭,房间里只有橘黄色的台灯灯光。微弱的烛光透过薄布灯伞,显得柔和朦胧,使房间变得幽深,屋顶显得更加高了。没有桌子可放,台灯放在了衣柜上面。旁边是长长的镜子,镜子里折射出橘黄色的灯光。镜框和衣柜制作得很结实,素朴无华,有些传统小房间家具的感觉。与阳台相连的门也很大,颇为沉重。玻璃门的框架也是古香古色。另外,壁纸、地毯色泽素淡,略显陈旧。整个房间显得平和安静,好似坚实厚重的西洋古寺中的一室。菊子跑到门前迎接朝子,看上去就像是为这房间的氛围所搭配的一只柔弱的蝴蝶。

"你到底还是来了!太好了。"

"菊子小姐,你也是。刚才没看见你,我可找了半天。咱们信上有约定嘛。我想你一定会来的。"

菊子也和朝子在信里约好了。但是,把她唤到这里的,还有一封信。而且,她们刚才都翻越过了她们各自命运的关隘。朝子和立川把婚定了,菊子和那个自称同母异父的哥哥见了面。经历过感情的激荡,两个人的心贴得更近,手握得更紧。看到朝子有话要说,鸟子便道:

"你知道大小姐去哪儿了吗?"

"她去舞厅了。听她说,菊子小姐在这儿,我就来了。"

"我回来后,你们再走吧。"鸟子为方便她们讲话,走出了门。

"屋里有点儿暗啊。"朝子开口先说了句不相干的话。

"打开电灯吧。"

"算了吧,这样挺好。"朝子按住起身要去开灯的菊子,说出和立川订婚的事情。听到朝子这样讲,菊子觉得无法再把自己的秘密隐瞒下去。但是,就连自己的恋人时雄,她都没有告诉这个秘密。

她心里很痛苦，觉得不告诉时雄就和他结婚，很不诚实。可是，她又怀疑，如果告诉给他，时雄还能不能爱自己。不过，她还是说出秘密伤害到自己母亲。为了姐姐的爱，她也要继续隐藏下去。

"菊子。你怎么了？"

"没事。"她走到阳台上，想看看草坪上有没有自己的哥哥，想看看他是不是在找寻自己。她害怕再次见到他。但是，她还有问题想问他。

"他打算把自己怎么样呢？"

就连这一点，她都忘记了问。难以想象那个年轻人会就此从自己眼前彻底消失。既然如此，那么是不是以后，他们作为兄妹的交往就要背着姐姐、时雄呢？

"漆黑一片。你看那大海！"朝子说道。

"真的，像是要下雨了。"

"如果只是普通的雨，那还好。"

"我们进屋里吧。"

"啊！"朝子一声尖叫。原来台灯已经熄灭了。黑暗之中，几十对男男女女相拥在一起。红的、蓝的聚光灯爬到屋顶、地板上。爵士乐曲发出震耳的轰鸣。

"咱们去看看！"

朝子和菊子刚走下楼梯，对面走廊就歪歪斜斜走来了新一。也许是从酒吧出来，他面颊被酒气熏染得通红，目眦欲裂，瞪大的眼睛充满血丝。他发现了她们在正面，便气势汹汹地挥舞起拳头。

"哎！"他高声招呼道。

菊子抓住朝子，显出害怕的样子。

"哼,看见我害怕了吧?是的。我就漏了一个人,还没有和这个小夕颜花一样的小姐接吻呢。"

说着,他冷冷地大笑,突然伸出右手,似乎要扑向菊子。给菊子的项颈缠绕上了什么东西,吓得她面色大变。

"哈哈哈,有什么可怕的。我是在为你们祝福呢。"

那的的确确是彩带。新一紧攥的手,抛出了红色、黄色、紫色三色的细细的纸带,缠绕在她们的肩上。仔细一看,走廊、楼梯的扶手、茶室的椅子、桌子、舞厅里面,到处都散落着彩带,好似被风吹散的蜘蛛网一般,如同送走远航国外的船只后的港口。

"走吧。"朝子催促菊子道。就在此刻,缠绕着她们的纸带断了,从新一的手中有气无力地落到了走廊上。

"你切断了我感情的纽带。别了。永远地别了。"

"真讨厌!他喝醉了。"弓子传来性感十足的高亢声音,并给新一的脖子缠绕上了彩带。

"嗨!"新一晃晃悠悠,把新的彩带投向弓子。

"站好了!你把这儿当什么地方了?"

"原来如此,这里是守规矩讲礼貌的酒店舞会嘛。哼,可不是那种卖笑女人待的酒馆。喂,躲开!就是因为你这种女人在眼前晃来晃去,才让人胡思乱想的。"

"我就是酒馆的舞女,也蛮好嘛。你爱怎么说怎么说。不过,你的那双眼怎么了?看起来很悲伤嘛。"

"什么!你是在可怜我吗?"

"我可不会可怜你。我比谁都要悲伤。"

"而且,你比谁都要快活——"

"对啊。让我们快活地跳起来吧。"弓子面露喜色,拉过来新一的手。

"你到底还是触摸了月子这只刺猬,受伤了吧?"

"你说什么!"

"真爱生气。明明受伤的人是月子啊。月子对人对己都像冰一样冷淡。她是害怕,怕过分接近你,那冰会融化消失的。那样的话,不是挺好吗?来,我不是说了嘛,跳起来。我刚学会踩泥舞。"

"跳,跳。你要是那么喜欢和老外跳,被卖到横滨的小酒馆该多好。"

"跳到哪儿都成。"弓子拉着他,从舞厅入口就跳了起来。七八个酒店的男侍者抱着一堆小气球走了过来。西洋人围着他们抢夺起气球。菊子和朝子一起四处寻找月子,但没有找到。菊子又感到了痛心的不安。

虽说是化装舞会,但日本人没有一个人化装。三流电影女演员似的女人、横滨一带的舞女似的女人,这类人都是盛装而来,要说她们化了装,那倒也能说得通。西洋人的化装都非常简单。扮成小丑样子的男人,把红色、绿色的布缠在身上、装扮成阿拉伯或土耳其女人的女人,最多也就是如此了。旁若无人的美国佬们,如果伴奏乐是爵士乐的话,他们就跳查尔斯顿舞、踩泥舞。他们觉得,舞厅就像是烹煮肉体的饭锅一类的东西,不乱舞一番就不够味儿。而且,他们还要关掉所有电灯。聚光灯红色、蓝色的光柱在昏暗舞厅的屋顶、地面上爬来爬去。女人的衣着忽而变红忽而成绿。跟着伴奏合唱的老外,圆润的嗓音几乎使建筑物飘起。彩带投出,气球飞起。弓子犹如回到了自己世界的精灵,活力四射地抬起肩膀,将新一带入性感的漩涡之中。她"嘘、嘘、嘘"地同老外一起吹着口哨,踏着舞步。

"再没有人能让我如此轻快地跳舞。你还是属于我的。"

"什么叫'还是'?"

"还是就是还是。上帝啊,让他安息在应该安息的地方吧!"

"而且,让她也一起吧。"

"不是她们吗?"

"她就够了。"

"说到底,你也是。真的。男人最终还是只能和一个女人安息。虽然他可以搅乱许多女人的心。"

"这么一来,我就得向你低头走人了。"

"低头大可不必。像条母狗似的到处追赶你的人,是我。我只要抓住你,这就足够了。你怎么说,怎么对待我,我根本就不在乎。唯一的,就是我不离你身边。这就是命运。"

"让你这么想的男人,我是第几个?"

"你是第几个呢,这种事情我不记得了。你去问上帝吧。对我来说,我的恋人永远是第一个,也是最后一个。"

红色光柱从屋顶落下,将狂舞的两个人面孔映照得火红。看到新一这个样子,弓子"唉"地低声叹息了一下,淌下温情的泪水。他的手臂用力挽住她的肩膀。她顺从地转过身,随着他的舞步舞起,并且低语道。

"不过,最可怜的要属鸟子了。原以为她还是个小丫头——"

"这次输给了命运,她那近似疯狂的好胜心要是能够得以纠正就好了。"

"说什么呢?女人要是负于命运一次,就不可能再战胜命运。轮不着你说鸟子的坏话。"

此时,她们与在和立川跳舞的朝子擦身而过。

"弓子小姐,您看到月子小姐了吗?"

"没看见。"

"要是看到了,你就跟菊子小姐说一声,她挺担心的。"

"担心?"新一停下舞步。外国女人猛地撞了过来。

"行了。"弓子催促他道,随即又被卷入跳舞的人群之中。

随着一阵高亢的尖叫,电灯亮了。慌忙关闭窗户的声音随即传来。倾盆大雨从窗户闯了进来,紧接着就是震耳的雷声。借助灯光,菊子和时雄看到了舞厅。没有鸟子,也没有月子。伴奏乐曲再次响起,人们又快活地狂舞起来,似乎是暴风雨的声音使他们热血沸腾。

终章

也不知究竟过了几天。对于菊子而言，这段时间十分漫长，每天都似乎拖着沉重的锁链，每时每刻都好像被绑在箭上。疼痛刺骨的悲伤与爱的惊喜，每天都如同这初秋刚过的易变的天气，忽晴忽阴。后来，他们——湘南海滨的他们再次聚齐，是在立川和朝子的结婚宴席上，在东京会馆里。新一和弓子受到立川的邀请，邀请时雄和菊子的是朝子。如果新一和弓子算是夫妻的话，那么时雄和菊子也同样是夫妻。不过，和朝子他们有些不同，他们这两对都没有举行婚礼。弓子大概不需要那种形式。她将依然到处像狗似的追赶着追其他女人的新一，而且是幸福的。

但是，每当看到朝子清纯的新娘装束，菊子就会心头再起伤悲。现在的她，就连像朝子那样，买件漂亮的结婚礼服都不可能。因为没有人准许她和时雄结婚。如果说有人能准许她，那就是姐姐月子。而她正在为姐姐服丧。

那天夜里，化装舞会那天深夜，暴风雨凶猛袭来时，她们一直在找寻月子。她们知道了她不在酒店，包括立川、新一都很担心，她会不会服毒倒在草坪，会不会在松树林上吊自缢。他们冒着暴风雨，浑身湿淋淋地与酒店的人们一起，提着马灯搜寻各处的角落。

是不是在海滨呢？海滨已是一片黄色浊浪，从酒店的石阶一步都走不下去。惊涛骇浪袭来之前，人们把沙滩上的船拉了上来，那些人也说没有看到月子。时雄紧紧抱着几乎人事不省的菊子，在狂风暴雨之中，乘坐汽车返回逗子的别墅。结果，月子也不在那里。他们又到逗子的酒店去看，沙滩已经被混浊汹涌的大海所吞没。已经没有火车了。好不容易打通了东京的电话，结果她也没有回东京的家里。暴风雨的声音一直敲打着遮雨窗，到凌晨三点才停住。

等不及天明，菊子她们又到镰仓的酒店去看究竟。暴风雨后的海滨一片狼藉，满是海藻和漂来的木头。观海小亭旁边，有烧火的痕迹。据说是昨天晚上，立川和酒店的人们在雨中点燃了篝火。这篝火是为了召唤溺水的人们。看到这篝火的痕迹，菊子不由得感觉姐姐已死在海里。自打那以后，人们一道海滨一道海滨地搜救了不知道多少天。最终，就连一只鞋也没有被冲到海岸上边。

在逗子的家里，菊子耐心地等待着姐姐。来避暑的人们全都离去，秋色已深，但是她依然在等着。十月末，在亲属们的劝导下，她为姐姐举办了名义上的葬礼。生死不知，没有尸骸，一场寂寥的送葬仪式。菊子哭泣着将两个白纸灯笼漂放到大海之中。看着在波浪中晃来晃去的灯火，菊子也不知这是在为姐姐送行，还是为了召唤姐姐。她说什么也不相信月子已经死去。月子在江之岛打算自杀时，她的灵魂曾召唤过在日光的自己。她既然要自杀，不可能不跟自己打招呼的。"但是——"她内心感到发冷颤抖。那时候，是因为姐姐爱自己。而这次呢，是因为她憎恨自己。自己知道了她们的生父不同，却对姐姐隐瞒不讲。想到姐姐会憎恨自己，仅此一点就令她感到恐惧。

289

就算是死了,可她为什么要死?菊子也看不懂姐姐的内心。是因为妹妹和自己不是一个父亲,还是因为遭到了新一玷污?这都不可能。时雄什么也没对自己说。她只有一直等待,直到能够看懂这一切,内心成长起来。而且,更让她觉得不可思议的是,月子竟然和鸟子一起寻死。她只是觉得,她们两个要么都还活着,要么还活着一个。只要找到活着的那一个,就会弄懂死去的那一个的心。

川端康成
海の火祭

图书在版编目（CIP）数据

海之火祭 /（日）川端康成著；于荣胜译 . —上海：
上海译文出版社，2023.5
（川端康成作品系列）
ISBN 978-7-5327-9211-5

Ⅰ. ①海… Ⅱ. ①川… ②于… Ⅲ. ①长篇小说-日本-现代 Ⅳ. ①I313.45

中国国家版本馆 CIP 数据核字（2023）第 038085 号

海之火祭	［日］川端康成 著	出版统筹 赵武平
海の火祭	于荣胜 译	责任编辑 许明珠
		装帧设计 尚燕平

上海译文出版社有限公司出版、发行
网址：www.yiwen.com.cn
201101 上海市闵行区号景路159弄B座
山东韵杰文化科技有限公司印刷

开本 890×1240 1/32 印张 9.25 插页 5 字数 145,000
2023 年 4 月第 1 版 2023 年 4 月第 1 次印刷

ISBN 978-7-5327-9211-5/I・5732
定价：59.00元

本书中文简体字专有出版权归本社独家所有，未经本社同意不得转载、摘编或复制
本书如有质量问题，请与承印厂质量科联系，T：0533-8510898